la Scala

ANDREA MOLESINI
La solitudine dell'assassino

Rizzoli

Proprietà letteraria riservata
© 2016 Rizzoli / Rizzoli Libri S.p.A.
ISBN 978-88-17-08766-7
Prima edizione: settembre 2016

Questo libro è il prodotto dell'immaginazione dell'Autore. Ogni riferimento a fatti o a persone reali è puramente casuale.

La solitudine dell'assassino

Je ne puis pas donner la réalité des faits,
je n'en puis présenter que l'ombre.

Stendhal

Pour écrire ce livre essentiel, le seul livre vrai, un grand écrivain
n'a pas, dans le sens courant, à l'inventer puisqu'il existe déjà en
chacun de nous, mais à le traduire. Le devoir et la tâche
d'un écrivain sont ceux d'un traducteur.

Proust

Atto primo

Il rogo

I

«Ho vissuto da uomo libero, e la libertà mi ha devastato.»
Sono state le sue prime parole, le prime che ho sentito. La pioggia batteva sulla lamiera della tettoia, i vetri della serra erano rigati di gocce nere.
La scheda biografica di Carlo Malaguti, che la direttrice mi aveva consegnato ancora prima di stringermi la mano, non diceva molto di lui. Professione: bibliotecario. Causa della detenzione: omicidio premeditato. Data dell'omicidio: 7 febbraio 1986. Pena: ergastolo. Anni scontati: 21. La data di nascita denunciava gli 81 anni dell'uomo, che avevano contribuito alla concessione della libertà.
«La burocrazia è un elefante decapitato, seduto sulla sua testa» disse alzando lo sguardo. «Lei è uno scrittore, dovrebbe saperlo.»
«Sono un traduttore. Non ho mai scritto niente di mio.»
«Lei è uno che traduce per non scrivere. Per questo mi piace.»
«Non sono sicuro di capire.»

L'uomo sedeva su una sedia di ferro smaltato, dalla tuta uscivano due piedi affilati che calzavano ciabatte di corda. Aveva mani grandi, e le sue dita, come chele di granchio, arricciavano prese di tabacco che finivano nel fornello di una pipa dal bocchino lungo e dritto. Ci stava mezzo pacchetto di trinciato in quel fornello. Rughe profonde segnavano la pelle argentea delle mascelle ben rasate, che muoveva come se ruminasse. Aveva un modo di guardare che non si dimentica, forse perché i suoi occhi – non so dirne il motivo, ma era stato chiaro dal primo istante – non dimenticavano. Mai, niente.

«La signora Basile, quella che dirige la baracca, le ha detto perché ho chiesto di lei?»

Cercai il suo sguardo, che sostava sulle rose. Depose l'innaffiatoio di latta sotto la sedia. Alzò le palpebre come se gli pesassero.

«Sono questi» disse, appoggiando l'indice al naso, «gli occhi di un assassino?»

Attese un istante, per dare alla mia curiosità il tempo di affastellare domande. Poi sussurrò: «Sono gli occhi di un uomo braccato. Non dalla colpa, come vorrebbe chi mi ha giudicato, ma dalla memoria».

«Lei» finsi un colpo di tosse «non crede che l'omicidio sia una colpa?»

Il vecchio sorrise. Aveva denti gialli e forti. «Una colpa? Può esserlo. Come può essere una necessità, ma per certo so che è una scelta.»

«Cosa vuole da me?» Allungai la mano verso le rose. Bianche. Aperte. Il gambo dritto.

«Non le tocchi!»

«Scusi.»

«Ha mai provato ad ascoltare una rosa?»

Feci silenzio, nella speranza che lui lo infrangesse.

Passarono venti, trenta secondi, forse un intero minuto. Lui guardava le rose. Io guardavo lui.

«Non sente? Ci sono i versi di cento poeti in una rosa come questa.» Avvicinò le dita uncinate al vetro che l'acquazzone faceva tremare. «Nemmeno la pioggia, che ha così piccole mani, conosce le rose» disse, abbassando un poco la voce, graffiata dalla raucedine.

«Cosa vuole da me?»

«Se non lo sa non è la persona che cerco. Mi sono sbagliato, la signora si è sbagliata.»

Si alzò, e con passi lenti, che andavano un poco di qua un poco di là, trascinò la sua mole imperiosa verso la porta di ferro alla fine della serra.

La guardia gli disse qualcosa all'orecchio. Poi il rumore delle chiavi. Il cigolare dei cardini. E il buio al di là della porta lo inghiottì. A differenza della guardia, Malaguti dovette piegare la testa per non battere contro l'architrave di cemento. Gli anni avevano appena un poco curvato la schiena che la prigione non era riuscita a spezzare.

La direttrice del carcere si chiamava Tullia Basile, una donna dalla faccia ossuta e lo sguardo ferrigno. Trincerata dietro una grossa scrivania di quercia, impartiva ordini secchi ai sottoposti che entravano e uscivano da una porticina laterale. Il secondino che mi aveva accompagnato era magro e parlava un italiano lardellato di napoletano, che lo faceva simpatico e incomprensibile. Bussò, e quando la direttrice disse «Avanti», si scansò per farmi passare, poi richiuse la porta alle mie spalle, cercando di non farsi vedere da quella che tutti chiamavano la *Vecchia blu*, per via dei capelli bianchi raccolti dietro la nuca e per il perenne tailleur blu.

«Ah, Rainer, com'è andata... professore?»

C'era il vigore di una malinconia sedimentata in quella voce, come se una volontà stanca, ma non dimentica della forza passata, vibrasse in cerca d'ascolto.

«Non ci siamo capiti, pare.»

«Lei, Rainer, è la mia sola speranza. Uscire di qui a 81 anni è una tragedia. Capisce?»

«Capisco, certo. Al telefono lei è stata molto chiara.»

La direttrice ravviò un ciuffo di capelli che minacciava di scomporsi sulla fronte. «Quell'uomo ha letto la sua traduzione di Rilke, un libro da cui si congeda di rado, e l'ammira, lo so per certo, ne abbiamo parlato.»

«Lei crede veramente che Malaguti voglia che io scriva la sua storia? Ma perché? Io ho tradotto Rilke, va bene, ma...»

«Non tutto si spiega, professor Rainer. Vivendo qui, le assicuro, questa verità si tocca con mano. Quello che questi uomini si portano dentro nemmeno il migliore degli psichiatri saprebbe spiegarlo. Sono scrigni chiusi a tripla mandata. Quasi tutti. E qualcuno di mandate ne ha infinite. Malaguti non si è difeso al processo, lo sa? Ha lasciato fare all'avvocato d'ufficio che...» S'interruppe. C'era un punto di domanda grande un pugno nei suoi occhi. «Lei sa, vero?»

«Sì. Era mia madre l'avvocato. Ma guardi che con lei io non ho mai avuto un gran rapporto. Se n'è andata di casa quando ero piccolo. Per me, da allora, da quando...» Mi fermai, quella donna aveva fatto delle ricerche su di me, e non volevo dire più del necessario.

La direttrice si alzò. Non era molto più alta della scrivania e non aveva un aspetto meno massiccio. Qualche tempo prima, in un'intervista al «Corriere», aveva dichiarato di soffrire di artrite deformante, e che dolorasse dalle spalle in giù era chiaro a un'occhiata; ma nel suo viso s'intuiva un bisbiglio della passata bellezza: gli sguardi maschili a lungo goduti erano un unguento penetrato in profondità. C'era in lei una sicurezza non comune che, da sola, intimava rispetto. «Ho visto altri casi come questo nella mia carriera. Più di un vecchio, se messo alle strette, sceglie di uccidersi, piuttosto che uscire. Certo Malaguti di soldi ne ha, e pure una casa dove andare, una bella casa, dicono...» Tornò a sedere, riversandomi negli occhi tutto il buio dei suoi. «Forse non dovrei preoccuparmi, ma... Perché resta in piedi? Si accomodi, la prego, professore.»

Obbedii. «È Malaguti che ha chiesto di me, o l'idea è stata sua?»

«È stato lui. Vede, Malaguti è uno che ha fatto del silenzio la sua prigione più dura. Questa qui» alzò le mani dalle dita deformi verso il soffitto segnato da irregolari chiazze di muffa, «questa qui» ripeté «è la sua casa, ci sta bene, qui, non parla con nessuno, né con le guardie né con i compagni di… strazio, ma ci sta bene.»

Pronunciò *strazio* con enfasi involontaria: il dolore non era, per lei, un luogo straniero, ma il mastice che teneva assieme la sua giornata.

«Ha letto il suo *King Lear* e il suo Rilke, e credo voglia raccontarsi. Questo potrebbe tenerlo in vita, ma per raccontare la sua verità deve essere sicuro di aver trovato un orecchio degno di quel che ha da dire. Malaguti vuole che sia lei a convincerlo, a costringerlo al racconto, che sia lei, Rainer, a rendere necessario il suo riscatto.»

Non sapevo che dire. «Ma lei, signora, gli ha parlato? Ci sarà pur stato un momento, un qualcosa che le ha fatto pensare…»

Fissò un punto alle mie spalle, distante. «Faccio questo mestiere da troppi anni, e sono stanca. Penso che Malaguti si ucciderà. Sono certa che ha già un piano. Nessun indizio, lo so e basta. Non tornerà a casa sua. Non tornerà a fare la spesa, a badare a se stesso. No. C'è una e una sola possibilità per Malaguti, e questa possibilità si chiama Luca Rainer. Spetta a lei, e solo a lei, fargli sentire che non è finita finché non è finita. Le sue traduzioni gli piacciono, sul suo tavolo, in biblioteca, tiene il suo Shakespeare in cima alla pila dei Simenon. Se lei lo facesse parlare, se lui si confidasse… Forse potrebbe dirglielo lei che vuole scrivere la sua storia, insomma non così, certo, deve trovare lei le chiavi di quel labirinto fortificato.»

«Lei, signora… sembra che lei ammiri quell'omicida, vero?» Avevo quasi inavvertitamente evitato di chiamarlo assassino, forse perché sentivo che a Malaguti la parola *assassino* piaceva, o forse perché sospettavo che quella definizione non calzasse il suo essere più vero, quello che nascondeva.

«Trovi le chiavi, Rainer. Faccia breccia. Io credo che tutti, tutti noi nascondiamo un Minotauro che attende» s'interruppe un istante, «che chiede, forse, di essere ucciso.» Si ravviò il ciuffo ribelle. «Le ha telefonato l'editore?»

«No. L'ho saputo dalla sua mail che Aldobrandi vorrebbe incontrarmi. Il Minotauro, lei dice, be'… se devo farmi Teseo avrò bisogno del filo di Arianna.»

2

M'incamminai lungo la riva, i piedi e i pensieri andavano per conto loro, volevo allontanare i vecchi spettri, nuove ombre chiedevano ascolto. Lo sciabordio dell'acqua, il sibilo della brezza sugli alberi, le sartie, gli stralli degli yacht ormeggiati, in attesa dell'estate. C'è un canto sommesso e sinistro nelle barche che non navigano. Una barca è una promessa d'avventura e, lontana dai frangenti, da Lestrígoni e Ciclopi, si fa tana di ratti, nido di alghe e di molluschi. Le lunghe ombre degli alberi disegnavano un pettine sul selciato, i suoi denti finivano contro le case, rigando gli intonaci segnati dal vento, dal sale.

Ho sempre considerato un privilegio vivere in una città di mare. Ho sempre sognato di partire, ma l'inerzia delle cose mi ha trattenuto, la scuola, e questo mestiere del tradurre che ho smesso di amare, che pratico ancora con perizia, ma senza più passione. Pensai a quella poesia di Kavafis che dice: il posto da cui fuggi ti resta dentro, dovunque tu vada; dovunque tu cerchi un nuovo destino, sono gli antri bui del vecchio nido quelli che frequenti; la vita che qui hai tradito, in ogni altro luogo è perduta.

Per strada non c'era nessuno. Una bora chiara aveva ripulito le vie. Pensai che non siamo fatti per la verità, non siamo fatti per il pensiero; siamo fatti, forse, per questa sonnolenza in cui, per pigrizia o viltà, accettiamo di sentirci a casa.

La schiarita dopo la pioggia del pomeriggio aveva lasciato una scia di freddo. Arrivai al Molo Bersaglieri dove, cosa piuttosto strana, c'erano due pescherecci dallo scafo celeste. Uomini dalle facce tagliate con l'accetta preparavano la notte sul mare. Osservai la sorvegliata precisione dei loro gesti: non smetto mai di ammirare quel senso di costrizione. Ecco, dovrei tradurre – pensavo, e lo pensavo davvero – come loro preparano le reti, le luci, gli argani, i frigoriferi, le lenze, il motore, i serbatoi, le gomene, la scialuppa: ogni cosa chiede una diversa cura, e tutto un'attenzione assoluta. Ricordai le parole di Conrad sul Titanic: non c'è da aspettarsi niente di buono da una nave dove i camerieri sono più dei marinai. E mi prese una voglia improvvisa di vino, di baldoria, di pensieri gioviali. Accelerai il passo verso la taverna della Donna mansueta.

La donna che stava al banco di mansueto non aveva niente. La voce diceva che la Rosa metteva il pepe negli uomini, le bastava uno sguardo o un colpo di frusta. La frusta era lo strofinaccio che teneva sulla spalla. Lo impugnava per colpire la faccia del malcapitato che si comportava male, e male voleva dire alzare la voce o importunare una ragazza. Era chiamata anche *la Renna* per via della stazza vichinga.

Ma i suoi modi garbati esplodevano in collera solo quando un avventore sgarrava. Le regole erano scritte con un pennarello verde sulla porta della toilette: "1. Paghi o testa rotta; 2. Si bestemmia a bassa voce; 3. Non si toccano le donne; 4. Del cibo e del vino che si prende qui non si può dire male; 5. Per chi non rispetta le regole c'è la mazza". Quest'ultima era una mazza da baseball verniciata di rosso che la Renna teneva sotto il banco. E il rosso, diceva la voce, serviva a nascondere il sangue.

Alla regola numero 3 – "Non si toccano le donne" – una mano allegra aveva aggiunto, con il bistro, "in pubblico". L'uso della matita da trucco denunciava una mano femminile e il sospetto ricadeva proprio sulla Renna, che nel retrobottega usava dispensare piaceri scostumati a ospiti di suo gradimento, e il prezzo era denaro sonante oppure, cosa temuta più dello scolo, il suo amore. Quest'ultimo sentimento era troppo caro per i meccanici, i muratori e i marinai, che preferivano, e di gran lunga, privarsi della paga della settimana. Ma era la Renna a decidere a chi offrire il proprio cuore, cosa che per fortuna accadeva di rado, e quando succedeva era per giorni, non anni.

Un paio di mesi prima si era presa una cotta per uno svedese. Lui la ricambiava con schiaffoni che lasciavano il segno. Tutti dissero che la Renna si era ammansita, le stava bene l'uomo del Baltico, che era basso e nero e brutto e che di vichingo aveva solo il bisticcio di consonanti del nome. Non durò molto, perché lo svedese fuggì, la voce era certo esagerata, con il cazzo in mano – qualche volta la donna mansueta teneva un coltello da cucina alla cintola – così di lui restò solo il pessimo umore della Renna, che si riversò sulla qualità del cibo, immangiabile per un'intera settimana.

Ordinai un Valpolicella. Sul tavolo arrivò un Chianti. «Grazie» dissi, e sorrisi.

«La vedo turbato, professore.»

«Ho dormito male.»

«Le ci vuole un cognac, allora, altro che Chianti.»

«Il rosso va bene, grazie.»

«I professori sono come le donne, quando sanno cosa vogliono non lo vogliono davvero.» Si allontanò affibbiando un colpo di strofinaccio all'orecchio di un ragazzo che allungava le mani sotto il tavolo. La ricciolina che gli sedeva di fronte si drizzò sulla sedia e si fece rosso papavero, come se fosse stata lei quella sorpresa con le dita nella marmellata.

Mi accorsi di avere una macchia scura sul maglione, olio, credo. Da qualche mese avevo dato l'addio alla compagnia femminile – la mia ultima avventura era finita con insulti e maledizioni che non si dimenticano – e la cosa cominciava a segnare le mie abitudini. Brache mal stirate, scarpe polverose, colletto sporco: l'incuria involontariamente esibita denunciava la battaglia tra il vagabondo e il professore che in me coabitano ignorandosi per stizza reciproca.

La locanda andava riempiendosi mentre il cielo, nella finestra scintillante di detersivo, si faceva buio. Mi guardai intorno: c'è sempre un viso che vale qualcosa in un locale affollato, uno solo magari, ma c'è, bisogna avere pazienza e guardare con occhi pronti, avidi di avventura, perché un uomo non porta mai niente di piccolo con sé quando entra in una locanda.

È una ricerca religiosa, non c'è da scherzare. Siamo così abituati a deridere le richieste dello spirito che andiamo via via persuadendoci, senza accorgercene, che lo spirito non esista. E se fosse che chi per troppo tempo abbiamo scordato di ascoltare, interrogare, ora non avesse più, a sua volta, orecchio per noi? Se fosse la paura di non essere all'altezza di visioni assolute, la paura di cadere nel ridicolo, a farci stranieri a noi stessi?

Mi stavo ingarbugliando in queste vaghezze quando vidi mia sorella.

Diana è un tipo che se incontrasse Batman a passeggio in Corso Italia – non sarebbe diverso per Zorro o Mandrake – dopo tre minuti di conversazione lo farebbe sentire un bidello della scuola media di quartiere. Non credo esista nessuno sulla Terra più capace di sbeffeggiare – le basta una delle sue occhiate oneste e scure – la mia sete di avventura e di poesia.

«Ehi... ciao.»

«Sorpreso? Quello stronzo che ho sposato... gli ho voltato la faccia con un manrovescio che avresti dovuto vedere, sai.»

«Come, scusa?»

«Se l'è cercata. Non alza un dito a casa.» Si sedette senza preoccuparsi di chiedere se aspettavo qualcuno, era rossa in viso e più torva del solito. «I bambini ce li ho sempre io sul gobbo, gli ho chiesto di farmi la spesa e quello sai che ha comprato? Una cassetta di birra, due coche, quattro pizze surgelate e due sacchetti di patatine. Ti sembra fare la spesa?»

«Be', forse non gli hai chiesto niente di preciso.»

«A te il cervello a cosa ti serve? A ricordarti quando devi andare al cesso? Giulia e Francesco hanno otto e nove anni, e secondo te io li tiro su a patatine, pizze surgelate e Coca-Cola?»

Sorrisi: «Quando mi facevi da mamma parlavi tale e quale: "Bibite e noccioline ti fanno crescere la gobba" dicevi».

«Tu cosa bevi?»

La Renna si accostò al tavolo e guardò mia sorella come un uomo guarderebbe il cane che gli ha appena lordato la soglia di casa. «Un cognac anche per lei?»

Diana scosse la testa ma disse: «Vada per il cognac. Grazie».

«Vedi di non fartelo scappare. Il tuo ingegner Giovanni non mi è mai andato a genio, lo sai, ma un marito è un marito e di questi tempi uno che guadagna cinquemila al mese è meglio tenerselo caro.»

Gli occhi bui e fermi di Diana mi squadrarono. Non occorreva parlasse, l'atto di accusa era chiaro.

«Senti, Luca, tu un po' stronzo lo sei per natura, ma a me non la fai. Quando dici certe cose, tu pensi a nostro padre. Giovanni non è un marinaio testamatta che va a ficcarsi in un bordello dall'altra parte del mondo per morirci con un coltello nella pancia. Noi, io e Giovanni, siamo gente con la testa sulle spalle, e ci teniamo a esserlo. Chiaro? Sei tu quello che ha preso dai nostri genitori, non io.»

«Cavolo! Sei proprio deliziosa, oggi.»

I due bicchierini di cognac che la Renna appoggiò sul tavolo erano pieni fino all'orlo. «Parlate piano, questo è un locale perbene... anche se c'è certa gente che merita il mio strofinaccio solo per la faccia che ha.»

Mentre la Renna si allontanava ciabattando rumorosamente tra i tavolini, Diana sorrise.

«Allora, fratellino, come te la passi? Sei poi stato alla Fortezza?»

«La direttrice è una donna interessante. È una buona amica del mio editore.»

«Quello che ti paga quando gli gira?»

«Nel mio mondo i soldi scarseggiano, ma per fortuna non sono tutto, come nel tuo.»

«Oh sì. I poeti vivono d'aria, l'ho sentito... Ma un pezzo di cacio, ogni tanto, non guasta. Dài, dimmi come ti va. A me non dispiaceva quella ragazza che hai tanto maltrattato.»

«Guarda che è Francesca che ha maltrattato me, ma secondo te sono sempre io quello che...»

«Sì, sei sempre tu, proprio tu, quello che se la dà a gambe appena le cose minacciano di farsi serie.» Diana guardò l'orologio, non aveva ancora toccato il cognac, e subito scattò in piedi. «Madonna santissima, se non mi spiccio quelli crepano di fame, nemmeno il microonde sa usare il cialtrone. Ci vediamo.»

Mandò giù il cognac in un solo sorso e uscì di corsa, la sporta di plastica stracolma urtò un paio di avventori che si strinsero nella sedia per farle largo.

Il disappunto della Renna, in piedi davanti alla cassa, si manifestò con uno schiocco dello strofinaccio contro il bancone. Portai il bicchiere alla bocca per mascherare un sorriso largo una mela. Liquore di qualità, pensai, e lo bevvi in una sorsata che mi costò qualche colpo di tosse.

Mi prese la voglia di fumare. Avevo smesso da due anni. "Potrei riprendere con la pipa, così se rivedo Malaguti", e sapevo per certo che l'avrei rivisto, "fumeremo insieme." Pensai che il tabacco sarebbe potuto essere un'esca per creare un legame, si comincia dalle piccole cose: il fumo la politica la bora le donne, di cos'altro si parla?

Un secondo cognac atterrò sul mio tavolino. La Renna aveva gli occhi svelti, e i bicchieri andavano e venivano come passeri sul miglio. Se c'era anche mezzo quattrino in ballo, quel donnone non se lo faceva scappare. «Grazie» dissi a bassa voce, senza alzare lo sguardo.

«Oggi il nostro professore è proprio via con i pensieri» sorrise la Renna allontanandosi. La guardai sculettare fra i tavolini. Non era una bellezza, ma faceva sangue. C'era in lei qualcosa di quel caparbio attaccamento alla carne che dà agli uomini la forza di prendere il mare anche quando promette burrasca. Ecco, la Renna aveva la burrasca nel ventre. Bevvi d'un fiato anche quel secondo bicchiere e un altro arrivò.

«Basta così, grazie Rosa, lo sa che non lo reggo l'alcol.»

«Questo glielo offre la casa, oggi il professore ne ha bisogno. La Rosa le sa certe cose, sto qui da quando ero alta un turacciolo.»

«Va bene, ma è l'ultimo, grazie.»

Cercai di capire quanti anni avesse la Renna mentre affrontavo, questa volta sorseggiando, il terzo bicchiere. Non tanti da non farmelo drizzare" pensai. Mi venne da ridere, e risi. Risi come non ridevo da tempo. Risi perché per un attimo mi ero immaginato nel retrobottega in sua compagnia.

Qualcuno, ai tavolini vicini, cominciò a ridere con me, o di me.

Il silenzio intanto calava tra le case, sul mare, disturbato con grazia solo dal chiacchierio degli scafi contro i pali d'ormeggio, dallo stridere delle gomene nelle bitte, dalle rare automobili. Così la notte, lenta, tentacolare creatura, entrava dentro di me, e sentivo la testa pesare mentre la taverna, un poco per volta, andava svuotandosi. A un tratto mi accorsi che la Renna mi guardava. "Oddio, ora mi porta un altro di questi e finisco sotto il tavolo." Trovai la forza di alzarmi, andai al banco e misi i soldi accanto alla cassa.

«Un goccio prima di andare?»

Non so come successe né perché, ma feci di sì con la testa e un altro bicchiere di cognac era lì davanti a me. Ne bevvi un sorso. Era buono davvero, dal sapore più netto dei primi. C'era di che preoccuparsi.

Gli ultimi clienti pagavano e uscivano. Qualcuno, lanciandomi occhiate di scherno, ridacchiava. Dovevo uscire. Lo sentivo. Dovevo. Appoggiai il bicchiere e prima che potessi dire grazie era di nuovo pieno.

«Questo qui lo paga lei e ce lo beviamo assieme, professore.»

Pronunciò *professore* con un'enfasi sospetta. Bevve d'un fiato il suo liquore mentre io sorseggiai il mio. L'euforia cominciava a regalarmi quel qualcosa che assomiglia all'invincibilità, una sensazione che non frequentavo. Ci fu ancora un altro bicchiere e questa volta sentii le gambe molli e la testa leggera mentre la taverna, che vedevo tutta riflessa nello specchio dietro il banco, era vuota. C'era silenzio, lo stesso silenzio della bonaccia. E la bonaccia promette tempesta.

A un tratto la Renna mi prese per mano e mi portò sul retro. Tremavo, credo. Avevo voglia di fuggire. Ma non lo feci. Stavo lì, aspettavo.

Non successe niente. Il donnone mi guardava con un senso di pietà. La cosa mi offese. Dovevo avere un aspetto terribile, e quella se ne intendeva, mi dicevo, forse pensa che non ce la faccio. Volevo fargliela vedere e allo stesso tempo volevo darmela a gambe e lei scelse per me, e anche questo mi offese.

«Vada a casa, professore, che non è aria, la Rosa ha altro da fare. E se le riesce, rimedi una donna che le stiri quelle brache e le lavi le maglie. Domani sono al lavoro prima che salga il sole, io!»

3

La mattina ci misi più del solito a farmi la barba. Passai due volte il multilama sul mento, insaponandomi col pennello da un orecchio all'altro, come non facevo da mesi. Non riuscivo a dimenticare la frustata della Renna: bruciava più che se fosse stata inferta dallo strofinaccio. Le brache ciancicate, il maglione sporco. Avrebbe anche potuto dire di peggio, tutto sommato era stata gentile. Ma mi sentivo in colpa perché la Tania, la moldava che due pomeriggi alla settimana ripassava la casa, era brava con il ferro da stiro come con tutto il resto, ero io che i calzoni non me li cambiavo.

Misi su il caffè. Cercai il numero di Aldobrandi, l'editore che qualche tempo prima mi aveva tormentato perché scrivessi un saggio sul tradurre poesia e che, grazie all'intervento della Vecchia blu, ora sembrava aver cambiato obiettivo. La sua ultima telefonata era stata intimidatoria: «Ma perché indugia, Rainer? La pagherei bene, non il solito compenso da traduttore, ottomila di anticipo, royalties dell'otto per cento sulle prime cinquemila copie, il dieci sulle successive. Guardi che non è male, in fondo non deve far altro che parlare di sé, della sua esperienza, di come una lingua si oppone all'altra. Ci parli del suo personale soffrire, della battaglia che ingaggia, giorno dopo giorno, con il testo di partenza. In una conferenza le ho sentito dire che è come un'amante che si rifiuta, e che il suo rifiuto brucia fino a toglierti il sonno. Le chiedo di raccontare il suo mestiere, c'è gente interessata, glielo assicuro, molta, anche se lei stenta a crederlo».

I soldi mi facevano comodo, ma l'impresa mi spaventava, e avevo preso tempo. Dubitavo di riuscire ad affascinare chicchessia parlando del tradurre, un mestiere da cui cominciavo a sognare di congedarmi. Aldobrandi non l'avevo mai incontrato di persona, ma tra tutti gli editori con cui avevo lavorato era quello che, almeno al telefono, suonava più sincero. Aveva una verve che non passava inosservata, e un certo grado di follia senza il quale non credo sia possibile fare libri.

Bevvi il caffè e mangiai un trancio di pizza freddo che avevo lasciato sul piatto la sera prima. Feci un gran respiro mentre cercavo il suo numero sul cellulare.

«Rainer! Allora si è deciso, finalmente.»

Era l'inconfondibile voce baritonale di Aldobrandi, non credevo avesse memorizzato il mio contatto. Borbottai qualcosa.

«Lei, come tutti, chissà perché crede che io non sappia usare queste diavolerie moderne che quando uno chiama c'è già il nome sullo schermo.»

«No, scusi, è che...»

«Allora, accetta, me lo fa il libro?»

«Sì, vorrei scrivere ma...»

«*Ma* cosa? Si sbrighi che ho da fare.»

«Se lei è d'accordo, il libro sul tradurre lo metterei da parte, almeno per ora, ne ho un altro in mente...»

Seguì un colpo di tosse. Il silenzio mi fece sentire il mio respiro.

«Alle 13 in punto, nel mio ufficio, e mi porti un toast e una Leffe. Il bar sta proprio qua di fianco. Che il toast sia ben caldo, mi raccomando. E ne prenda uno anche lei, spuntiniamo insieme.»

«Va... bene.»

Si era messo in posizione d'attesa. Buon segno, pensai, se si considera la fama di collerico che lo circonfonde. Ero curioso di conoscerlo.

Il cellulare squillò: era di nuovo lui, Aldobrandi.

«Me ne porti due di toast, è vero che sono a dieta, ma non bisogna esagerare.»

Non feci in tempo a rispondere che aveva già riattaccato.

Alle 12.45 entrai nel bar di via del Monte, vicino al Teatro Romano. Non c'era nessuno.

«Tre toast per piacere, da portare via... e due birre, Leffe.»

La barista, un donnino ossigenato, sui sessanta, il tipo che dichiara trentacinque anni da quando ne compie cinquanta, mi guardò con una faccia che era un poema: «Lei, signore caro, va dall'Aldobrandi, allora».

Non dissi niente.

«Non occorre che mi risponda, quello vive di toast e di

Leffe, e la cosa più bella è che non paga mai lui, né le birre né i toast, perché riceve sempre e solo alle 13, così se li fa portare dagli amici, o dai clienti. Mi sa che quello è più taccagno di un ebreo scozzese di Genova.»

«Che aspetto ha?»

«Non l'ho mai visto» rispose la donna, aggiustandosi le tette che forzavano il rosso dell'abito striminzito.

«Un paio di minuti e sono pronti, sa, questo tostapane è una bomba.»

«Ma Aldobrandi ha l'ufficio qui sopra, non è possibile che non si fermi mai per un caffè o per una delle sue Leffe, non l'ha davvero mai visto passare, nemmeno di sfuggita, o fermarsi davanti alla porta qui accanto?»

«Credo che non esca mai di casa. C'è una donna, piuttosto bella, veste bene, smalto rosa sulle unghie, sa, viene verso le 5, credo sia lei a prendersene cura...» Il donnino fece una faccia dispiaciuta. «No, credo che non vada mai fuori, quello. So che fa libri, ma io non sono una che legge. Io lavoro.»

Mancava un minuto alle 13 quando il sacchetto con tre toast caldi e due Leffe fredde mi furono consegnati.

C'era un solo campanello. E una sola targa di ottone, che avrebbe gradito una lucidata: ALDO ALDOBRANDI EDITORE. Suonai. Il portone si aprì all'istante. Il campanello era anche l'apriporta.

«Terzo piano» gracchiò una voce femminile registrata, che usciva da un citofono ovoidale di ebanite.

Salii le scale illuminate da una violenta luce al neon: i

gradini erano di pietra d'Istria, consunti quanto basta; mi guardai bene dal toccare il passamano di ottone, a cui l'incuria, per certo esercitata con metodo, impediva di rilucere.

Le porte del primo e del secondo piano erano sprangate ciascuna da due tavole di abete inchiodate a croce di Sant'Andrea. Quando arrivai all'ultimo piano fui sorpreso che non ci fosse la porta; c'erano i cardini, e la cassa di pietra sopra la soglia bianca, ma niente porta. E al di là della non-porta c'era il buio.

«È permesso?» dissi a voce alta.

Silenzio.

Oltrepassai la soglia. E mi fermai.

«Venga, Rainer. Entri. Ho una fame! Non avrà paura del buio? Sono in fondo al corridoio!»

Era una voce più baritonale di quella che conoscevo.

Feci una mezza dozzina di passi. L'oscurità era quasi assoluta. Misi la destra, con cui reggevo il sacchetto delle birre, davanti a me. Spinsi la porta.

La luce del sole m'investì.

La stanza era grande, dieci metri per quindici. Mi aspettavo una foresta di libri e un uomo straripante di grasso, una specie di piovra inamovibile, dietro una scrivania che chissà perché vedevo disordinata. I pettegolezzi mi avevano ingannato, o era stata solo la mia immaginazione?

La luce entrava da un gigantesco lucernario obliquo che divideva in due il soffitto. Non c'erano finestre. Il sole faceva bisticciare le ombre delle nuvole sul vecchio parquet perfettamente incerato. Le pareti erano bianche, senza una crepa né un quadro o una stampa. Lungo i muri correva un'elegante scaffalatura di ciliegio, alta un metro e mezzo, dove i dorsi dei cartonati verde acqua dell'Aldobrandi risaltavano, intonsi, come una legione sull'attenti.

La grande stanza era vuota, fino alla scrivania dell'editore, che mi fece cenno di sedermi senza staccare gli occhi dallo schermo del laptop.

Non fu la sua maleducazione a sorprendermi, ma l'aspetto fisico. Era dunque un uomo qualsiasi, questo Aldobrandi che si nutriva di toast e di birra e che non lasciava mai l'ufficio?

Vestiva un abito classico, grigio fumo, cravatta scura, ben annodata, camicia azzurra. Mani lunghe e affilate, unghie curate. I capelli candidi pettinati all'indietro, la faccia ben rasata. Aveva un po' di pappagorgia, ma nessuno avrebbe detto che avesse bisogno di mettersi a dieta.

Con uno scatto chiuse il laptop e mi fissò negli occhi. I suoi erano azzurri, scuri.

«Come sta su quella sedia?»

«Bene, grazie» risposi poco convinto.

«L'ho disegnata io, per far stare un po' sulle spine chi mi viene a trovare, la comodità annebbia la mente. Chi viene qui mi piace che usi il suo tempo al meglio, perché il tempo di un mio scrittore è il mio.»

Ci guardammo. Non so dire chi fosse più stupito dell'altro. Aldobrandi aveva una faccia da uomo spavaldo per la troppa felicità, mi dava quasi fastidio.

«Mangiamo ora, o quelli si raffreddano.» Indicò il pacchetto dei toast, che aprii sulla scrivania.

Ne afferrò uno con rapacità infantile. «Non si preoccupi delle briciole, ho un aspirapolvere per succhiar via anche gli acari che si fanno la tana negli interstizi del parquet.»

Mangiava a morsi grandi e svelti, come posseduto da una fame inestinguibile.

Mentre addentavo il mio toast pensavo a quello che volevo dirgli.

«Apra le birre, che si scaldano.» Aldobrandi tirò fuori da un cassetto il cavatappi e me lo mise davanti.

"Ecco il linguaggio del potere" pensai. "Potrebbe farlo lui, ma vuole che me ne occupi io, mentre non smette di masticare e di fissare il cielo nel lucernario."

Aprii le due bottiglie.

Aldobrandi portò la sua alle labbra.

«Penserà che sono un bel maleducato... Ho nove fratelli, e quattro di loro sono femmine, da mangiare non ce n'era molto a casa mia, la sveltezza nell'afferrare il cibo era dettata dallo spirito di sopravvivenza, e poi chi finiva per ultimo sparecchiava. Ha mai notato come mangiano piano gli aristocratici? C'è mai stato in uno di quei ristoranti da cinquecentomila lire a cranio?»

«No» dissi addentando con studiata, aristocratica lentezza il toast su cui avevo messo le mani. «Ma lei pensa ancora in lire?»

«Certo. Uno dei motivi per cui trovo l'euro disprezzabile è che mi ha rovinato la lingua: "non vale una lira", "per quattro lire", "quello non ha una lira neanche se gli rivolti le tasche"... Provi a sostituire la lira con l'euro e vedrà che schifo di metafore saltano fuori. Il bar qui sotto non mi delude mai, cosa dice? È la mia fame o questi cosi sono buoni davvero?»

Inghiottii il boccone e sorseggiando la mia birra borbottai: «Buoni, buoni».

Il pasto non durò più di cinque minuti.

«Allora, Rainer, coraggio. A pancia piena si pensa dritto sputato. Mi dica un po' cosa ha in mente. Del libro sul tradurre me ne sono bello che dimenticato. Pietra sopra, minestra fredda.»

Sorrise. Una mosca si posò sulla mela morsicata del laptop chiuso. La scacciò con un gesto di stizza.

Gli parlai del mio incontro con Malaguti, della sua vicenda, gli dissi che mia madre era stata il suo avvocato, gli raccontai della direttrice del carcere che si preoccupava per lui, temendo un suicidio.

«Conosco bene la signora Basile, una gran donna. Sì, gran donna. Calvinista dagli alluci ai capelli. Mi ha già anticipato... Le dico di sì.»

«Ma... non le ho ancora parlato del mio progetto!»

«Non serve parlarne, è molto chiaro. Se dovessi aspettare quel che la gente mi dice per capirne le intenzioni starei fresco. Cosa crede? Che qui si meni il can per l'aia?» Fissò il lucernario, una nuvola improvvisa aveva oscurato il cielo. «Scriva la storia di questo Malaguti, un'idea eccellente, così finirà comunque con il parlare del suo lavoro, in fondo quel che deve fare è tradurre l'anima di quell'uomo, un'anima che conosce il dolore, la caduta, la tenebra. Lo sa che ci sono passato anch'io per la Fortezza? No, non lo sa. Ma è un'altra storia, e non molto interessante. È lì che ci siamo conosciuti, io e la Vecchia blu, la chiamano ancora tutti così, vero? Eh sì, certe cose non cambiano, e perché dovrebbero. Un soprannome indovinato è tanto raro quanto uno scrittore di vaglia. E lei potrebbe persino diventarlo, il senso della frase ce l'ha.»

Parlava così svelto, sembrava non avesse ancora smesso di masticare i suoi toast. Si alzò: era di statura media, e calzava delle Church's nere; ne avevo un paio anch'io, ma non le mettevo mai, per paura di sciuparle. Cominciò a camminare avanti e indietro, percorrendo l'intera stanza dalla porta d'ingresso fino alla scrivania.

Quando tornò a sedersi mi guardò negli occhi e, sorridendo un lungo sorriso, fece tuonare la sua voce di baritono: «Di anticipo per ora niente, ma faccio preparare subito un bel contratto, facciamo tremila alla consegna e tremila alla pubblicazione».

«Per il libro sul tradurre era disposto a dare di più.»

«Come scrittore, non se la prenda... ma lei è proprio il signor nessuno. Cosa vuole, scrivere è un azzardo.» La nuvola lasciò il lucernario e tutta la stanza si riaccese. «Io non sono un indovino. Leggo, e finché non leggo non credo. Le condizioni contrattuali che le avevo proposto per quell'altro lavoro, be'... è un altro lavoro quello.» Allungò il braccio sopra la scrivania, con la mano tesa.

Non la strinsi: «Lei non si aspettava che io accettassi di scrivere quel saggio, non le è mai interessato niente del saggio, lei mirava a questo... Lei è...».

«Diabolico? No. Sono solo un editore sofisticato di piccole... forse medie dimensioni, e un po' di astuzia ci vuole per sopravvivere in un mondo stretto tra l'analfabetismo di massa e la vanità di ogni membro di quella stessa massa, le due ganasce di una morsa che stringe sempre più la presa.»

Parlammo ancora per una decina di minuti. Gli dissi delle mie perplessità, della mia paura di fallire: Malaguti era un uomo straordinario, arguto e imprevedibile. Non era facile snidarlo.

«*Nobody said it was going to be easy*. La chiamerò fra qualche mese per sentire come va. Ho molta fiducia in lei. Faccio preparare il contratto e glielo spedisco.»

Obiettai che poco prima non aveva espresso tutta questa fiducia. Aldobrandi non fece nemmeno lo sforzo di sorridermi, ma mi sorprese accompagnandomi alla porta, dove mi strinse la mano con forza: «L'aspettano giorni difficili, sappia che glieli invidio tutti, proprio tutti. Non c'è alleato migliore della difficoltà. Buon lavoro». Si girò verso il lato del muro che stava sulla destra della porta. Non avevo visto che lì, solitaria, c'era una seppia d'epoca di Churchill ritratto con tanto di sigaro e bombetta. «E rammenti, Rainer: *Never give in!*»

4

Quando uscii di casa il sole cominciava a scaldare. Cercai un posto dove comprare tabacco da pipa. Volevo sorprendere Malaguti con qualcosa di eccentrico, ma non ricercato, qualcosa che gli facesse pensare "Questo qui se ne intende" e non "Vuole esibire competenza". Il tabaccaio sotto casa non ne aveva che una misera scelta, ma era gentile e mi disse dove andare.

La tabaccheria di via del Bosco aveva una *cave à cigares* degna del nome, con decine di scatole e buste suddivise in misture inglesi, danesi e olandesi. Chiesi alla tabaccaia di illuminarmi e l'esile creatura cotonata, rivestita di crinoline, si dilungò sulle differenti provenienze, stagionature, miscele che determinavano gusto e valore di ogni tabacco. Dopo dieci minuti di spiegazione appassionata e confusa ne scelsi uno molto comune ma di qualità, una scatola rossa della Dunhill.

Avrei dovuto mettermi al lavoro, dovevo consegnare la traduzione di una brochure inutilmente complicata che illustrava le presunte meraviglie di un albergo aperto da poco. Una cosa che non basta una forte somma di denaro a farti venire la voglia, e la somma non era forte. M'incamminai verso il porto in cerca di qualcosa che non sapevo, di bellezza, forse. E la vista del mare mi consolò.

Pensai che il mare è bello perché è il mare. Pensai che ognuna di quelle dracme d'oro che scintillano sull'acqua è un obolo dimenticato da Caronte, e che in ogni obolo c'è l'anima di un uomo che si è guadagnato la vita laggiù. Pensai allo spavento dei marinai quando il giorno li abbandona, alla tenebra delle notti senza stelle e senza luna, al muggire delle navi nella nebbia.

Quando arrivai al molo decisi che era ora di chiamare la Vecchia blu. Il cellulare non prendeva bene e la sua voce mi gracchiava all'orecchio cose che non decifravo, finché non disse: «Facciamo alle 15.30».

Alle 15.25 suonai all'ingresso del carcere. Mi aggiustai la cravatta sotto la telecamera. La porta di ferro scattò. La guardiola era presidiata da un poliziotto intento a divorare un panino di salame all'aglio. Il puzzo si percepiva al di qua del vetro anche se la rosa dei buchi era all'altezza della cintola e non era più grande di una mano. Mi abbassai per dichiarare il nome. Consegnai alla guardiola successiva carta d'identità, cellulare e tutti gli oggetti che avevo addosso: monete, chiavi e un temperino svizzero che avevo dimenticato da tempo nella tasca interna del giaccone. Quando la guardia lo vide si arricciò i baffi gialli – un ridicolo manubrio impomatato – e grugnì un «Ma porco cazzo, questa è un'arma!».

Mi giustificai dicendo che non sapevo di averlo portato con me e comunque lo stavo consegnando. Non è facile descrivere l'espressione con cui reagì: una via di mezzo tra il bulldog che alza il muso imbrattato dalla ciotola e la serafica, indifferente saggezza del dromedario che rumina guardando il deserto vuoto. La perquisizione che seguì fu più sbrigativa del solito.

Il secondino dalla faccia rotonda e scaltra che mi prese in consegna mi accompagnò lungo corridoi dalla volta di pietra che trasudavano umidità. A tratti refoli di brodo stantio uscivano dalle piccole grate che ritmavano le pareti, per mescolarsi all'odore della pietra umida che il salso e l'incuria andavano sbocconcellando.

L'ultima barriera di ferro era stata appena verniciata di rosso. Le chiavi del secondino rumoreggiarono nella toppa. Venni accolto da due tizi che giocavano a dama su un tavolino smaltato. Il citofono li aveva avvertiti del mio arrivo, che interrompeva il placido scorrere della partita. Si alzarono come fossero uno, si calcarono il berretto sulla fronte, e senza dire una parola mi fecero strada lasciando il rotondo collega a piantonare la barriera.

«Oggi il nostro uomo è di buonumore, un umore sereno, direi» annunciò la direttrice venendomi incontro con marziale passo di tacchino. «Andrà bene, vedrà, ho un buon presentimento, professore.»

Feci presente che il titolo di professore non mi spettava, facevo qualche conferenza sul tradurre, certo, ma insegnavo l'italiano solo tre mesi all'anno, in una scuola serale per stranieri. La signora mi liquidò con un gesto e aggiunse un umiliante: «Via, professore, la smetta di fare il modesto».

Trovai Malaguti seduto vicino alle rose, con l'innaffiatoio accanto alla sedia e un libro in mano. Sorrideva. Leggeva. E il suo sorriso – uno sciame d'api – arrivava dappertutto.

«Posso sedere?» chiesi a bassa voce; mi dispiaceva interrompere la sua concentrazione.

«Rainer. Ascolti» disse, con voce lenta e chiara, dimentica della raucedine: «Dal va e vieni delle sbarre accecata. / L'occhio più niente trattiene. / Dal semicerchio di buio braccata. / Oltre le sbarre più niente avviene.»

«Rilke, *La pantera*. L'ho tradotta io!» esclamai, già pentito.

Alzò lo sguardo. «La vanità non è l'ultima delle sue virtù, vedo.»

Non aggiunsi niente, e sedetti.

«Passi flessuosi, ritmo, forza / che un arco di ferro smorza. / Danza di tendini nelle forme / dove il volere, stordito, dorme.»

Alzò di nuovo la testa. Cercai d'inghiottire ogni possibile espressione del viso.

«Senta un po', Rainer» disse con voce quieta, «il carcere non vieta l'emozione, la teme, forse, la persegue anche, ma non può bandirla.» Schierò tutta la falange dei suoi denti gialli. E senza tornare con gli occhi sulla pagina, recitò: «Dalle pupille, a tratti, si alza il velo / muto. Un'immagine vi penetra / e scorre, tesa, quieta, nello zelo / delle membra – fino al centro della tenebra».

«Questa» tirai fuori la pipa dalla tasca «è una poesia forte, terribile.»

«È solo precisa. Raccontare un animale prigioniero, un animale, lui sì, forte e terribile, richiede lo scalpello di un maestro. E la sua traduzione fa onore a Rilke, mi commuove, sì, commuove. Le sono grato.»

Aprendo la scatoletta di latta con la leva di una moneta mi accorsi che mi tremava la mano.

«Cosa fuma?»

Aveva abboccato. «Dunhill, quello comune, mistura inglese, sa... la solita.»

«Solita per lei... Me ne offre un...?»

«Con piacere.»

Osservai le sue dita, mentre portavano i ciuffi di tabacco al fornello. C'era una delicatezza toccante nella forza smarrita di quelle dita. Il suo sorriso inquieto tradiva un'avidità bambina. Poi, improvvisa come una gazza sulle gioie, una contrazione gli deformò i lineamenti, come se uno spettro gli fosse comparso davanti. Dalla tasca della mia giacca sporgeva «Il Piccolo». Cosa aveva visto?

Squadernai il giornale sul tavolo. Un'istantanea su quattro colonne. Un uomo massiccio, con un cappello a tesa larga che gli faceva buia la faccia, camminava fra le case di riva Nazario Sauro, o Gulli. Sullo sfondo il mare. Dal soprabito sporgeva la canna di un fucile. Il titolo diceva *Spara a moglie e figli. Fugge indisturbato.*

«Questa foto...» dissi a bassa voce «lei conosce quest'uomo?»

Il viso di Malaguti stentava a ritrovare un'espressione serena. «Quel cappello» sussurrò «è un Borsalino. E quel... quell'uomo non ha la faccia.»

Due ragazzi entrarono nella serra, non fecero caso a noi. Parlavano fitto e si scambiavano cose o carezze con le dita. Non avevano più di venticinque anni. Si erano fermati a dieci passi da noi e, con la schiena appoggiata al muro, fingevano di non guardare nella nostra direzione.

Come li vide, Malaguti portò il fiammifero alla pipa. Le sue mani avevano perso la grazia.

«Quelli ce l'hanno con lei, per caso? Se la infastidiscono posso...»

«Non dica sciocchezze, Rainer, quel che succede qui non esce di qui.»

Mise del fumo fra noi. E anch'io accesi la pipa.

Restammo in silenzio. Il calore del fumo era straniero al mio palato. Mi sforzai di non tossire. Ma provai un piacere grande a risentire quel sapore, e la voglia di lentezza, di contemplazione, che la pipa ispira.

La presenza dei due giovani detenuti, anche se discreta – quello che si era messo di spalle ci nascondeva il viso dell'altro – aveva rotto l'incanto. Affidammo al silenzio, rigato dalle volute del fumo, il compito di ricostituirlo.

«Lo sa, Rainer, cosa dice Balzac del fumo?» Non attese la mia risposta. «Dice che arriva al palato come una vergine al letto del suo sposo: pura, profumata, bianca, voluttuosa. Naturalmente in francese *fumée* è parola femminile.» Si grattò il mento con il bocchino della pipa. «E non faccia quell'espressione sbalordita, come vuole che passi il tempo? Qui se non si legge si diventa pazzi, e poi» dalle sue labbra uscì una nuvola bianca «non dimentichi che prima di soggiornare alla Fortezza facevo il bibliotecario.»

Forse disturbati dalla nostra presenza pietrosa, i due giovani detenuti si allontanarono. Uno dei due, il più alto, dall'aspetto agile, bussò con forza sulla porta di ferro. Il secondino che aprì lo accolse con un urlo e alzò il manganello in segno di minaccia, mentre l'altro s'intrufolava svelto nel buio del corridoio.

«Chi sono quelli?»

Malaguti staccò la pipa dalle labbra e si abbandonò a un sospiro rilassato. Socchiuse gli occhi dietro le lenti e disse: «Ragazzi che credono di saperla lunga perché sono ragazzi. La giovinezza è l'unica cosa che hanno, la sola che conti, e la gettano via perché non sanno cos'è né quanto valga». Aprì gli occhi, qualcosa che assomigliava a una fucilata li attraversò. «Anch'io, ragazzo, ho gettato via tutto, ma non per stoltizia, per codardia, e credo sia peggio» batté il fornello della pipa contro la gamba della sedia, «molto peggio.»

Il sole entrò all'improvviso nella serra proiettando sulle rose lo sporco del vetro.

«Lo vede? Persino il sole, da cui ogni bellezza dipende, può infangare una rosa.» Non parlava più con me. Parlava a un'ombra che gli era passata davanti.

«*La pantera* di Rilke ben raffigura la nostra vita di reclusi, ah non dico quella dei reclusi qua dentro, no» Malaguti batté il libro sul tavolo, «dei reclusi come lei, quelli che stanno fuori, quelli che le sbarre se le sono fatte e se le fanno ogni giorno da sé.» Ora parlava svelto, masticando un poco le parole. «Qui fai quello che dicono loro» alzò la mano al soffitto di lamiera, «ma qui, proprio qui, ho trovato il tempo vero della vita, ho imparato a fecondare la noia, a riempire il minuto di pensieri, letture, ho imparato a sopportare ciò che dura, a conoscere ogni genere di lentezza, ho imparato, in una cella di tre metri per quattro, tra un tavolo una branda e un lavandino, a inventare tutta la libertà che prima disperdevo come pula al vento. Prima, quando ero libero, riempivo i miei giorni con la chincaglieria degli incontri e dei raggiri per non vedere, toccare, sentire il vuoto di cui erano fatti.»

«Ora però parla troppo da saggio.»

Rise. Annuì. E rise ancora. «Sono vecchio, e la vista di quei giovani che hanno il mondo davanti mi spinge a dire le sciocchezze che fanno sentire bene i vecchi e che annoiano tutti.»

«Ma quei due... l'hanno molestata?»

«Uno di loro, quello che ci dava le spalle, quello magro, alto, mi ha rubato il tabacco la settimana scorsa e l'ha pagata cara. Il tabacco poi me l'ha dovuto restituire ma lui, quel ragazzo, se lo sono inculato in tre.»

La parola *inculato* stonava nella bocca di quell'uomo; si tolse gli occhiali. Avvicinò la faccia alla mia, sollevando le palpebre abitate da una stanchezza che non si fa descrivere: «Ha capito bene, lo hanno dovuto punire, perché qui non si ruba a un vecchio. È stato in infermeria tre giorni. E ora fatica a ritrovarsi. Sa, qui queste cose succedono. Le guardie lasciano correre quando gli ordini li danno quelli che qui hanno la forza». Si rimise gli occhiali e mi osservò.

«La forza?»

«Sì, i forti. Dappertutto c'è chi comanda, ma ogni luogo definisce a suo modo la forza: nei salotti che frequenta lei i forti sono quelli dall'eloquio più scaltro, sul mare il comandante della nave, nella foresta guida la caccia il lupo che ha le zampe e le zanne più grosse, il più bravo a fiutare il cervo, e qui invece comandano loro» alzò ancora la mano alla lamiera, «quelli con i soldi e con gli amici fuori e dentro, tra le guardie e tra i detenuti. Ma non mi chieda di più.»

Si appoggiò allo schienale. Rimise gli occhiali sul tavolo e con la sinistra accarezzò una rosa che sporgeva sopra le altre. «Spero che quel ragazzo ce la faccia a ritrovarsi. Spero per lui che ce la faccia.»

«Con lei se la sono mai presa... i forti?»

«Ci hanno provato appena entrai, ma non per davvero, sapevano che avrei ucciso. Qui gli assassini godono di un certo prestigio, e credo ci spetti. Non è cosa da poco togliere la vita a un uomo: gli prendi tutto, l'infanzia, gli amori, l'odio, i sogni e le sconfitte, gli rubi il tempo, anche quello di ieri, che non potrà più ricordare... È una cosa strabiliante, uccidere.»

Inforcò gli occhiali e il grigio dei suoi occhi arrivò fino ai miei. Parlammo ancora per qualche minuto. Mi chiese quanto i libri, le poesie che traducevo fossero importanti per me. Mi chiese se guadagnavo abbastanza. Mi chiese chi ero, infine. E io non seppi trovare parole convincenti. Non ero all'altezza della sua curiosità. Voleva essere sconcertato. Ma io scoprivo, a ogni frase, a ogni risposta che tentavo, quanto poco sapessi delle cose che mi accadevano intorno, che succedevano a me.

5

I miei incontri con Malaguti si susseguirono, brevi e intensi, per qualche settimana, il martedì e il sabato. Non erano i giorni di visita, ma quelli in cui lui aveva deciso di potermi dedicare una o due ore. Molto dipendeva dalla disponibilità del suo "ufficio", la serra della Fortezza. Venni a sapere che solo a pochi detenuti era concesso entrarvi, e le chiavi dipendevano da un uomo dall'aspetto di rospo zoppo, ma dal cuore, lo compresi presto, generoso. Si chiamava Gesù, e di Gesù tutto aveva tranne le sembianze. La prima volta che lo vidi stava rannicchiato dietro una scrivania, un metro per due di fòrmica gialla. Era rotondo, le spalle strette, il viso schiacciato, e aveva i capelli a spazzola, irti come la peluria di una noce di cocco. I suoi occhi erano gonfi come susine e le lenti spesse li facevano ancora più gonfi, come se stessero per scoppiare fra le dita birbanti di un bambino.

Gesù era affezionato a Malaguti, lo considerava un amico. «Chi gioca bene a dama non è cattivo, e poi gli fanno schifo i furbi e i cretini, che sono senza dio.» Gesù non voleva fare l'originale, sapeva quel che diceva. O credeva di saperlo, che è quasi la stessa cosa. Mi disse anche che «Qui c'è chi sa la bontà».

«Un uomo che ha ucciso può essere buono?»

«Lei non ammazza mai?»

Quando feci di no con la testa le sue grosse labbra si dischiusero in un sorriso nero. Non aveva un dente sano che fosse uno, e i sorrisi si era abituato a inghiottirli. Così la mia espressione involontariamente disgustata gli serrò la bocca in una morsa. «Ma lei» continuò sottovoce, imbarazzandomi oltre misura, «qualcuno lo ha ammazzato, sicuro. Tutti ammazzano, anche un amico, magari. Siamo tutti capaci, solo che pochi poi lo fanno perché c'è la galera. Io ogni giorno ne crepo due, di colleghi, e a qualcuno anche gli faccio la tortura, a quello che ci ha aperto la porta ieri gli ho rotto tutto il sorriso con un martello, un dente alla volta, nemmeno uno per masticare un carciofo gli ho lasciato, ci ho messo mezz'ora e mi ha dato piacere, un piacere grande un cocomero. Se era per me quello ora era solo un succhiaminestra e sputasaliva, ecco cos'era. Solo che... lei che è studiato le cose magari anche le sa... io non ho palle per fare quello che penso. Malaguti invece ha due palle così» allargò le piccole mani a padella come se afferrasse un pallone da calcio, «ma Malaguti è un uomo buono, non pensa le cose cattive.»

«Forse ha ragione lei.»

«La bontà è la differenza, i buoni fanno e poi pagano il conto, i cattivi invece il male lo fanno con il sogno, perché hanno la paura vaccaboia di finire qui dentro, dove devono vedersela con quelli del reale.»

"Quelli del reale", nel cuore e nella testa di Gesù, avevano un posto d'onore, e Gesù non era uno che concedeva la sua stima a cuor leggero.

«Malaguti ha le palle, non è professore.»

Avrei voluto offendermi, e magari rispondergli per le rime. Ma non ci riuscii, perché Gesù aveva ragione, accidenti a lui! Aveva toccato un nervo scoperto: mi ero sempre lasciato vivere, avevo sempre permesso che fossero le circostanze a scegliere per me. Per pigrizia? Per paura? Non sapevo dire perché, ma sentivo di non essere io alla guida dell'auto che mi portava: me ne stavo seduto dietro, e guardavo dal finestrino scorrere una casa dopo l'altra, un palo della luce dopo l'altro, senza la minima speranza di poter lasciare un segno su quel viavai di cose, paesaggi, persone. Ero spesso tentato dal pensiero che da qualche parte ci fosse un armadio stregato con dentro, appesi alle grucce, tanti destini. Allungando la mano avrei potuto scegliere e indossare quello che desideravo, ma non trovavo l'armadio e, cosa più triste, sapevo che se anche l'avessi trovato, non avrei avuto il coraggio d'indossare l'abito della mia misura, perché dal sarto io non c'ero mai andato, e così il mio destino non era stato filato e cucito.

Non so dire perché, entrando nella Fortezza, quel mattino mi fossi sentito più a disagio del solito.

Gesù m'investì con il suo fetido sorriso. «Andiamo, professore… Oggi Malaguti l'aspetta nell'ufficio della direttrice» disse alzando la voce, e s'incamminò lungo un corridoio dalla volta di cartongesso dove, di tanto in tanto, si aprivano buchi larghi una mano da cui penzolavano fili elettrici che finivano in niente. Lo seguii. Attraversammo gli uffici della prigione dove uomini in divisa andavano e venivano con pile di carte sotto il braccio.

«Questi qui già uccisi da Gesù, quasi tutti, uno se l'hanno mangiato i maiali, un altro l'ho fatto a fettine, ma l'ho fatto piano, perché è bello che sputano le budella un poco per volta. Tanto sono già morti, anche se non lo sanno. Spostano carte che nessuno legge perché non sanno leggere, e poi qui dicono che io, Gesù, ho il cervello storto, ma io, Gesù, dico che a questi manca il cuore.» Si girò, improvviso come un colpo di vento, si tolse le lenti, e con tutta la rotondità dei suoi occhi cercò i miei. «Il cuore è andato via dal mondo» disse, scandendo le sillabe.

«Sì, lo credo anch'io» bisbigliai.

Entrai nell'ufficio della Vecchia blu con un sospiro di sollievo. Era bello veder svanire Gesù dietro la porta.

«Sembra afflitto, professore» disse la direttrice venendomi incontro.

«Gesù sa essere pesante, quando vuole, e lo vuole molto spesso da un po' di tempo in qua» intervenne Malaguti, senza accennare ad alzarsi dalla grossa poltrona di cuoio che stava accanto alla finestra.

Ci scambiammo brevi convenevoli.

Sedetti su uno sgabello. Altro posto non c'era.

«Hanno portato via un po' delle mie suppellettili» disse la Vecchia blu.

«La comodità fa male alla testa» intervenne Malaguti stringendo i grossi braccioli della sua poltrona con tutte le dita, «ma fa bene al deretano, e io faccio il tifo per il deretano. Alla mia età mi sembra giusto, non vi pare?»

La Vecchia tornò alla scrivania. La sua testa sporgeva appena dalla torre delle scartoffie.

«Vuole unirsi a noi per una tazza di tè, professor Rainer?»

«Volentieri.»

«Non è molto buono, sa, ma visto che questa è una gattabuia diciamo che accontentarsi è cosa saggia.» La faccia di Carlo Malaguti era rilassata, come quando accarezzava le rose.

La tazza della direttrice si ricongiunse con il piattino. «Lei, Malaguti, doveva fare il poeta.»

Le labbra del vecchio minacciarono di scomporsi in un sorriso. Nel silenzio del mobilio polveroso, delle carte, del secondino che stava sull'attenti accanto al vassoio con la teiera fumante, sentii la pioggia scrosciare. Scivolava sul vetro della finestra e batteva sulla pietra del davanzale rimbalzando, violenta. L'albero che s'intravedeva oltre la muraglia d'acqua, il frassino al centro del cortile, andava in qua e in là, ma la pioggia copriva il rumore del vento che lo scuoteva.

«Mi piace la pioggia» commentai, senza sapere perché.

«Malaguti, mi dica» la direttrice si schiarì la gola, «lei sa che dovremo liberarla, che dovrà tornare a casa, sa che...»

«Lo so.»

«Mi dica» ripeté la direttrice, «la cosa la spaventa?»

«La morte non dovrebbe spaventare, ma lo fa. La libertà invece dovrebbe spaventare, e molto, ma non lo fa.»

Gli occhi della direttrice cercarono i miei. Si portò una mano alla fronte per ravviare il ciuffo ribelle e il gesto sventagliò sul suo viso una mezza dozzina di smorfie. Faticavo a sentirmi suo complice: era lei, non Malaguti, quella che più aveva bisogno d'aiuto.

«Lei sa che può contare su di noi, su di me, sul professor Rainer, che si è gentilmente... molto gentilmente... offerto di aiutare... aiutarci con il suo reinserimento.»

«La mia vita l'ho gettata ormai da più di sessant'anni, signora... Cosa vuole che me ne importi, ora? Quel che la sorte mi dà non può più farmi paura, e poi questi, mi scusi, non sono proprio affari suoi, se la legge la obbliga a liberarmi lo faccia e basta. La legge, lei dovrebbe saperlo più di ogni altro, non può un cazzo, mi perdoni la parola volgare.» Malaguti fece scintillare un fiammifero che avvicinò alla pipa, ma lo spense soffiandoci sopra prima di riaccenderla. «Di cosa s'impiccia, signora? Io quel che devo fare lo so, trovi anche lei la voglia, la forza di fare quel che deve. È semplice, non crede? Si tratta solo di firmare qualche carta, dopotutto. È questo che fate qui dentro, firmate delle carte. Giusto? Carta, solo carta.»

«Sì. Solo qualche carta, ma...»

«Quando s'incarcera un uomo si brucia la sua libertà, e la libertà è l'alfa e l'omega, l'alef e la tau dell'uomo, però vede... solo la pergamena, la carta brucia. Ma c'è qualcosa che non brucia: l'invisibile. L'invisibile non me lo avete mai portato via e dunque non potete restituirmelo, quel che potete, e anzi ora dovrete fare, è girare la chiave delle vostre ridicole porte di ferro che io varcherò, una dopo l'altra, per poi uscire in strada e tornare a casa, e questo è proprio quel che farò.»

«Niente mi può rendere più felice di sentirglielo dire, mi creda.» La direttrice andò alla finestra, appoggiò i polpastrelli sul vetro come per spingerlo via.

Carlo mi guardò. Si tolse gli occhiali. Appoggiò la pipa sulle ginocchia. I suoi occhi grigi erano fermi, asciutti.

Bussarono alla porta. Due volte, forte. La signora tornò a sedersi, assestandosi la crocchia sulla nuca. «Avanti» disse.

La rotonda sagoma di Gesù si affacciò. «Direttore, presto, il telefono, quello del corridoio... C'è un guaio brutto giù, nelle cucine.»

6

«La vecchiaia è una guerra perduta» disse Malaguti masticando la pipa, «ma questo non autorizza la resa. Non c'è onore nella resa. Si combatte e a un certo punto è finita.» Sputacchiava sillabe e tabacco. «Il guerriero di Pindaro, quando cade, chiede a chi sta per colpirlo di trafiggergli il petto, non la schiena, perché il suo amico non creda che sia morto fuggendo.»

Penso che qualche volta si compiacesse di parlare un po' troppo alto, il suo "sopra le righe" voleva essere un monito: te lo devi sudare, ragazzino, il privilegio di starmi accanto.

C'erano anche lunghi momenti di silenzio tra noi, nel cortile della Fortezza. Gli camminavo vicino, mi piaceva ascoltare i suoi silenzi. Si parlò di come tradurre *awe* in italiano, questa paroletta inglese che secondo lui conteneva il mondo: «Ecco, se Pallade Atena si mostrasse qui, proprio qui, ora, nel cortile di questo carcere, e ci venisse incontro, noi proveremmo *awe*». Poi, senza una pausa, poteva cominciare a disquisire sulla scoperta della polvere da sparo, che stava alla storia umana come l'invenzione del sonoro a quella del cinema, oppure del caffè che secondo lui sapeva sempre più di plastica. «Adesso che lo fanno con quelle cialde che solo a vederle mi danno il voltastomaco.» Finché un giorno mi parlò del dio di Spinoza, del mistero del tutto: «Siamo noi che vogliamo vedere un disegno nell'ordine delle leggi di natura, oppure è la nostra mente che si rifiuta di concedere al Caso il ruolo del protagonista? Io non so rispondere, ma so che Anna era tutto, era Caso e Legge e Disegno supremo. Era bella, sa, una ragazza che non ne trovi un'altra così in mille anni e in cinque continenti».

Ci fermammo sotto l'albero in mezzo al cortile. Mi guardò. Il sole riflesso nelle sue lenti mi ferì gli occhi. Cercavo di nascondere la sorpresa per quel nome improvviso, Anna, che Malaguti aveva buttato là, rivestito di attributi divini degni di *awe*. C'era una sedia di ferro smaltato appoggiata al tronco. Carlo sedette e indicò la terra davanti a sé come un re che offre al vassallo uno scranno. Sedetti sull'erba secca e incrociai le gambe. Ripose gli occhiali nel taschino della giubba, accese la pipa. «È bello qui. Quando il cortile è vuoto la prigione sparisce, e sono nel giardino di casa. È la solitudine, con il suo tempo e il suo spazio privato, la cosa più preziosa che ha l'uomo, e la sua perdita è la crudeltà più crudele che il carcere infligge. Se il tuo tempo lo decidono altrove...» Accese la pipa che si era spenta. «Non vuole fumare? È più bello se si fuma in due.»

Annuii e gli chiesi i fiammiferi.

«Erano giorni di vento, di vento bagnato. Ricordo questo

dell'8 settembre. Il 1943 è stato l'anno più brutto. C'era il buio nel mio animo. Era una marea di pece che travolgeva un popolo intero, che cancellava la patria, con un soffio madido dell'alito del demonio.» S'interruppe per cercare il mio sguardo che senza lenti faticava a trovare. L'aria tiepida e fresca giocava tra noi con il fumo che saliva dalle pipe. Ero turbato: non capivo il nesso tra l'8 settembre e quella Anna, divinità suscitata e subito abbandonata dalle parole di Malaguti. «Mia madre era morta da poco, all'ospedale Civile, per una trombosi. Era giovane mia madre, ma la morte non bada a queste quisquilie. Mio padre era in Russia con l'Armir, un ufficiale medico dichiarato disperso dal Ministero della Guerra. Quando la radio diede la notizia di Cassibile, il vociare della strada si spense come una candela a cui un refolo strappa la fiamma, un refolo grave di presagi: era come essere stati gettati, così, all'improvviso, e senza apparente motivo, in un gorgo di notizie contraddittorie. I tedeschi avevano paura, la loro paura era nelle piazze, nelle osterie, nelle strade: dovunque la belva si sentiva ferita e tradita. Ma era una belva organizzata, gli ordini che i loro ufficiali ricevevano e trasmettevano ai soldati erano chiari. Il nostro esercito c'era, ma in poche ore divenne una banda senza capi, specchio di quel volgo disperso che patria non ha, di cui dice il poeta.»

Nella voce di Malaguti era entrato un rantolo trattenuto, che l'intorbidiva.

«È quello che siamo sempre stati» dissi, «un volgo disperso. È l'Italia perenne questa, ognuno per proprio conto, un *tengo famiglia* onnipresente.»

«Ma c'era la guerra, e la guerra è una cosa maledettamente seria. Venga, facciamo altri due passi, si pensa meglio con i piedi in movimento.»

Ci alzammo.

«E quando mai siamo stati capaci di essere seri fino in fondo? Qualcuno sì, la solita minoranza che si trova tutti contro e non riesce a combinare niente.» Senza quasi accorgermene andavo infervorandomi.

«Gli eroi sono pochi ovunque. Non c'è tempo e luogo dove siano di casa.»

Una mezza risata ci unì. Poi Malaguti, con voce limpida, riprese la sua concione.

«Ero cresciuto con il culto della patria italiana, la dittatura ci aveva educato a essere patrioti, non cittadini. E noi ragazzi avevamo più sentimento che ragione, un po' tutti quelli della mia età.»

«In questo, non credo che i tempi siano cambiati.»

Non ascoltava. «Vedere che tanti ufficiali del Regno si spogliavano della divisa, guidati, ossessionati dal solo pensiero di tornare a casa, di mettere in salvo la pelle, per me fu tragedia, non *una* tragedia, ma *la* tragedia, la fine di quello in cui avevo creduto. Un esercito abbandonato a se stesso, tradito dal re a cui aveva giurato fedeltà, era il crollo dell'anima, della mia anima, anche.»

Azzardai: «Il male pubblico giunge alla casa di ognuno.»

Malaguti sorrise. Accelerò un poco il passo e sorrise. «Le piace far sfoggio di erudizione. C'è una boria infantile in lei che mi costringe alla tenerezza.»

«Lei ha un passo da carabiniere.»

«Davvero?» Questa volta si girò per schierare tutti gli incisivi. «Sì, oggi sono proprio in forma... Lo sa, Rainer, prima di quel fuggi fuggi io non avevo mai toccato con mano l'idea della fine. La fine di una patria, di una nazione, di un popolo, di una cultura. La mia patria, la mia cultura. Non era soltanto una battaglia perduta. Caporetto si trasformò presto nella resistenza sul Piave, sul Grappa, ma un esercito che si disfa come un maglione tra le unghie maligne di un gatto che tira un filo qui un filo là, questa è tragedia. No, mi correggo, non tragedia, perché la tragedia dà senso alle cose. Era la disfatta, disfatta e basta. I nostri sguardi, quelli dei ragazzi, dei vecchi, delle madri, dei nonni, erano schiantati. Non si sapeva dove scappare, dove nascondersi. Sentivo dentro di me tutta la paura di un popolo senza guida né patria. E, scusi se mi ripeto... Cosa ci avevano insegnato a scuola la maestra prima, e poi i professori? Ci avevano detto che ciascuno di noi era l'Italia, dovunque uno di noi fosse nel mondo, lì c'era l'Italia, e questa sola parola ci metteva un nodo alla gola.»

M'intromisi. «Ricordo un professore, era vicino alla pensione, io ero alle medie. Ci raccontò il titolo di un tema dei tempi suoi: *Passa un velivolo, è un lembo di patria nel cielo.*»

Malaguti mi sbirciò con la coda dell'occhio. «Già. Ora una frase così fa ridere, certo! Ma quel che successe l'8 settembre distrusse la nostra ingenuità. Oh, io avevo già letto molti dei libri sgraditi alla dittatura, romanzi americani anche, e a farmi diffidente erano bastati i greci e i latini che si leggevano a scuola, e Machiavelli, Montaigne, Spinoza, il *Macbeth* che adoravo. Al liceo molti di noi, sia pure sottovoce, parlavano male, anche malissimo di Mussolini, non eravamo intellettualmente ingenui. Ingenua era solo la nostra anima, ma lo era fino in fondo, non era attrezzata per contemplare l'onta del tradimento.»

Lo interruppi con una frase a mezza voce: «Il coraggio non è solo un mito...».

«No, è una necessità.»

«Io non sono un coraggioso, forse per questo ammiro il coraggio» dissi piano. E Malaguti mi sorprese: «Io credo che lei sia più audace di quel che crede. Ma ha avuto la disgrazia di nascere in un'epoca generosa di agi e sicurezze impiegatizie. Gli agi immeritati fiaccano anche i migliori».

Ci fermammo sotto l'albero e i miei occhi cercarono i suoi. Riprendemmo quasi subito a camminare uno vicino all'altro, la mia manica sfiorava la sua.

«Il sovrano e il suo governo, con la loro manifesta codardia, con l'abbandono di Roma, gettarono addosso a me e a tutti quelli che conoscevo, il fruttivendolo sotto casa e il professore con cui parlavo di Alceo e di Saffo all'osteria di via del Ponte, badilate di pece, la pece dell'impotenza. Il coraggio era la virtù sbandierata dalle autorità, quelle stesse che al primo soffio di vento avverso se l'erano data a gambe. Solo i carabinieri restarono al loro posto, e i preti. Lei lo ha capito, vero Rainer, che a me i preti vanno di traverso? Però furono la sola autorità che non si mosse. Una montagna non si muove; il castello di sabbia che era lo stato fascista, invece... la risacca se lo portò via in un battito di ciglia. Così la paura dei tedeschi, chiara nelle prime ore, dopo l'annuncio dell'armistizio che suggellava la capitolazione del Regno, si trasformò presto in buia furia punitiva. Non sbagliarono una mossa, quei cani. La Wehrmacht era un corpo col cuore saldo e la testa lucida. Ricordo come fosse ieri che in quei giorni provai odio ma anche invidia per quegli uomini in divisa che arrestavano i nostri fanti. Come potevo non invidiare la sicurezza con cui agivano? Ogni loro soldato era convinto che la propria vita dipendesse dalla rapida e precisa esecuzione degli ordini, sapeva che il valore di ciascuno era lo specchio della Germania lontana, che sentiva tradita. Perché loro, quei maledetti, la patria ce l'avevano ancora. Questa era la differenza. Noi, l'8 settembre 1943, abbiamo perso l'Italia, un mito che non era stato fabbricato in un giorno...»

Riuscii a intromettermi: «Petrarca, Machiavelli, Foscolo, Nievo...».

«E quando un mito s'infrange, anche se ha radici millenarie, è per sempre. Fuggii. Il mio professore di Lettere, un certo Giglioli, una gran brava persona, che si era fatto la Grande Guerra, mi disse di nascondermi, stavano rastrellando i giovani in età militare, che per me era assai prossima, e la scelta era tra il campo di concentramento al di là delle Alpi e la divisa della Repubblichetta che il Duce, con le armi di Hitler, stava mettendo insieme. Finii a Sant'Erasmo per un caso.»

«Per caso?»

«Sì. Gli americani, o gli inglesi, non so, stavano bombardando la costa, non trovavo il rifugio e un ragazzo mi disse di seguirlo. Il buio era spaccato dal frastuono delle granate, dalla luce delle bombe che facevano la notte arancione. Ci gettammo in un fosso. Restammo lì, avvinghiati l'uno all'altro, e mi addormentai con l'odore del suo sudore e della sua piscia nel naso. Al mattino c'incamminammo. Non so perché, ma non ci pensai nemmeno a tornare a casa, lo seguii e basta. Era un tipo deciso, Gianfranco si chiamava: "Ho un capanno di caccia a Sant'Erasmo, un'isola della laguna veneta". Lo seguii. Dopo cinque giorni raggiungemmo l'isola con una barca a remi. Io sapevo vogare e mi resi utile. Pensavo di fermarmi due o tre settimane. E invece mi piazzai lì per mesi, in un capanno di fortuna che mi costruii sotto l'ala di uno Stuka abbattuto, fino a quando, un mattino, le divise nere mi arrestarono.»

S'interruppe, si era fatto pallido all'improvviso, come se avesse ricevuto un pugno allo stomaco e gli mancasse il fiato. «Sono stanco di raccontare...» Ci fermammo, eravamo ritornati sotto l'albero. «Di Anna le dirò un'altra volta, e domani mi porti un po' di quel tabacco, quello della scatola rossa, anzi se mi porta anche una scatola intera e sigillata potrei sdebitarmi con una guardia.»

Lo rassicurai. «Ha ragione» dissi, guardandomi intorno dopo aver svuotato la pipa sull'erba, «è bello qui, quando il cortile è vuoto ci si dimentica di essere alla Fortezza. A domani.»

Credevo che la giornata fosse già stata piena di emozione finché non rincasai.

Sulla porta mi aspettava Diana. Aveva una grossa borsa di cuoio e due occhiaie che si vedevano a distanza. Entrammo.

«Vuoi una tazza di tè?»

Mi chiese se avevo del whisky. Aveva la voce impastata, come se avesse in bocca un calzino.

«La mamma è morta.»

Silenzio. E ancora silenzio.

«Quando?»

«Questa mattina. Vengo dalla clinica.»

Mi sprofondai nella poltrona di velluto che consideravo la mia cuccia di lettura, una vecchia poltrona con i larghi braccioli di cuoio consunto e lo schienale basso, che mia sorella conosceva perché quando era ragazza era la *sua* cuccia.

«Per me la mamma è morta quando è impazzita, quando…»

«Non è mai impazzita» disse Diana, «se ne andò via con un uomo, dopo che papà era fuggito a Singapore per farsi sbudellare da una puttana.»

«Come lo sai?»

«Ci sono cose che non ti ho mai detto.»

Mi alzai e le versai un dito di whisky in un bicchiere da vino. Storse le labbra. «Guarda che sono cresciuta, dài, versane ancora.»

Obbedii e ne presi un po' anche per me. Non ne avevo voglia, ma un bicchiere in mano aiuta a illudersi di tenere in ordine i pensieri quando rifiutano la briglia.

Tornai alla mia cuccia.

Diana si assestò sul divano. «Certo, tra casa tua e la stalla che è la camera di mio figlio, io non so quale sia più pulita.»

«Tania ieri ha fatto manca.»

Diana indicò un quadretto in parte nascosto dalla pila dei volumi che ingombrava la mia scrivania. «Bello quello, è nuovo?» Si alzò e andò a raddrizzarlo.

«Sei insopportabile, Diana. Raddrizzi i quadri anche in casa degli altri.»

«Era più bello da lontano. Da quando ti piacciono i cani?» disse, e tornando a sedersi aggiunse: «Tu non sei *altri*, sei Luca, mio fratello».

«L'ho trovato in un mercatino, a Cividale, l'altra settimana. È una tempera anni Venti, e quello è un levriero, mica un cane»

Mi guardò. «Non vuoi sapere come è morta? Se ha sofferto?»

«Diana, non la vedo da diecimila anni, non è più mia madre da quando se n'è andata. Ero un bambino, te ne sei scordata? E quando mai ha chiesto di me? Mai, mai, capisci?»

Diana sorseggiò il whisky, senza convinzione. «Sei un po' cresciuto per certe richieste d'affetto. Quante volte sei andato a trovarla in clinica?»

«E perché avrei dovuto? Cazzo, Diana, smettila!»

«Ti ha messo al mondo.»

«Be', non gliel'ho chiesto io.» Mi stavo chiedendo cosa ci fosse della Diana che mi aveva tenuto in braccio, che mi dava le sue caramelle, in quella donna che mi sedeva di fronte, con tanto di sandali di marca e gonna al ginocchio. Ogni volta che la incontravo mi facevo questa domanda.

Da piccolo la sapevo la più bella del mondo, aveva tette appena pronunciate, dure come quelle delle statue, e gli occhi verdi, come uno stagno con le ninfee. La sua pelle profumava e io odiavo i compagni del liceo che si portava a casa, capivo che con lei facevano cose che avevano dentro la magia della burrasca: l'avevo spiata quando si era chiusa in bagno con un lontano cugino di Pesaro che le leccò il collo come fosse un gelato. Certe cose i bambini le capiscono molto prima di saperle.

«Va bene, visto che ci tieni dimmelo pure... Come è morta la donna che dovrei chiamare mamma?»

«Hai sempre l'aria di un bambino che gli è caduto per terra il bignè appena comprato, lo sai?»

Sorrisi, e anche Diana sorrise.

«Cioccolato e limone» disse, «scommetto che se prendi un gelato è ancora al cioccolato e limone. Sbaglio?»

«Non sbagli.»

«Non ti è mai piaciuto cambiare.»

«Ma se mi rimproveri un giorno sì e l'altro pure di essere instabile! Donne che durano mesi, quando va bene.» Appoggiai il bicchiere sul bracciolo.

«Dài, scherzo, non fare quella faccia!»

«Allora... ha sofferto?»

«No, credo di no, le suore dicono di no, ci sono andata poco alla clinica, rimprovero te e parlo di me.» Inghiottì l'ultimo sorso. «Vieni al funerale? È domani, nella cappella dell'Ospizio. È il Comune che paga.»

«Certo che vengo. Porti i bambini? Giovanni?»

«Non ci penso nemmeno. I piccoli hanno la scuola e Giovanni è via per lavoro. È sempre via quando serve.»

«Ho odiato quella donna, ma adesso che è morta no, non me ne importa. Anzi. Però non puoi chiedermi di amare chi mi ha tradito.»

«Che parolona, *tradito*. Se n'è andata. La depressione è una brutta bestia, stava male e quando il principe azzurro ha bussato alla sua porta, cosa doveva fare? Ne aveva passate tante, ha perso la testa e ha afferrato quel barlume di felicità.»

«È questo che la vita ti ha insegnato? Fare i propri comodi fregandosene di chi hai messo al mondo? Ti sembra bello? Parli proprio tu che i bambini ce li hai in testa anche quando…»

Diana mi guardò stringendo le palpebre, per trafiggermi.

«Quella borsa» indicai la cartella di cuoio che Diana aveva appoggiato accanto al portaombrelli dell'entrata, «cosa nasconde? Sembra che voglia esplodere.»

«Sono le carte che la mamma teneva sotto il letto. Me le ha date suor Gigliola.»

«Già… aveva anche fatto l'avvocato, un tempo.»

«Era brava.»

«Ma va'… era un avvocato d'ufficio.»

«Lo faceva perché le sembrava giusto, lo sai che con i soldi non ci pigliava.»

«Erano tante le cose con cui "non ci pigliava".»

Diana si alzò e fece un gesto con la mano come per scacciare un moscone. «Sei uno stronzo! È ancora calda, in una bara, e tu... È nostra madre, cavolo, Luca, ma cos'hai nella testa, marmellata fritta? Non hai pietà.»

Non dissi niente. L'accompagnai alla porta.

Sul pianerottolo Diana si fermò. Si girò. «Ti meriteresti un cazzotto, ma ti voglio bene, fratellino.»

«E la cartella della mamma?»

«Tienila, gettala, bruciala, fai come ti pare. Io ci ho passato un'ora a scartabellare e mi è bastato. Ho bambini da tirar su, io.»

Scese le scale a passo svelto, con i tacchi che clacchettavano sui gradini.

7

Non trovavo le Church's. Avevo cinque paia di scarpe che non valevano un soldo ed ero riuscito a perdere proprio quelle che mi erano costate quindici giorni di lavoro, un atto del *King Lear*.

«E prenderemo su di noi il mistero delle cose» mormorai fra me e me «come se fossimo spie di Dio.»

Misi sottosopra i settanta metri quadri che la mia ultima fidanzata aveva cercato, senza troppa fortuna, di trasformare in una casa, ma le scarpe da funerale non saltarono fuori. Fui costretto a ripiegare su dei mocassini chiari, anche se facevano a pugni con il grigio del vestito. Scrissi una nota di protesta per la Tania e l'appiccicai sul frigorifero. Era evidente che l'ordine che quella contadina moldava cercava di imprimere sul mio disordine aveva conseguenze nefaste; per fortuna si era sempre tenuta alla larga dalla mia scrivania, un castello di libri e di fogli che non osava spolverare.

Mi concessi una colazione abbondante al bar di Irma la Dolce. Va da sé che il nome era stato affibbiato dagli avventori, l'insegna diceva solo BAR E TABACCHI. Mentre sorseggiavo il cappuccino mi trovai nel mezzo di una battaglia verbale piuttosto violenta tra due partigiani di Prodi e uno di Berlusconi. Le accuse che i tre si scambiavano sopra la mia testa, a un palmo dalle mie orecchie, denunciavano una rabbia personale, come se stessero parlando delle proprie mogli e delle relative corna. A chiudere la questione fu il provvidenziale intervento della Irma che pronunciò le parole fatali: «Non mi piacciono quei due».

I partigiani dell'una e dell'altra fazione dissero insieme: «Perché?».

«Non mi fido degli uomini che si tingono i capelli.»

Il silenzio calò. Le mie orecchie si riconciliarono con il mondo.

La cappella dell'Ospizio di San Domenico era buia. Due lampadine su tre erano bruciate e una manciata di candele, accanto all'altare, proiettava un tremolante chiaroscuro sugli affreschi della volta.

Il sacerdote si faceva attendere e una donna scarna, con il vestito e il viso marroni, senza sopracciglia e senza un pelo in testa nemmeno se lo cercavi con la pinzetta, passava la saccoccia delle elemosine lungo i banchi affollati dai barboni che, con la prima luce del mattino, lì trovavano riparo dal freddo della notte. Alcuni battevano i pochi denti che le loro bocche ospitavano, anche se il termometro segnava quindici gradi.

L'esile, alopecico esserino non poteva sperare in un obolo da quegli uomini mazziati dalla sorte ma, con pazienza, scuoteva la saccoccia vuota davanti alla faccia di ciascuno di loro. Erano facce ossute, scure di rabbia, di stenti e di lerciume, eppure nei loro occhi c'era una scintilla che, ostinata, ancora diceva *No!* alla tenebra.

La bara era di abete, tavole verniciate di fretta. Diana l'aveva addobbata con un mazzo di rose bianche aperto a ventaglio. Dodici rose. Il cattivo gusto aiuta a incipriare la morte.

Pensai alle rose della serra della Fortezza, alla cura che le nutriva, alla piccola e grande gioia che sapevano infondere, al dire rauco di Malaguti che con loro s'intratteneva.

La voce liquida del sagrestano sovrastò il mugugno dei barboni assiepati: «Lo hanno trovato morto, morto sul water, a braghe giù».

«Chi?» chiese l'alopecico donnino sospendendo la finzione della raccolta dell'elemosina.

«Il prete. È morto, fatto secco da un infarto. Aveva il cuore brutto.»

Senza volerlo scoppiai a ridere, e la risata contaminò le bocche sdentate che mi stavano intorno fino a travolgere anche mia sorella e l'alopecica creatura.

Gli uomini delle pompe funebri, che se ne stavano in fondo alla cappella, nell'ombra, si fecero avanti spingendo il carrello di ferro destinato alla bara. Le rotelle balzellavano sulla pietra. Erano due ragazzi dalla pelle nera, somali o eritrei, a giudicare dall'elegante profilo che li accomunava. Con pochi gesti sapienti assestarono la bara sul carrello e si avviarono verso l'uscita.

«Il funerale più breve della storia» bisbigliai all'orecchio di mia sorella.

«Già» disse, «così breve che nemmeno c'è stato.»

In quel momento un frastuono scosse il placido sonnecchiare dei barboni che si girarono tutti verso la porta. Bocche di pesce aperte sul vuoto.

«È morto anche il becchino?» sussurrò qualcuno.

Una ruota del carrello aveva urtato il piedistallo di pietra dell'acquasantiera e la bara si era rovesciata.

Solo una risata di proporzioni omeriche avrebbe potuto conferire dignità alla catastrofe, e siccome la provvidenza a volte provvede, la risata non si fece attendere. Partì da uno dei barboni dell'ultima fila, la più vicina alla bara rovesciata, e si diffuse come un'onda su ogni faccia della cappella, senza tralasciare quelle martoriate dalla salsedine che ne ornavano i muri e la volta. Diana era la sola a non ridere. Io, dal canto mio, cercavo di oppormi con tutte le forze al riso, ma le mie forze erano esigue.

I due africani si davano da fare per rimettere la bara al suo posto, ma l'onda di marea della risata non li aiutava nella difficile impresa.

Accompagnai Diana fino al più vicino parcheggio dei tassì.

«Nemmeno nel momento dell'ultimo addio ha rinunciato a farsi notare» dissi.

«La mamma è sempre scoppiata di energia, è stato il suo modo di dire no a questa merda, alla morte e a tutta la merda che è la vita che ha vissuto.»

«Già, persino nella bara ci stava stretta. E poi, se non

ricordo male, ha sempre avuto paura del buio. Non le andava di farsi rinchiudere... e voleva farcelo sapere, ecco.» Guardai Diana, si era fatta seria. «Le acquasantiere tornano utili, di quando in quando» aggiunsi.

«Vorrei che ascoltassi tutte le cazzate che dici, ogni tanto.»

Ognuno ha i consanguinei che si merita, avrei voluto risponderle, ma scelsi il silenzio, senza pentirmene.

8

Mi servì qualche giorno per trovare la forza di aprire la borsa di cuoio che Diana mi aveva lasciato. Non avevo voglia di tornare alla Fortezza. Malaguti aveva chiesto di me e gli avevo fatto riferire che dovevo riprendermi dallo shock della morte di mia madre. Era una bugia molto credibile, dopotutto.

Facevo lunghissime passeggiate, andavo da piazza Unità fino a Muggia e ritorno, riflettevo su di me, cercavo – con poco successo – di capirci qualcosa. A che punto sono della mia vita, dove voglio andare? Quelle domande da adolescente che ritornano nei momenti di bonaccia, preludio di tempesta. Avevo messo la borsa sul tavolino del salotto, tra il divano e la tv. Ci giravo intorno. Ci mangiavo davanti. Cucina da lupo solitario smagrito dall'inverno: formaggio, cotoletta, qualche schifezza fritta, offerte del supermercato Bio.

Sapevo che quella borsa di cuoio, gonfia da fare impressione a guardarla, nascondeva una sorpresa, ma non ero sicuro di voler essere sorpreso. Nascondeva mia madre: una parte importante di me che avevo sempre evitato d'incontrare, temendo il peggio. Di lei ricordavo gli scoppi d'ira e di catastrofica euforia che ogni tanto riversava su di me e su Diana. Entrava e usciva da una clinica che era proibito chiamare manicomio: ogni volta che tornava a casa si mangiavano lenticchie per una settimana, anche quando non erano di stagione, perché le lenticchie, aveva deciso, scacciano il malocchio. Per fortuna, quando la mamma non c'era, era Diana a far da mangiare, e lo faceva bene, anche se non smetteva di rimproverarmi di essere un principino sul pisello: sputavo fegato, semolino, funghi, molluschi, cervella, cuore e cetrioli, cose di cui lei andava ghiotta.

Aprii la cartella in un giorno di sole, combattendo con la voglia di uscire.

I fogli erano pigiati al punto che, quando feci scattare la serratura, la borsa si aprì con un *clac* di sportello metallico.

Tre faldoni. Uno rilegato con cartoncino verde, uno rosso; l'ultimo era un plico tenuto insieme da un elastico che si sbriciolò non appena toccò il tavolo. La prima cosa che mi colpì fu un disegno: inchiostro blu, tratteggio composto, una bambina con un naso da Pinocchio che innaffia delle rose. Bianche, il gambo lungo. Le rose erano disegnate con una cura superiore a quella di ogni altra parte del disegno. La carta era appena un poco ingiallita, e al centro di una rosa – il mazzo ne contava sette – c'era un largo punto rosso. Una macchia. Non c'entrava con il resto. Il disegno era stato tratteggiato con una stilo. Quel punto rosso mi fece pensare a qualcosa di estraneo, ma non avevo l'impressione che fosse entrato per caso nel disegno.

La bambina era riccioluta e il naso da Pinocchio contrastava con i lineamenti ben definiti, come se fosse stato messo lì per scioccare. Il tratto denunciava qualche esperienza, e del talento. Ma perché quel punto scarlatto che scompigliava la danza del blu sul bianco dello sfondo? Lo misi da parte.

Dal primo faldone uscirono fogli insignificanti: bollette, contratti, tessere del cinema, carte di credito scadute, abbonamenti a questo e a quello, danza, musica, teatro, certificato di nascita, certificato di matrimonio tagliato in quattro e rimesso assieme con lo scotch, un mazzo di tarocchi unto e consunto da far schifo, passaporto, patente, tesserino sanitario e una foto di suo padre – mio nonno – affettata da una forbice e ricomposta con più cura del certificato di matrimonio.

Il secondo conteneva cartoline: non poteva essere stata a Tokyo e Buenos Aires, pensai disperdendo le immagini sul tavolo. Tranne qualche eccezione erano tutte cartoline mai viaggiate, niente indirizzo, francobollo, timbro e nota di saluto; come si era procurata una seppia che raffigurava una piazza di Bogotá senza essere mai stata in Colombia?

L'ultimo plico, quello legato con un elastico, era di fogli formato A4 scritti a mano. Tutti dalla stessa mano, inchiostro blu, come nel disegno.

Mi colpì la chiarezza e la regolarità della scrittura. Era la sua, la ricordavo. Non era la grafia di una squilibrata, le lettere erano grandi e rotonde, con un che d'infantile e di gioioso, come se fossero uscite dalla penna per conto loro.

Tirai la tenda per scacciare il sole e il mondo. Sprofondai nella poltrona. Un tumbler di whisky sul bracciolo. Regolai la lampada con cura e caricai la pipa senza accenderla.

"CM vuole essere condannato! Scoprire perché impedisce la difesa."

La frase – il tratto incerto – era scritta a matita sul bordo di un ritaglio di giornale dove la foto di un uomo ben piantato, in manette, campeggiava al centro di un breve articolo, firmato GV.

Nel Trentino, seppellito nel cortile di un casolare isolato, è stato ritrovato il corpo della proprietaria, una donna di mezza età, Marta Vianello, impiegata alla TELVE *di Venezia. La polizia ha arrestato il suo assassino, un sessantenne di Trieste, Carlo Malaguti, di professione bibliotecario, che ha confessato il crimine efferato. L'arma del delitto, che la perizia ha definito "un residuato bellico", è stata ritrovata sul cadavere della vittima, in evidente stato di decomposizione. Il Malaguti, dopo aver sostenuto, in un primo momento, che il colpo era partito per caso, ha infine confessato di aver sparato con intenzione. Tuttavia, sul movente non è stata fatta chiarezza. Voci di corridoio della Procura della Repubblica di Trento – trincerata, compatta, dietro il segreto istruttorio – rivelano che tra i due c'era una relazione passionale, che non è, però, comprovata da testimonianze. Il movente più probabile sarebbe dunque la gelosia. Il Malaguti è stato definito dalla Procura un reo confesso reticente, confessa il crimine ma rifiuta di esporne le motivazioni, mettendo in difficoltà anche l'avvocato che ne ha assunto la difesa, la dottoressa Vera Scarfoglio Rainer, che si dice convinta si tratti di un omicidio preterintenzionale, e non premeditato, come le prove raccolte dalla Procura sembrerebbero indicare. A sostegno della sua tesi l'avvocato, nominato d'ufficio, ha dichiarato al nostro giornale che non esiste alcuna traccia probatoria che leghi il cadavere della Vianello al suo cliente, il presunto assassino. Sembrerebbe anche – ma la Segreteria della Procura definisce la notizia una fantasia – che a mettere il procuratore Anselmi sulle tracce del presunto assassino sia stata una lettera anonima.*

C'era una seconda annotazione, anche questa scritta a matita: "CM con me non parla. Se si esclude qualche sì e qualche no, non ho mai udito la sua voce. Come faccio a difenderlo se non vuole farsi difendere? Ha ammesso l'omicidio, e basta. Gli ho chiesto dell'arma del delitto, ma non risponde. Io sospetto che la Vianello fosse la proprietaria dell'arma, che non risulta nei registri di nessuna questura d'Italia. Non riesco a credere che tra quei due ci fosse una relazione sentimentale. Ho visionato la lettera anonima che ha dato il via alle indagini e di cui «Il Piccolo» fa menzione, insieme alla smentita delle autorità. Ma ci sono altre cose poco chiare. Sospetto: Marta Vianello era una ricattatrice? Forse sì, certo non una professionista del ricatto, dunque pericolosa perché maldestra, imprevedibile come tutti i dilettanti. Ma qual era l'oggetto del ricatto? Mio dovere è difendere il cliente al meglio delle mie capacità, in ogni circostanza. Ma il mio cliente preferirebbe essere squartato da quattro cavalli piuttosto che essere difeso. Quel che nasconde potrebbe essere terribile. Ha l'aria di un uomo che non riesce a smettere di rimproverare se stesso".

Le sette righe successive erano cancellate da grossi tratti di lapis con precise volute intente a nascondere ogni traccia di scrittura. Sollevai il foglio e lo misi contro la lampada. Impossibile decifrarlo. Bevvi un sorso e accesi la pipa.

"Ma che cos'è il tradimento? Io tradisco me stessa ogni giorno. E non so cosa vuol dire la parola. Si tradisce un amico, un amante, un marito, una figlia, un figlio, ma cosa vuol dire? Si tradisce una promessa, ma le promesse sono già un tradimento quando vengono pronunciate, perché il futuro non è nelle conoscenze possibili. E allora cos'è? Perché si passa la vita a tradire, e chi e cosa si tradisce? Si tradisce se stessi. Tutti lo fanno, sempre. Ogni donna tradisce l'adolescente piena di futuro radioso che aveva sognato. E gli uomini non sono da meno in quest'arte. Io ho tradito la vita quando ho usato il ferro da calza per liberarmi di quella cosa nemica che mi cresceva dentro, avevo tredici anni, ma non è una scusa. L'ho fatto perché mi sentivo invasa da un'entità estranea, che stava a poco a poco prendendo il sopravvento. E perché avevo paura di mio padre e di mia madre, mi avrebbero ucciso: incinta a tredici anni!"

Una nuova cancellatura nascondeva tre, forse quattro righe. Riuscii a leggere solo tre parole: "Giuditta", "ambulanza", "fortuna".

"Non so, ma forse è proprio questa la bellezza segreta

del nostro agire, che non sappiamo, e che pur non sapendo amiamo."

La grafia di queste ultime righe era più nervosa. Al tratto singhiozzato corrispondevano frasi emotive, incalzanti. Riaccesi la pipa che non voleva saperne di farsi fumare. Il cuore mi batteva forte. Quelle parole non erano *di* mia madre, *erano* mia madre. E quel riferimento a un aborto autoinferto, ai suoi tredici anni, al ferro da calza, metteva i brividi. Ero sconvolto. Era questo tutto quello che mi restava di lei? Qualche pagina su un processo? Aveva scritto quelle cose per chiarirsi le idee, questo sentivo. Voleva spiegare a se stessa in quale crocevia di destini era andata a cacciarsi. Le cronache non avevano speso molto inchiostro sull'omicidio di Marta Vianello, in fondo risultava essere solo una dattilografa dalla vita insignificante uccisa dall'amante respinto, un anonimo bibliotecario di provincia. Rischiava di non essere nemmeno una notizia.

Continuai a leggere.

"Escludo che CM sia stato, in tempi recenti, l'amante della Vianello, basta guardare le foto! Ma i giudici sono pigri, non pensano con tutta l'anima, usano solo la testa e magari la testa che si ritrovano non è questo granché."

Frase cancellata.

"Oggi CM mi ha tolto la parola in tribunale per ribadire che l'ha uccisa. Alla domanda *Perché?* non risponde. Alza le spalle, come per dire *Cavoli miei*. Volete un movente? Inventatelo, che mi frega quale scusa trovate, dentro dovete cacciarmi, e questo farete. Ma quelli sì che se lo inventano il movente, l'amante respinto, capirai che sforzo, ma se avessero immaginazione non si azzarderebbero a fare quel mestiere. Chi immagina soffre e chi soffre dubita, e non può, non sa giudicare."

Mi alzai. Cominciai a camminare avanti e indietro, quel che andavo scoprendo non solo svelava mia madre, ma apriva uno spiraglio sull'identità di Malaguti. Tornai a sedere. Ripresi a leggere. Riaccesi la pipa. Cercai di rilassarmi. Le cancellature erano sempre di più e intervallavano la grafia nervosa di mia madre dando quasi l'impressione di un codice segreto fatto di righe nere e spazi scritti.

"L'accusa non chiarisce come l'imputato si sia recato a casa della vittima, il luogo del delitto. Non sono stati rinvenuti biglietti ferroviari né tracce del noleggio di un'auto. Certo l'omicida non ci è arrivato in elicottero a quel casolare sperduto. Il paese più vicino è a cinque chilometri, sì, si possono fare a piedi. Ma è strano. E al paese l'imputato non ha pernottato. La vittima aveva una Fiat Ritmo, che non è stata rinvenuta. Anche se l'imputato se ne fosse servito per allontanarsi dal luogo del delitto, da qualche parte deve pur essere finita. Forse è stata rubata, cambiato il colore e la targa, e così… potrebbe anche essere un caso. Il caso è dispettoso. Ho chiesto all'accusa di far luce sull'identità dell'autore della lettera anonima che ha dato il via all'indagine. Ci stiamo lavorando: questa la risposta del dottor Anselmi. Ho anche scoperto che il mio cliente era pedinato dalla polizia, che aveva già ricevuto una lettera anonima, misteriosamente sparita dall'archivio del commissariato competente, e che proprio la sera del giorno in cui il poliziotto che pedinava Malaguti ne aveva perso le tracce, una seconda lettera anonima, forse scritta dalla stessa mano, era arrivata in Procura."

Le ultime parole erano scritte con inchiostro rosso, seguite da un piccolo disegno unito al foglio da una graffetta: una figura umana appena abbozzata e contorta che si taglia la gola davanti a uno specchio e intorno dei segni ondulati come dei serpenti che danzano, o delle fiamme. Il disegno non era della stessa mano dell'altro, quello con le rose e la bambina

Rovesciai il fornello della pipa nel portacenere e bevvi il whisky in un solo sorso. Ero stremato. Nel resto dei fogli, lo avrei scoperto nei giorni seguenti, c'era ben poco, e niente che riguardasse Malaguti. Ma lì dentro, anche nelle poche righe che avevo letto, avevo sentito tutta mia madre gridare il suo grido. Una donna inascoltata, disperata, sola. Un grido che non avevo mai udito con chiarezza, ma che fin da bambino, fin da quando io la chiamavo e lei non c'era – nei giorni di tempesta e nei giorni di pioggia, nei giorni in cui mio padre beveva – io mi portavo dentro.

9

«Non s'illuderà di essermi mancato, spero.»

La voce di Malaguti era più rauca del solito.

«Lei invece mi è mancato per davvero.»

Malaguti sorrise, e alzando il naso dalle rose sussurrò: «Rainer, si rende conto che potrebbe persino finire con l'essermi simpatico?». Staccò le prime due sillabe di *simpatico* facendo durare la *m*. «Condividere lo stesso pathos non è cosa di poca importanza.»

Sul tavolino c'era un foglio con un disegno piuttosto ben fatto, dal tratto secco, che raffigurava un uomo con un soprabito e un cappello a tesa larga. Un groviglio di rapide righe curve sollevava i lembi del soprabito sopra le ginocchia e la tesa del cappello era schiacciata sul naso. La bocca sfumava in una cicatrice.

«L'ha fatto lei questo?»

«E chi altri? Quando non leggo, non penso e non parlo con le rose, disegno.»

«Ha talento. Questa figura, non so, è come se l'avessi già vista.»

«Sul "Piccolo", qualche tempo fa, ce l'aveva lei Rainer, la foto le sporgeva dalla tasca. Un tizio che aveva ammazzato moglie e figli con un fucile. Ma lasciamo stare. Un disegno è quello che è, se lo spieghi lo uccidi. Un comico non spiega, ti travolge con le sue battute.»

Gli raccontai del funerale di mia madre. Del prete stecchito sulla tazza del cesso. Della bara rovesciata.

Malaguti abbozzò un sorriso.

Il ghiaccio era rotto. Ero felice.

«Sua madre era un buon avvocato» Malaguti riempì la pipa col trinciato, «avrebbe voluto difendermi, attenuanti ne avrebbe trovate, ce n'erano, ma io non l'ho lasciata fare. No. Non poteva.»

«Perché?»

«Non lo so, ecco il mio perché. Ma mi dica di sua madre.» Portò il fiammifero acceso al fornello. «Era sempre compassata, aveva un'aria sicura di sé, a tratti dolce. Una bella donna, ricordo.»

«Se ne andò che avevo undici anni, ma anche prima non l'avevo vista molto. Soffriva di esaurimenti nervosi. Andava e veniva dall'ospedale.»

La faccia di Malaguti si trasformò. Come se una nuvola scura gli avesse cambiato l'espressione confondendo gli spigoli esatti dei suoi lineamenti. Soffiò il fumo lontano.

«Le rose non conoscono ospedale. O sono o non sono. La bellezza non ammette compromessi, la via di mezzo non ha niente a che fare con questo splendore.» Staccò un fiore dal gambo congiungendo l'unghia del pollice con quella dell'indice. «Ecco qua, se la metta all'occhiello. Quando appassisce la getti. Così ragiona la vita. Dentro e fuori dall'ospedale. No. Avrebbe dovuto farla finita, non c'è dignità nella malattia. Voglio raccontarle una cosa.»

Il sole sfavillò sulle rose e accese i capelli di Malaguti.

«L'ascolto.»

«Era la notte di San Bartolomeo del 1349, a Colonia, in Germania. In città c'era la peste. La paura aveva messo casa nella testa di tutti.» Si schiarì la voce con un colpo di tosse. All'improvviso la faccia di Malaguti si era rasserenata. Appoggiò la pipa che fumava sul tavolo e spinse la schiena all'indietro, facendo sollevare di qualche centimetro le gambe anteriori della sedia.

«Stia attento.»

«Se mi rompo il collo a chi gliene importa? E poi dondolare è una cosa bambina, vecchio lo sono, lo so, morto non ancora. Ma adesso voglio raccontarle qualcosa che non sa. Su questo» sollevò la scatola dei fiammiferi agitandola per far rumore di nacchere, «perché il fuoco è importante.» Smise di far dondolare la sedia e fece la faccia dura.

«Il fuoco le interessa molto» dissi a bassa voce.

«Proprio così. Ho letto tutto quel che si può leggere sui grandi roghi della storia, sa. Gli ebrei e i loro libri sono sempre stati bruciati. Per me una città senza ebrei è una casa senza libri… tanto varrebbe abitare in una stalla. Ha mai letto Benjamin?»

Dissi di no con la testa.

«Esiste un patto segreto tra le generazioni passate e la nostra. Siamo stati attesi sulla Terra.»

Feci silenzio.

Malaguti si schiarì di nuovo la gola. «Le donne adunavano i bambini. Gli uomini raccoglievano le cose più preziose. Non c'era casa senza trambusto. Con i fagotti in spalla la gente scese in strada e si fece fiume. Tutti correvano verso la sinagoga, che aveva forti porte di quercia, e cardini di ferro. La voce diceva che il popolo, quella sera, volesse linciare gli ebrei. E certe voci non si mettono in dubbio. Erano le sei del pomeriggio, il sole calante ancora scaldava. Per i bambini era un gioco, correvano felici inzaccherandosi nella strada fangosa. Le madri li spingevano avanti, con gli occhi tristi e le gambe dure, le facce sconvolte dal lugubre presentimento che i loro cuccioli fossero un gregge destinato al coltello rituale di chissà quale indiavolato sacerdote nemico. Il rabbino li aspettava sulla soglia. "Entrate, fate presto, fate presto." La sinagoga aveva grandi mura, alte sei metri, e le cinque finestre della facciata guardavano sulla piazza che dava sul fiume. Qualcuna, fra le donne, disse che era meglio non stare rinchiusi, prendere delle barche e filare con la corrente in poppa, questa era la cosa da fare. Ma i capifamiglia, raccolti intorno al rabbino, dissero "No!". Era meglio aspettare lì, e contare sull'aiuto di Dio.»

Una nuvola grande come una nave oscurò il cortile della Fortezza. Anche le rose si fecero buie. Era come se fra quel che Malaguti raccontava e il cielo sopra il carcere ci fosse un'intesa segreta.

«Noi esseri umani abbiamo sempre trovato difficile pensare.» Ora Malaguti parlava lento e a voce bassa, scandiva ogni parola; udivo le sillabe, la polpa delle vocali e l'ossatura delle consonanti. «Il pensiero è spavaldo e scapestrato, sempre, scortica quel che trova sulla sua strada. E poi è come il fuoco, fa pulizia. Così preferiamo affidarci a Dio, che se esiste mi sa che ha ben altro da fare, considerate le dimensioni dell'universo. Ha notato che a dodicimila piedi sopra il mondo, quando il Boeing fa uno di quei salti per un vuoto d'aria improvviso, e lo stomaco per un istante ti salta in bocca, il tasso di ateismo dei passeggeri precipita sotto i tacchi? Eccoli là, tutti a far segni e a mormorare invocazioni a una qualche divinità, ciascuno a quella che sua madre, quando era bambino, gli ha indicato come vera: d'altronde non mi sento di dar la croce addosso a nessuno, sarà pure da sciocchi essere superstiziosi, ma non esserlo, come si dice a Napoli, porta male.»

«Già.»

«Verso le sette di sera cominciò ad adunarsi la folla. I primi ad arrivare, come quando si squartava o impiccava qualcuno, furono i bambini, i più solerti nell'apprezzare la baldoria e lo sterminio. Poi vennero le ragazze in età da marito seguite dai corteggiatori e alla fine giunsero tutti, anche i vecchi e le madri, gli artigiani, i frati e i servi. Mancavano solo il vescovo e i nobili. Alcuni di questi ultimi – interessati mandanti della sommossa – ritenevano di cattivo gusto e forse di cattivo auspicio assistere a scene di violenza, soprattutto se tra i malcapitati c'erano i bambini con le loro madri.

«Si accesero le torce, e le vanghe, le picche, i rastrelli, le falci si alzarono al cielo insieme alle grida.» Malaguti socchiuse gli occhi, come un indovino che fiuta il futuro. «Con quali maledizioni il popolo dei cristiani apostrofasse gli ebrei non è riportato nei documenti che sono giunti fino a noi. Il guaio dei documenti storici, caro ragazzo, è che non sono scritti dalle vittime, ma dai carnefici.» Mostrò lo spicchio giallo degli incisivi. «I morti hanno il brutto vizio di non scrivere.» Alzò le spalle, e continuò: «Così il rapporto della gendarmeria dice che gli ebrei, in preda al panico, si sono dati fuoco da soli e sono morti tutti, tra il fumo e le fiamme della loro sinagoga, costruita con i profitti indegni del loro maneggio del denaro, sterco del diavolo».

«Il denaro degli altri» commentai a bassa voce.

«Oh sì, il nostro ci piace tanto, vero? Anche quello della Santa Cattolica Apostolica Chiesa credo non venga considerato né del diavolo né sterco, anzi mi sa che per i preti l'oro delle offerte sia anche più santo del Bambin Gesù e del culetto dei chierichetti che di tanto in tanto si spupazzano in sacrestia, cosa ne dice?»

Feci di sì con la testa.

«Lo sa cosa credo sia successo? Gli ebrei erano raccolti in preghiera, invocavano tutto ciò che si poteva invocare. I capifamiglia cercavano di calmare e rincuorare le donne che abbracciavano i figli come fossero di pezza. Il rabbino a sua volta pregava stringendo intorno a sé gli anziani, i saggi della comunità. A un certo punto, dalle grida che circondavano il Tempio si leva una torcia che vola ed entra da una delle finestre. Cade tra i banchi e qualcuno la raccoglie e la getta fuori per la stessa finestra da cui era passata. Allora dal popolo dei cristiani si alza la voce di un frate, o di un uomo illustre, che grida: "Guardate, gli ebrei ci tirano contro il fuoco!".»

Malaguti deglutì la saliva, e con i piedi spinse un poco indietro la sedia.

«Quel grido è la miccia. Tutte le fiaccole convergono, quasi all'istante, sulle alte finestre e piovono tra i banchi di legno del Tempio. Il fuoco si diffonde veloce. Avvolge gli arredi, le vesti, le pareti, tutto. Niente viene risparmiato. Fusi in un solo terrore gli ebrei crepano, in quel modo atroce, con il fumo che strappa i polmoni dal ventre e il fuoco che strappa la carne dalle ossa. Questo è successo. Altro che darsi fuoco da soli.»

Restammo in silenzio per un lungo minuto, guardandoci negli occhi. Grosse gocce di pioggia macchiarono il vetro. In pochi secondi il selciato del cortile si trasformò in uno strumento musicale. Lo scroscio si sfaldava in mille rivoli.

Insieme ci mettemmo a guardare la pioggia che cade come due vecchi amici che si ritrovano, e molto tempo è passato dall'ultima volta, e tanto hanno da raccontare l'uno all'altro, l'uno dell'altro, e allora fanno silenzio, perché nel silenzio c'è la dolcezza di una casa quieta quando fuori il mondo tuona.

10

La Vecchia blu mi aveva telefonato. Era giunto il giorno del rilascio. C'era bisogno di me, a sentir lei. Ero comunque contento di poter dare una mano. Più conoscevo Malaguti e più il suo modo di pensare mi sorprendeva. Era chiaro che usava l'armamentario del fuoco, dei libri e delle sinagoghe bruciate per nascondere e ricucire ferite del tutto private. Gli appunti usciti dal faldone di mia madre mi avevano messo sulla pista giusta, ma erano frammentari, e non sapevo quanto di vero ci fosse: erano intuizioni di un avvocato di provincia dall'equilibrio nervoso precario o il frutto di una ricerca vera e propria? Non c'era risposta.

Raggiunsi la Fortezza in tassì. La trafila dei controlli si ridusse alla consegna dei documenti. Gesù, la faccia buia e gli occhi gonfi che nemmeno mi guardavano, mi prese in consegna e mi accompagnò, senza dire una parola, per lunghi corridoi foderati di cartongesso.

«Non siamo mai passati di qui» dissi.

Gesù non rispose e accelerò il passo. Non staccava lo

sguardo dall'impiantito, e camminava svelto. Quando incontrammo la direttrice, nell'androne dell'ala antica dell'edificio, mi salutò con il sussurro di un «Addio».

Era la prima volta che entravo nella parte vecchia del carcere. Le celle erano quasi tutte sigillate. L'ergastolo era stato abolito da anni e gli assassini rimasti nell'ala di prossima chiusura erano solo tre. Uno era un ragazzo di ventisette anni in attesa di trasferimento in una struttura psichiatrica: aveva gettato la madre dalla finestra perché le puzzavano i piedi, «E poi faceva anche le scorregge e si sporcava tutta, non ne potevo più, così l'ho liberata dal suo male» aveva dichiarato ai magistrati. Un secondo era prossimo alla settantina e aspettava un decreto di grazia, aveva rotto la testa alla suocera con il ferro da stiro, «C'è rimasta sul colpo, non ha sofferto» aveva precisato. Ma anche se indolore, l'omicidio è pur sempre omicidio, e poiché la giustizia non è di questa terra «Nemmeno una suocera si può uccidere in santa pace» avevo sentito dire da Gesù. Il terzo era Malaguti che, passati i primi vent'anni di pena, aveva maturato il diritto alla liberazione per buona condotta e l'età avanzata.

La Vecchia blu salì la scala di ferro con passo lento, malcerto. L'artrite non le dava mai tregua. Le camminavo accanto in silenzio. Il padiglione era uno stanzone di ottanta metri per trenta, alto tre piani più un mezzo piano di sottotetto riservato alle guardie. Su ogni piano c'erano sedici porte sul lato lungo e sei sui lati corti. Porte di ferro dipinte di verde, in perfetto stato di manutenzione. Il pavimento era di cotto e le pareti di grossi blocchi di pietra. La costruzione era stata, in origine, un monastero domenicano. Sul tetto a chiglia di nave si apriva, al centro, un lucernario che illuminava ogni angolo dell'immenso locale. Le celle si affacciavano su una passerella di ferro che correva lungo i muri, sospesa su colonnine che andavano dal pavimento al tetto. La scala era al centro e all'altezza di ogni piano si biforcava in due passerelle che si congiungevano con quella perimetrale. La leggerezza della struttura di ferro faceva a pugni con l'imponente presenza della pietra bianca, bocciardata, delle pareti. Il mezzo piano riservato ai secondini era costituito da un succedersi di arcate da cui si poteva spiare ogni angolo del cortile e delle passerelle. Sopra ogni porta c'era una luce sempre accesa, anche nelle ore di sole, quando non serviva che a consumare corrente.

«Sono tutte vuote?»

«Tranne le tre che sa, sì. Chiuderemo fra quindici giorni. Oggi è il suo momento, professore.»

In cima alla scaletta di ferro, al secondo piano, ci aspettava, seduta su una seggiola di legno verniciata di fresco, una guardia piuttosto anziana, con la pancia che bisticciava con tutti i bottoni della giubba. Sotto il frontino del berretto spuntavano due sopracciglia nere. Si alzò portando la mano al frontino in segno di saluto. La direttrice la rimise a sedere con un cenno.

«La cella del Malaguti è aperta?»

«Come al solito, signor direttore.»

Ogni passo sulla passerella risuonava come se i nostri tacchi fossero mazze di tamburo. C'era un vago puzzo di piscio, di ferro e di alghe nell'aria umida. Il sole che entrava dal lucernario imbiancava l'intero padiglione proiettando l'ombra delle ringhiere sulle porte serrate e sulla pietra.

La Vecchia bussò. Nessuna risposta. Mi guardò, perplessa. Spinse con tutte e due le mani la porta di ferro socchiusa. L'aiutai, il metallo era freddo.

La volta a botte, di pietra bianca, sembrava poggiare su pareti di libri, non c'era un centimetro di muro su cui gli occhi potessero riposare, solo dorsi di carta, un arlecchino di lettere e di colori che in un lampo mi trascinò in un Mondrian sbrindellato dai morsi di un randagio.

«Buongiorno.»

La voce di Malaguti era impastata, come se si fosse appena svegliato. Era seduto a gambe distese e divaricate sulla seggiola di ferro che stava sotto la finestra sbarrata, davanti a un tavolino che era la sola superficie della cella non ricoperta di libri, insieme al water e al lavandino che, sull'angolo opposto, rompevano le onde colorate dei dorsi e delle copertine con il bianco brillante della porcellana. Nella finestra si vedeva la cima del grande frassino del cortile oscillare piano. Malaguti non ci guardò. Fissava quel ritaglio di cielo con gli occhi socchiusi e le mani allacciate a cucchiaio sulla nuca.

«Accomodatevi, sedete pure.»

Senza guardarci Malaguti indicò la branda con il mento. Gli girai intorno, scansando una colonna di tascabili che saliva dal pavimento con l'incertezza di una torre di sabbia fatta da un bambino. Era vestito di tutto punto. Giacca scura, camicia bianca, pantaloni grigi, cravatta blu, calze e scarpe nere.

«Il suo amico, il professor Rainer, è venuto a prenderla.»

«*Amico* è una parola grande, è facile abusarne» disse Malaguti, e tossì. Un'ombra improvvisa gli aveva preso la faccia. Sfilò gli occhiali dal taschino e se li mise per squadrarci: «Vede quello là?». Indicò un disegno a matita, appicciato con lo scotch al dorso di un libro, che raffigurava una faccia tagliata a metà da uno sciame di cicatrici. «Quello una volta era il volto di un amico. Però mi piace quando le parole suonano sbagliate, c'è il caso che dicano il vero... perché la verità è un posto dove non tutti i conti tornano.»

11

A Barcola, in via Bonafata, a due passi dalla strada del Friuli, la casa di Carlo Malaguti – conosciuta come *la casa dell'assassino* – era chiusa da troppi anni. Una villetta circondata da un giardino con un grande tiglio al centro, e tra la casa e il tiglio, fino alla siepe appoggiata alla ringhiera del perimetro, una sterpaia impenetrabile. Avevo ingaggiato un capomastro di buona reputazione e una ditta di giardinieri, e per quanto sembri incredibile ero riuscito a far terminare i lavori giusto in tempo. La paura di doverlo ospitare da me, sia pure per un paio di giorni, mi aveva costretto a qualche arrabbiatura con la ditta incaricata, ma alla fine – più per benevolenza divina che per mia destrezza – l'avevo spuntata. Il giardino aveva le siepi potate, la gramigna estirpata, il tiglio ripulito dall'edera che minacciava di soffocarlo. Malaguti mi aveva dato carta bianca e delle spese non si curava. «Non mi va di fare il ricco del cimitero» gli avevo sentito ripetere più di qualche volta.

La cosa a cui teneva di più era la stanza da bagno, con

la vasca al centro. Una tinozza da bordello di film western, che poggiava su quattro bronzei artigli di leone.

«Davvero è tutta per me?» disse appena la rivide. Si tolse gli occhiali, si passò le dita sulle palpebre chiuse. E con la faccia contratta trattenne le lacrime.

«Ieri la moldava che viene a casa mia è venuta a ripulire tutto, è una donna perbene, le piacerà.»

«Verrà spesso a pulire?»

«Due volte la settimana. Le ho detto così, credevo fossimo d'accordo.»

Fece un gesto con la mano come per dire "Che sbadato, ma che vuole che m'importi".

«Ho bisogno di sedermi, mi aiuta?»

Lo condussi in salotto. Era ampio, le pareti foderate di libri. Anche prima di finire in carcere erano quelli i suoi amici, i suoi soli amici, credo. C'erano una grande scrivania che profumava di cera e un divano massiccio, una di quelle vecchie cose di cuoio che fanno voglia di alzare i piedi solo a vederle.

Malaguti si appoggiava al mio braccio, ma aveva il piede fermo. Erano i suoi occhi che faticavano a rimanere aperti. Non osava guardarsi intorno, e quando lo faceva, lo faceva con una calma che denunciava un'inquietudine smisurata. Era un uomo libero ma stentava a crederlo, forse la Fortezza era stato il solo luogo in cui si fosse sentito a casa.

«Cosa farò qui, ora?»

«Farà quello che si sente di fare. Il telefono non sono riuscito a farlo allacciare, ma le ho preso un cellulare. Così può chiamarmi ogni volta che vuole. Non abito lontano, e domani vorrei invitarla a cenare da me, le va?»

«Domani...» Mi guardò come se non mi avesse mai visto prima, e si lasciò cadere sul divano. Sorrise un sorriso amaro. Si guardò intorno. «Tutti questi libri... I miei occhi sono stanchi, ormai.»

«Che ne faranno di quelli che aveva in cella?»

«Li ho regalati alla biblioteca, quella del carcere è più frequentata di quella comunale, a meno che le cose non siano cambiate in questi anni, ma ne dubito. Io non durerò molto. A che mi servono tutti questi libri? E poi li ho letti, e cosa mi hanno dato, saggezza?» Guardò verso la vetrata, si vedeva il tiglio, e al di là si intuiva il mare, troppo distante per essere udito, e i suoi occhi lo cercavano. Era commosso, ma si sforzava di non farlo vedere, di tanto in tanto si stropicciava le palpebre togliendosi e rimettendosi gli occhiali. «È bello qui, è come se non ci fosse mai stata la vita, vero?»

«Non capisco.»

«Sì che capisce.»

«La cena è in cucina, già pronta. E ci sono un po' di cose che le piaceranno in frigo. Tania ci ha pensato... Sì, è stata lei, ritorna domani. Ha detto che le farà la spesa, così non deve preoccuparsi.»

«Si merita una bella mancia questa Tania. È bella?»

«Una bella signora, sulla cinquantina. Un po' robusta.»

«Ma ce l'ha la grazia negli occhi, ridono i suoi occhi?»

«Non lo so, non ci ho mai fatto caso.»

Mi guardò. E vidi che dietro le lenti i suoi occhi piangevano; anche se erano asciutti, piangevano.

«L'odore di una donna è quel che più mi è mancato alla Fortezza, ma ora mi accorgo che un bagno caldo mi manca anche di più. Sono vent'anni che non entro in una vasca. Ah!... Il profumo dell'acqua insaponata. Lì, sa, c'è solo la doccia, e l'acqua che sa di ferro e di piscio, anche l'aria sa di ferro e di piscio... Ora le mie ossa hanno voglia di un bagno, credo.»

«Allora la lascio, ci vediamo domani. Ho memorizzato il mio numero sul cellulare, basta che schiacci questo tasto qui e rispondo, va bene?»

Fissava la vetrata. Era lontano. «Bene, grazie. L'aspetto domani... allora, grazie.»

«Sicuro che non le serve aiuto per il bagno?»

Mi gettò in faccia uno sguardo incazzato. «Mi ha preso per un poppante? Ho gambe ancora salde» disse. «È il tempo il solo guaio, sa» aggiunse tornando a guardare oltre il vetro, «debbo ricominciare a conoscere il tempo, è diverso qui. Alla Fortezza il tempo era quello dei bambini, qui è quello di chi non sa. Mi debbo un poco abituare» si tolse gli occhiali e li inforcò sul ginocchio «solo chi, come noi, guarda l'orologio non sa niente del tempo.»

Non credo parlasse con me. Stava intrecciando una danza con le cose che erano state sue, e che in vent'anni si erano fatte straniere. Mi avviai verso l'uscita in punta di piedi, senza salutare. Ero di troppo.

12

La barca è inclinata di 45 gradi. Le onde spazzano la coperta e nascondono l'orizzonte. Le nuvole e la sera fanno a gara per portarsi via l'ultima luce. La ruota del timone è così dura che devo usare tutte e due le mani per tenere la prua sulla rotta, anche se navighiamo a vele ridotte. Ho paura di avvicinarmi di più alla costa perché non conosco questo tratto di mare e non ho mai visto il profilo delle scogliere, né il campanile che si alza da quel promontorio dalla sagoma tozza.

Lo scandaglio mi dà fondale buono – 30 metri – e il mio cutter pesca un metro e ottanta, mi tranquillizzo un po'. Ordino ai miei compagni di viaggio di mettere il salvagente. Sbuffano e obbediscono. Quello che siede nel pozzetto, accanto a me, è un uomo grasso, con due baffi rossi lunghi una spanna. L'altro si è legato a prua, sotto il fiocco, per segnalarmi gli scogli: è magro e ha due occhi verdi come l'acqua.

Nevica, ora nevica sul mare. E la sera ormai si confonde

con la notte. La neve e il vento ci tagliano la faccia. All'improvviso, scorgo una baia dove l'acqua sembra più calma. Metto tutta la barra a dritta.

La neve qui sembra più leggera, il vento meno vorticoso.

Un molo! Ammainiamo le vele e accosto sfruttando l'ultimo abbrivio.

L'uomo accovacciato a prua salta giù. Gli lancio una cima, perché la leghi a una bitta. E mi accorgo con sgomento che non ha la bocca, solo occhi, naso e orecchie.

Mi guarda come per dire qualcosa e io sento il suo mutismo, duro come la pietra, urlare il suo terrore. Anche l'altro marinaio non ha più la bocca. Salta sul molo anche lui e assicura la barca con una seconda cima.

Non nevica più. Ma il vento rinforza. Faccio raddoppiare le cime di ormeggio. Nel cielo ormai nero si vedono due, poi tre stelle. Ci rifugiamo sotto coperta. I miei compagni senza bocca mi fissano come se avessi la lebbra. Un dubbio, entro nella latrina e accendo la luce. Mi guardo nello specchio sopra il lavabo: fra il naso e il mento c'è solo la pelle tesa, pallida. È proprio come se la mia bocca, lì, non ci fosse mai stata. Eppure, poco fa, ho dato degli ordini, puntualmente eseguiti. Come hanno fatto a sentirmi? Forse sto sognando.

Vado a stendermi nella mia cuccetta, a poppa. Spengo la luce sopra la testa. Non voglio che i miei compagni vedano la mia paura. Ma nel buio sento il loro respiro affannoso, e so che loro sentono il mio.

Uno scossone mi getta giù dalla cuccetta. Sento la barca stridere come se ogni vite del fasciame e della tuga fosse morsa da una tensione terribile. Siamo inclinati su un lato. Barcollando, salgo in coperta. La barca è inclinata davvero! Le cime d'ormeggio sono tese come corde di violino. Accendo la torcia. Mio Dio, non c'è più il mare! Siamo appesi alle bitte del molo e sotto non c'è più l'acqua. Faccio per rientrare, sento uno schiocco duro come una fucilata. La barca cigola dalle falche alla chiglia. Entro. I miei compagni sono inchiodati alle cuccette. Li scrollo con forza. Ma questo è morto! Anche l'altro è morto, e non hanno più il naso, e nemmeno le orecchie, solo gli occhi: grandi, fermi. Mi getto fuori mentre sento saltare un'altra cima, e la barca scende nel baratro di mezzo metro. Punto la torcia verso il basso. Non si vede il fondo. Le cime di ormeggio stridono. Tutto lo scafo stride. Le bitte stanno per staccarsi dalla coperta. E forse il fasciame sta per andare in pezzi. Si spacca la bitta di poppa! E quella di prua subito dopo. La barca cade nel vuoto. Saltando, mi aggrappo all'ultima cima di ormeggio, la sola rimasta attaccata al molo.

Mi arrampico a fatica, ho braccia e gambe fiacche. Poi, sfinito, metto i piedi sulla solida pietra.

Luci al neon. Forti, accecanti. Luci dappertutto. Folla dappertutto. Sono nel bel mezzo di una fiera della nautica. Giro fra i banchi. Porto le mani alla bocca. Un respiro di sollievo... ho di nuovo le labbra, i denti, la lingua... tutto a posto. Era solo un incubo, allora. Ma che succede? La folla, attonita, guarda il maxischermo al centro del capannone: con voce quieta una donna senza bocca annuncia che il mare non c'è più.

Mi mancava il respiro, mi sentivo soffocare, mi alzai sul letto. Buio. Ero sudato. Cercavo il comodino con la mano, accesi l'abat-jour. Andai in bagno a vuotare la vescica. Mi lavai la faccia e a piedi scalzi, senza far rumore, raggiunsi la cucina. Non volevo svegliare Malaguti che dormiva nella stanza accanto. Non avrei dovuto accettare il suo invito. Non dovevo fermarmi per la notte. Sono sempre nervoso quando dormo in casa d'altri. Lo sentivo russare, un suono regolare, profondo. Temevo di aver urlato nel sonno. Uscii in terrazza. Sbattei contro un vaso. C'erano rose ovunque – se le era procurate in meno di una settimana! – avevano invaso quasi tutto lo spazio, fino alla ringhiera. Sentivo l'odore del mare. La notte senza luna era chiara di stelle.

Un *clac* alle mie spalle. Mi voltai. Vidi Malaguti, in vestaglia, illuminato dalla luce del frigorifero. Indugiava davanti alla portella aperta, come se le vivande lì rinchiuse lo stessero ipnotizzando.

«Spero di non averla svegliata, ho avuto un incubo e...»

«Qualche volta non lo so nemmeno se sono sveglio, e questa è una di quelle volte. Lo sa che erano vent'anni che non aprivo un frigorifero? Non ho mica voglia di niente ma... è bello aprire un frigorifero, avere un frigorifero, vedere che puoi prendere un gambo di sedano se solo ne hai voglia, quando ne hai voglia, o uno yogurt, una mela... È questa la cosa che si chiama libertà?» Si guardò i piedi, calzava comode ciabatte di pezza. «Sì, credo sia questa la libertà, un frigorifero e ciabatte del colore che ti piace. È una settimana che apro questa portella venti volte al giorno, così, tanto per ricordarmi che ho un frigorifero.» Si avvicinò. «Non ha sonno, Rainer?» Strinse la cintura della vestaglia di seta.

«Le sta bene quella, un po' corta di maniche, forse.»

«Mi hanno fatto con le braccia lunghe.»

Mi raggiunse scansando il vaso che io avevo urtato. Si aggrappò alla ringhiera con tutte e due le mani. Mi sembrò più curvo di quando lo incontravo nella serra del carcere.

«La libertà invecchia ma è bella.» Mi guardò. Vidi la poca luce del cielo riflessa nelle sue lenti. «È bella perché ti strappa le abitudini di dosso che nemmeno te ne accorgi. E noi siamo le nostre abitudini.» Guardò verso il mare nero. Si sentiva, distante, il rumore della risacca. «Lo sente?» disse abbassando un poco la voce. «È sempre stato qui, il mare è la macina più antica del mondo.»

Muto, osservavo il suo profilo.

«Mandel'štam ha scritto da qualche parte che la bellezza non è il capriccio di un semidio ma il colpo d'occhio rapace di un falegname... ha mai tradotto i russi?»

«Non so il russo. Fa un po' freddo, rientriamo?»

Accese la luce della cucina. Prese una bottiglia di bianco e ne versò due bicchieri.

«Le va?»

«Grazie.»

Sedemmo al tavolino.

Mi feci coraggio. «Perché ha accettato di uscire? Lo sa che la Vecchia blu non ci credeva che sarebbe tornato a casa sua?»

Sorrise uno dei suoi sorrisi gialli e sfrontati. «Io non ho le risposte. Ma mi piacciono le domande. Anche quelle stupide. Chi se ne frega di quel che credeva la Vecchia.» Si fece serio. «Anche lei, Rainer, mi piace, è figlio di sua madre. Credo che fosse un buon avvocato, parlava sempre di attenuanti ma... queste cose non fanno per me. L'avevo uccisa io quella donna e non cercavo clemenza, questo è quanto. I giornali scrivevano quello che scrivono i giornali, stupidaggini, li fanno apposta per quello, per dire le cose che ti aspetti che dicano, riciclano pensieri di altri.» Sputacchiò un sospiro. «Eh, bisogna capirli i giornalisti, gente di poco conto, devono riempire pagine, devono vendere, un giorno dopo l'altro. Cosa vuole che c'entri la verità con la fretta, e con il vendere?» Parlava svelto, e con l'indice tamburellava sull'orlo del bicchiere, che non aveva ancora portato alla bocca. «Scrissero che io e quella donna, quell'insulto al genere femminile, eravamo amanti. Le pare che io e quella Vianello... Ma lei queste cose già le sa.»

Avvicinai il bicchiere alle labbra.

Malaguti si tolse gli occhiali e li appoggiò sul tavolo. Girò se stesso con tutta la sedia verso la portafinestra che dava sulla terrazza. Chiuse gli occhi e incominciò a parlare, a voce bassa, ma scandendo ogni frase, ogni parola.

«Una sola volta ho amato. Una e una sola volta. Anche se credo che questa sia una cosa che uno come lei, Rainer, o uno dei tanti come lei, non potrà mai capire. Si chiamava Anna. Aveva la pelle chiara, gli occhi chiari, ma nei suoi occhi c'era il buio, un Maelström che faceva spavento.»

Sfilai dalla tasca del pigiama il mio quaderno, con gli appunti sul libro a venire, e un mozzicone di matita. Avevo preso l'abitudine di non separarmene mai, e sempre più spesso dimenticavo di riporre quegli strumenti sul comodino prima di spegnere la luce.

«Aveva i capelli neri, ribelli, ricci, che si dannava per pettinare, senza riuscire a domarli. Non c'era niente, in lei, che si potesse domare. Leggeva. Leggeva tutto il giorno. Leggeva i russi, Zweig, i francesi. Leggeva perché leggere tiene a bada la morte, diceva così.»

Bagnai la punta della matita con la lingua.

«Anna aveva diciotto anni, come me. Sant'Erasmo è un pezzo di campagna trapiantato nel bel mezzo della laguna di Venezia, con gli orti le viti i frutteti le lepri e i pollai, ma l'epoca era triste, nemica dell'uomo e della cultura.» Ora Malaguti parlava più svelto, non staccava gli occhi dalla finestra. Io avrei voluto prendere appunti, ma non lo feci. Il momento era troppo intenso, e si rifiutava alla scrittura. «C'era stato quel maledetto armistizio, Cassibile, ne abbiamo già parlato... c'era la Repubblica dei traditori, quelli di Salò che davano una mano a Hitler. Il mio capanno era di tre metri per quattro, proprio come la mia cella alla Fortezza. Il capanno era di tavole di larice e il tetto era fatto con l'ala rovesciata di uno Stuka abbattuto. Lo avevo messo insieme con le mie mani, e con l'aiuto di quel ragazzo...» Malaguti tossì e per un istante mi guardò, senza vedermi; poi, senza inforcare gli occhiali, tornò a fissare la notte al di là del vetro.

«Il capanno era nascosto dagli alberi, non si vedeva dall'acqua. Quando pioveva forte l'ala dello Stuka vibrava come se avesse nostalgia della picchiata. L'inverno del '44 fu freddo, gelido. Quando incontrai Anna per la prima volta, sullo spiazzo davanti alla chiesa, mi bastò un'occhiata, una sola rapida occhiata, e già sapevo che era lei. Che sarebbe stata la donna della mia vita. La sola, l'unica. Non ho mai pensato che sia giusto inorgoglire per essere nati uomini, non c'è niente, ma proprio niente, che dica che l'uomo è il centro dell'universo, ma quando penso a quella ragazza, e ci penso ogni giorno, sì, ogni giorno, ho qualche dubbio. Se Anna ha calcato la terra forse la natura, Dio, il caso… faccia lei… ha forgiato la nostra specie con una particolare passione.»

Malaguti non parlava con me. E non parlava a se stesso. Credo parlasse con quel che vedeva, con lo spettro che gli stava davanti. Non un ricordo, o un'immagine, ma una presenza. Una presenza più viva di me, della sua cucina, del suo frigorifero, dell'aria, della notte intera, dei vent'anni passati alla Fortezza.

Infilai in tasca lapis e quaderno.

«Pathos e concentrazione» disse dopo qualche istante di silenzio, «ecco di cosa era fatto il viso di Anna. Gli occhi color perla, le sopracciglia nere. Gli zigomi ben definiti, il mento appena pronunciato, il naso un po' storto a sinistra, ma quel che teneva insieme le linee asimmetriche dei suoi tratti era la collera. E la collera è inimitabile. C'era in lei l'algido piglio del dio della giustizia, della vendetta e della bellezza. Perché la bellezza è scolpita nella collera degli dèi, è una materia fluida, incontaminata, che partecipa al divenire delle cose, le compenetra, travolge e armonizza.» Tossì. «È il collante segreto di cui siamo in cerca, ogni giorno, ciascuno per proprio conto, come gocce d'acqua attaccate agli aghi di un pino, in attesa del refolo che ci porta via.»

Si rimise gli occhiali. E bevve il vino in un solo sorso. Si girò, insieme alla sedia, e mi guardò.

«Ma perché ha scelto me, proprio me? E perché, proprio qui, ora, ha deciso di farmi partecipe di questo suo grande, smisurato amore?»

Restò immobile, muto. Mi fissava, come se non fossi stato lì. Forse non mi vedeva. I miei pensieri correvano intorno, impazziti. Ero stato invitato da una signora che non conoscevo a scrivere di un uomo che non conoscevo: ancora una volta la vita aveva deciso per me. "Ma io non merito un granché", pensavo, "perché io?"

«È stata quella donna, la signora Basile, ad avere l'idea. Io avevo solo letto le sue traduzioni, Rainer, e le ammiravo. Non è facile tradurre. Lei ha il piglio del rapinatore, quando traduce, non cede mai al fare del questuante. E un giorno, non so come, parlai di Shakespeare con la direttrice, ah sì, ecco com'è andata» trattenne un sorriso, ma anche i suoi occhi si erano messi a sorridere, «avevamo messo in scena una riduzione del suo *Re Lear*, l'avevo fatta io, di mia mano, e la compagnia di attori, tutti carcerati come me... be', non le dico cosa ne è venuto fuori» rise una risata smozzicata, «temo che Shakespeare si sia rigirato un bel po' nella tomba, quella sera, ma il carcere intero applaudiva e gioiva, perché nel *Lear* c'era una tragedia più vera e più grande, più disperata di quella che ciascuno viveva tra quelle mura. La direttrice mi fece i complimenti per il testo e la recitazione.» Malaguti si tolse gli occhiali e mi fissò senza vedermi. «Be', io dissi che il testo era il suo, e che al bardo d'oltremanica non sarebbe dispiaciuto. Poi buttai lì una frase come "Mi piacerebbe conoscerlo questo Rainer, a lui la mia storia potrebbe interessare, e magari potrebbe tradurla".» Si rimise gli occhiali e girò la faccia verso la finestra. «Credo che sia andata così. Quella signora ha un cuore.»

«Mi parli ancora di Anna.»

«Non c'è molto da dire. Anna è una poesia. Non si racconta la poesia, perché non la si conosce, la si intuisce, forse, ci si può incamminare, e procedere a tentoni verso di lei, senza raggiungerla, ma fiutandone il potere.» Tossì. «Sono un po' stanco adesso. Continueremo domani, se ne avrà ancora voglia.»

«Va bene» dissi, ma mentre stavo per alzarmi Malaguti versò ancora due dita di vino nel suo bicchiere e anche nel mio.

«Anna era il mio amore» riprese. «Il solo della mia vita. Non sono fatto per la moltitudine, io. Se non fosse per quell'arnese» batté le nocche sullo schermo del mio cellulare, che non so come era finito accanto alla bottiglia, «non mi pare che il mondo sia molto diverso da quando sono entrato in gattabuia. I giornali spifferano le solite stupidaggini e i libri non sono migliorati. Nelle strade ci sono più negri e c'è più immondizia, anche in carcere è così, negri e immondizia non mancano mai, ma per il resto non è cambiato quasi niente, lo sa?» Bevve il vino, tutto. «Vent'anni non sono poi tanti.»

«Non tanto pochi per la vita di un uomo.»

«Il vino mi mette sonno. Buonanotte.»

Si alzò sfilandosi gli occhiali, che gli avevano fatto due tacche rosse ai lati del naso. Tornò in camera ciabattando, e anch'io, senza finire il vino, cercai il letto.

L'indomani mi svegliai presto. Malaguti era già in piedi, vestito di tutto punto, quando lo raggiunsi in cucina.

«Il caffè è caldo, mi è venuto bene questa mattina, sto imparando a usare la moka, quelle cialde fanno schifo, ecco una cosa che è peggiorata... negli anni Ottanta queste cialde del cavolo non c'erano ancora, e nemmeno questa diavoleria del cellulare.»

Mi versai il caffè che ancora fumava e sedetti davanti a lui.

«Il suo racconto di Anna, ieri notte, mi ha fatto stare bene. Dormo sempre male quando non sono nel mio letto, per questo ho fatto un po' di fatica ad accettare il suo invito. Mi ero svegliato nel bel mezzo di un incubo.»

«È la realtà il vero incubo in cui siamo immersi, quelli che ci visitano la notte sono valvole di sfogo. Niente più.»

«Già, però qualche volta la valvola fa paura. Per caso ha un rasoio che posso usare?»

«Certo che ce l'ho» disse accarezzandosi le guance con tutte e due le mani. «Lo vede che pelle liscia?»

«I suoi anni se li porta davvero bene, non si può che invidiarla, per questo.»

«Qualche volta penso che gli anni non dimostrati siano quelli non vissuti.»

«Aveva detto che mi avrebbe ancora raccontato di Sant'Erasmo, di Anna.»

«Ce n'è ancora di caffè?»

Mi alzai, presi la caffettiera e gli riempii la tazza.

«Mi piace parlare qui, in cucina. Avere una cucina è una cosa meravigliosa. Un po' di carcere dovrebbero farlo tutti, avrebbe una funzione terapeutica rigenerante, non dico vent'anni, no, ma un mesetto o due sa che bene farebbe… anche a lei, Rainer, guardi che è più viziato di quel che crede.»

Annuii. «Temo che lei abbia ragione.»

Malaguti portò la tazzina alle labbra. «Anna era ebrea» disse trattenendo uno starnuto, e riunì la tazzina al piattino senza bere, «i suoi genitori e il fratello di dodici anni erano stati arrestati a dicembre, nel '43. Forse deportati, probabilmente già uccisi. Non lo ha mai saputo. Io invece mi nascondevo per fuggire la leva. A diciotto anni presentarsi era un obbligo. Non avevo opinioni politiche forti, ma sapevo che i tedeschi erano il male, e io non volevo il male. E non volevo fare la guerra, una guerra che mi aveva già portato via il padre. Tenevo le sue lettere dalla Russia, che la censura mutilava, ma le assicuro che quel che si leggeva bastava a farmi capire come andavano le cose laggiù. C'erano i prosciutti del Friuli e dell'Emilia nei magazzini delle retrovie, ma quei prosciutti ingrassavano solo i furieri, che ne facevano commercio, mentre sul Don gli alpini crepavano di fame, di freddo. Che merda!» Si fermò un istante, si tolse gli occhiali e con l'indice e il pollice della destra si massaggiò le palpebre.

C'era, sempre, una forza inconsueta in tutto quel che Malaguti diceva. Ero a disagio: ancora una volta faticavo a sentirmi all'altezza di quell'uomo, del suo passato come del suo presente soffrire.

«L'isola era un luogo di pace. Lì si poteva pensare che la guerra non ci fosse. C'era una barca dei tedeschi che veniva ogni mattina a prendere ortaggi, frutta, damigiane di vino, forse c'era un accordo: voi ci lasciate stare e noi vi forniamo tanti chili di questo e di quello, giorno dopo giorno. Il manipolo militare contava solo sei uomini, e se ne stavano tutti nella casa del parroco, accanto alla chiesa. Non avevano l'aria guerriera, anzi, erano ragazzi dimessi e ben educati; un paio di loro credo fossero convalescenti perché zoppicavano, e un terzo aveva sempre un polso fasciato. Li guardavo comprare vino cattivo alla borsa nera, avevano gli occhi di chi cerca di dimenticare il fuoco e il terrore. Avevano vent'anni e le mani che tremavano, e il sabato cercavano le donne dal culo e dal fiato pesanti, quelle che costano poco e battono i moli nelle notti di nebbia, quando i pescatori storditi dalla grappa e dal vino non hanno occhi buoni e gambe salde e, come gatti randagi, si accontentano degli scarti del mondo.»

Una nuvola grigia portò la sua ombra dentro la cucina.

«Io mi nutrivo di cappe e di molluschi. La bassa marea era generosa. C'è una grande secca davanti a Treporti, un paese che ha una faccia sul mare e una sulla laguna, era quello il mio ristorante. Cappe lunghe che non si contavano, granchi grossi come pugni, e garusoi quanti ne volevi che cucinavo sotto un pino con il tronco che correva parallelo a terra per qualche metro, prima di aprire il suo ombrello verde. Avevo olio d'oliva che alla borsa nera costava come un diamante, ma a me lo dava una ragazza che viveva a due passi dal mio rifugio e mi aveva adottato. Suo fratello era morto sul mare, davanti a Tripoli, avrebbe avuto la mia età, credo. Era una ragazza a cui la vita aveva preso tutto, i genitori, il fratello, la speranza, i soldi, ogni cosa, ma non la bontà. Non mi ha mai detto il suo nome, non voleva che lo sapessi. "Ciàmame Mama" diceva, e io così la chiamavo, anche se non aveva che due o tre anni più di me.» Un momento di commozione incrinò la voce di Malaguti. «Ogni tanto tirava il collo a una gallina, la più vecchia, quella che le uova non le faceva più, e me la portava al capanno, già cotta, si sedeva e mi guardava mangiare. Non voleva ascoltare quel che mi passava per la testa, voleva solo guardarmi, era felice di vedermi mangiare, era felice della mia voglia di vivere, ma la sua tristezza era nell'aria, si toccava.

«"Stai attento all'ebrea" disse un giorno, "quella ti porta via l'anima. Ha gli occhi del colore del diavolo." Le chiesi, mi venne spontaneo, come facesse a conoscere il colore del diavolo. Mi rispose che "Ha il colore degli occhi di chi ti fa frullare la testa che poi ti perdi nel bosco". Non era facile opporsi alla sua logica, ma mi preoccupai, era chiaro che quel che provavo per Anna si vedeva a un miglio di distanza. E allora pensai che si vedesse anche quanto ero geloso di Gian.»

«Continui.»

Malaguti si alzò. «No, basta» disse e uscì dalla cucina lasciandomi solo.

Dopo qualche istante rientrò, mentre bevevo il caffè che ormai si era raffreddato.

«Non dimentichi il suo appuntamento con la signora in tailleur.»

13

«Questa non è un'epoca buona per le anime ardenti, per gli uomini netti» disse la direttrice della Fortezza, succhiando una caramella che scompaginava l'ormai labile eleganza dei suoi tratti, «ma qualche volta mi chiedo se c'è mai stata un'epoca per loro.»

Restai zitto. La signora Basile mi aveva convocato per scambiare opinioni e mettere a fuoco una strategia di lungo termine sul recupero di Malaguti. Ma più che uno scambio di idee, il nostro incontro era stato il monologo di una donna braccata dal suo male incurabile, desiderosa di sentirsi utile al mondo di fuori: mi confidò persino di aver cominciato a pensare al prepensionamento. «Non ce la faccio più. I dolori del corpo, alla lunga, logorano assai più di quelli dell'anima.»

Gesù, non quello crocifisso sul muro dietro la scrivania della Vecchia blu, ma quello in carne e ossa che era appena entrato nell'ufficio, tossì, sputacchiando tutta la sua perplessità sui fogli che la direttrice continuava a spostare sulla scrivania.

«La prego, Gesù, si scosti. Non vede che combina?»

«Mi scusi, signora direttrice, ho il fegato sottosopra, mia moglie mi dà aglio e cipolle per colazione.»

«E crede che non si senta? Cambi moglie, se non le riesce di cambiar dieta.»

Gesù non approvava la libertà concessa a Malaguti: gli mancava un degno avversario a dama, e gli mancava qualcuno disposto ad ascoltare in silenzio i suoi lunghi sfoghi sul mondo che di lui, di Gesù, sembrava proprio poter fare a meno. E poi la serra, di cui aveva le chiavi, senza le rose non era più una serra, c'erano rimasti solo pomodori, zucchine, fagioli, prezzemolo, piante che l'animo vago di Gesù non sarebbe mai riuscito ad apprezzare come apprezzava una rosa.

«Ha fatto male a portarselo via, è tutto più brutto qui senza di lui, adesso ci vengono i negri che puzzano, e a quelli le rose schifo fanno, parlano che non si capisce, pensano che non si capisce, con quelle facce color merda... schifo mi fanno.»

Il corridoio era lungo e dovetti sorbirmi i suoi sfoghi fino al cancello bianco che mi riconsegnava alla portineria. «Me lo saluti il mio amico, gli dica che se gli va una partita a dama fuori di qui, ci si può trovare, io ho una vita anche fuori» disse, richiudendo il cancello alle mie spalle.

«Stia tranquillo, Gesù, glielo dirò, gli farà piacere.»

Uscendo mi resi conto che non avevo mai immaginato Gesù fuori dalla Fortezza: i secondini, e anche la vecchia artritica in tailleur, per me erano parte dell'arredo umano di quel luogo disumano, non erano asportabili. Fuori di là Gesù avrebbe potuto essere solo il mal di denti di un tizio senza denti.

Presi un tassì al volo per tornare a casa in fretta. Mi era venuto in mente che avevo lasciato sulla scrivania il faldone dedicato al processo di Carlo Malaguti. L'avevo invitato per un tè, il racconto che mi aveva fatto nella notte mi aveva incuriosito e volevo creare le condizioni perché lo continuasse. Ma se ritardavo gli avrebbe aperto la Tania, che era di turno per le pulizie, e allora Malaguti avrebbe potuto vedere il faldone e la cosa m'imbarazzava, non volevo nemmeno pensarci.

La mia preoccupazione non era infondata. Lo trovai in terrazza – la chiamavo così, ma era un balconcino di due metri per due – sprofondato in una composta concentrazione nella mia poltrona di vimini, vestito con giacca di tweed e cravatta di Marinella – non l'avevo mai visto tanto elegante – con le carte del suo processo sulle ginocchia e una fotografia in mano.

«Non mi ha mai parlato di questa roba.»

«Il mio invito non includeva il permesso di curiosare fra le mie carte.»

«E perché no? Lei, per bocca della sua Tania, mi ha detto di fare come se fossi a casa mia. E a casa mia questo avrei fatto. Un'occhiata alla sua scrivania era inevitabile, caro Rainer, anche perché è lei quello che ficca il naso nel mio passato.»

Risposi con un'alzata di spalle e gli sedetti accanto. «Chi è la ragazza nella foto?» chiesi con voce volutamente sfrontata.

«La dattilografa. Sì, me la ricordo proprio così. In quella casa. A Burano, sa, l'isola dei pescatori, in laguna, tra Torcello e San Francesco del Deserto.»

Gli dissi che non andavo a Venezia da una vita.

«Si figuri io.»

Mi mise la fotografia in mano. La ragazza stava in piedi, di profilo, davanti a una macchina da scrivere appoggiata su un tavolino di ferro. Aveva la destra alla vita e il seno tendeva la blusa di lana in pieghe che ne scandivano le forme generose. L'orecchio era una conchiglia stretta tra la mandibola ben disegnata e l'attaccatura dei capelli scuri che, trattenuti sulla nuca da un fermaglio bianco, si afflosciavano sul collo in un'onda vivace. Aveva gli occhi socchiusi, la curva del sopracciglio appena visibile e il fiore delle labbra che era una promessa. Dalla sinistra sporgeva una sigaretta fumante, sospesa sopra il foglio, infilato nel rullo della macchina da scrivere, che arricchiva quella posa concentrata con la benedizione di un dio oscuro e armato, Eros.

«È Marta Vianello, la donna che ha ucciso?»

«No, io uccisi quello che la ragazza che vede in questa foto era diventata quarant'anni dopo. E quarant'anni non sono pochi. La donna che ho ucciso... lei l'ha vista su quel ritaglio di giornale dell'epoca.» Malaguti indicò il faldone del processo, lo aveva portato sul tavolino che separava la sua poltrona di vimini dalla mia sedia di ferro. «È raro che il tempo tralasci di fare bene il suo mestiere, e nel caso di questa qui» batté l'indice sulla foto che tenevo in mano, «diciamo che quel che doveva fare» deglutì, «il tempo lo ha fatto con uno zelo persino inconsueto.»

Ci guardammo.

«Mi chiedo come abbia fatto il mio avvocato» disse a bassa voce «a trovare quella fotografia.»

Malaguti tirò fuori la pipa dalla tasca, la caricò e la portò alle labbra senza accenderla. «La prima volta che rividi quella donna, dopo quarant'anni... non la riconobbi. E come avrei potuto? Stavo a Parigi, un albergo di lusso, il Lancaster, in rue de Berri, sa, a cento metri dagli Champs Élysées. Ero lì per una conferenza. Allora mi ero fatto una certa reputazione come storico, sia pure dilettante. Avevo scritto poco, ma un mio articolo sul rogo dei Talmud di Place de Grève aveva fatto un po' di scalpore e un circolo culturale – la sede era in rue Balzac, a due passi da Parc Monceau – mi aveva invitato. Volo albergo cena e conferenza, una tre giorni parigina: avevo detto di sì con entusiasmo.»

«Il rogo dei Talmud?» chiesi.

«Nel medioevo, una storia terribile, a certe persone il fuoco...» la voce gli s'impastò «piace... piace da morire.»

Malaguti accese la pipa, lo fece con un gesto nervoso, come se le parole che aveva appena detto lo avessero sconvolto.

«Venivano da ogni angolo della Francia, venivano dai porti e dalle montagne, dalla Provenza e dalla Vandea, da Marsiglia e da Bordeaux, dai borghi delle pianure, dai casolari delle foreste.»

Aveva preso a parlare concitato, masticando sillabe e parole, e mise fumo e fumo tra me e lui, tra lui e l'immensità del mondo, del passato.

Dopo la schiarita della tarda mattina, il cielo si era fatto di nuovo scuro, prometteva acquazzoni.

«Erano carri di quercia, ventiquattro» disse Malaguti, facendo la voce chiara, e lenta. «L'estate del 1242 era calda. Da giorni, si diceva, per le strade nevicava fuoco. Le ruote cigolavano sotto il peso dei volumi. I buoi che trainavano i carri erano bagnati di sudore e il loro puzzo gareggiava con quello dei frati che stavano in serpa e con quello del volgo, fetido e greve, che la notizia del rogo aveva adunato in Place de Grève.»

Ora Malaguti parlava ispirato, senza staccare la pipa dalle labbra. Si aggiustò nella poltrona, il vimine scricchiolò. Distante, si sentì un borbottio di tuoni.

«Era una notte di giugno, una notte di pece e di luna, e Parigi era in festa. I carri portavano i diecimila Talmud condannati. Le ruote dal perno di rovere sobbalzavano sull'acciottolato, i finimenti delle bestie stridevano.»

La voce di Malaguti si era fatta più roca, abbassò gli occhiali sulla punta del naso e fece un sospiro che la pipa mutò in un buffo di fumo. «Le pagine dei libri più preziosi erano fatte con l'utero di vitello, una carne color latte, lo stesso colore dei sudari di preghiera. E la luce violacea della fiamma, che la luna faceva d'ambra e di cuoio, illuminava la folla che gridava anatemi. C'erano i bambini sulle spalle dei vecchi, e c'erano i ragazzi e le donne che incitavano i frati, violenti come porci affamati, a gettare nel fuoco i volumi. L'odore dolciastro della pergamena, quell'odore di pelle e di carne che brucia, che colava come cera fusa, dilagava sopra la Senna fino a giungere alle case, agli alberi, alle torri silenziose.»

Malaguti accese un altro fiammifero e lo portò alla pipa.

«Tra gli schiamazzi della folla c'era chi, in silenzio, nascosto, piangeva lacrime tristi. Erano le lacrime degli ebrei, perché qualcuno di loro era andato alla piazza nella speranza che il Dio di Abramo incenerisse quei miserabili e salvasse il sacro testo dalla furia incosciente del popolo analfabeta, il popolo di Gesù. Ma i francescani esultavano, fieri del loro trionfo e il popolo tutto, con loro, esultava. Gli schiamazzi e le grida di gioia erano ovunque.»

Il fumo della pipa si diradò.

«Però una leggenda racconta che le lettere del Talmud non bruciarono insieme alla pergamena: si fecero farfalle di fuoco e vagarono nell'aria delle strade fino a disperdersi nella notte. La cenere che ricadeva sul capo degli ubriachi, dei bambini, delle donne, dei frati che salmodiavano litanie dall'infausto sapore infantile era fatta di riccioli di materia fumante, ma le lettere, le Alef, le Bet, le Tau, con il loro inespugnabile fuoco semantico, perduravano» qui gli occhi stanchi del vecchio si accesero, «sì, perduravano» ripeté la parola con enfasi, «all'insaputa della folla becera e stolta. Perduravano, segrete e incontaminate, nei sogni dei giusti, vasti come la notte. E contro quell'intima vastità niente potevano gli sguaiati proclami dei frati, sgusciati fuori dall'inferno dei postriboli e delle sacrestie. Quel che la fiamma bruciò in quella notte era solo e soltanto la pergamena.»

«Che storia!» dissi. «Ma scusi, che c'entra con la ragazza, la dattilografa?»

Mi strappò la fotografia dalle mani.

«Stavo dando gli ultimi ritocchi alle pagine che avrei letto alla conferenza quando il portiere mi chiamò in camera, ricordo che avevo appena sottolineato le parole da enfatizzare: *rogo*, *Talmud*, *Alef* e *Tau*. "Una signora chiede di lei" annunciò la voce al telefono, "l'aspetta qui, al bar dell'hotel." Scesi. Era una donna tra i cinquantacinque e i sessanta; seppi poi, ricostruendo la situazione, che era mia coetanea, dunque ne aveva sessanta, di anni, e diciamo che non erano mal portati. Ma riconoscerla... be'... impossibile. Impossibile. Sì. La sua avvenenza, il tempo se l'era presa tutta.» Scosse la testa aggiustandosi il nodo della cravatta con le dita della sinistra. «Era sformata, tette pancia e fianchi erano tutt'uno e i suoi polpacci piombavano in scarpe piatte come frittelle, senza la mediazione delle caviglie. Però la sua faccia conservava una pallida traccia della bellezza sfumata, una traccia che tuttavia non bastò a mettermi sulla buona strada. "Debbo parlarle" disse, "è importante, ma ora vada a fare la sua conferenza e vada pure a cena con il suo circolo di perdigiorno." Trovai quel vocabolo davvero irritante, *perdigiorno*, come si permetteva, quella querula stronzetta... "Io mi farò trovare qui" disse, "ma non mi faccia aspettare troppo, altrimenti il prezzo sale!" Pensai che avesse una rotella fuori posto. "Il prezzo?" chiesi. "Il prezzo di cosa, scusi?" Mi creda o no, quella uscì senza rispondermi. Eppure in quella strana creatura avevo riconosciuto qualcosa di familiare, qualcosa che mi metteva i brividi, come fa ora questa foto» mi squadrò, «e di anni ne sono passati sessanta, ora. Sessanta! Questa foto ha sessant'anni, anzi sessantatré, capisce?»

«No» dissi. «Non capisco.»

Malaguti si versò un bicchiere. Il vino era rosso e la luce della prima sera ne accentuava le sfumature rubino. Il cielo tuonò ancora. Non si sognò di chiedere se ne volevo. Il vino veniva dal mio frigorifero, e prima di andarsene la Tania doveva averglielo offerto in mia vece, ma Malaguti non era tipo da dar peso a certi dettagli.

«Feci la mia conferenza. Andò bene, anche se l'incontro con quella supponente signora non mi aveva lasciato nell'umore migliore. La cena era di gran qualità. Un branzino dell'Atlantico e ostriche da ingolosire il più esigente dei buongustai. Pure la conversazione, a tavola, era stata piacevole, anche se le domande del pubblico, in sala, tradivano imbarazzo, sa... i francesi non gradiscono ricordare gli episodi disdicevoli della propria storia, non importa quanto passata, quanto lontana sia. Ma io non vedevo l'ora di tornare al Lancaster, l'immagine di quella donna mi perseguitava. C'era qualcosa in lei che conoscevo, e temevo, capisce? Qualcosa... che non mi era estraneo. Ma cosa? Chi era? E che voleva? Aveva parlato di prezzo. Era stata viscida e maleducata, ma perché?»

Malaguti si tolse gli occhiali e li posò accanto al bicchiere.

Poi appoggiò la pipa, che andava spegnendosi, al bordo del faldone.

«La stronzetta mi aspettava a un tavolino accanto alla vetrata. Si era fatta portare un calice di champagne d'annata, Roederer, pensi un po', la signora si trattava bene: supposi, e non sbagliavo, a spese mie. Mi sedetti di fronte a lei senza chiederle il permesso e mi accesi la pipa. Volevo giocarmela dura. Ma quella non era il genere di persona facile da impressionare. Lo dice bene questa foto: la bellezza giovanile, anche se umiliata e costretta alla vaghezza di un ricordo, lascia sempre qualcosa di sprezzante nel fare di una donna.»

Malaguti infilò di nuovo gli occhiali. Fissò la fotografia con le palpebre socchiuse, mi accorsi che la mano gli tremava.

«"Lei di me non si ricorda certo. E come potrebbe? Era un ragazzo. Come l'avevano ridotta... la pestarono come una cotoletta, povero toso." Fu il dialetto veneto, fu quel *povero toso* a riaccendere il ricordo, ma non ne ero sicuro, ancora, che fosse la... stessa ragazza... C'era una dattilografa nella stanza dove picchiavano gli arrestati, in quella casa. La "casa della morte": sull'isola la chiamavano così. E certo la morte e il dolore non mancavano, in quel luogo. Mi avevano arrestato da due giorni, mentre raccoglievo conchiglie, cappe e granchiolini, sulla secca davanti a Treporti, a Sant'Erasmo. Mi nutrivo così, una dieta non male, e poi c'erano le galline e le uova e il latte di quella brava ragazza, quella che aveva perso il fratello, gliel'ho già raccontato... Mi avverta se mi ripeto, alla mia età succede."»

Mi guardò senza sorridere, la mascella ruminava per conto

suo, la fotografia che stringeva in mano tremava ancora. Non ero più a disagio. Una sorta d'inspiegabile euforia mi aveva pervaso. Il pensiero corse alle pagine che avrei potuto scrivere, all'intenso rigore a cui le parole che andavo ascoltando mi avrebbero costretto, alla libertà che quella costrizione mi avrebbe potuto donare. Vidi la pantera prigioniera, percepii, con tutto me stesso, sia pure per pochi istanti, il suo ruggito muto, la collera di quel dio remoto, ma pur sempre in agguato.

«Mi presero all'alba. Era l'ora che preferivo perché quelli si alzavano tardi, di solito. Mi fecero qualche domanda sul posto. Documenti non ne avevo, e i miei diciotto anni li dimostravo tutti anche se dissi di averne sedici. "Come mai non sei arruolato, dov'è la divisa?" chiesero. Mi portarono nella casa di Burano con la barca che sgombrava l'immondizia. Il drappello di Sant'Erasmo non era ben attrezzato. Ma qualcosa dovevano pur far finta di fare. E ci andai di mezzo io. Era la primavera del 1944. Eh sì, ci andai di mezzo io.»

Mi guardò un istante, spalancando gli occhi. Il borbottare dei tuoni si avvicinava.

«Sono cose difficili da capire oggi, ne è passato di tempo.» Malaguti abbassò le palpebre e appoggiò la nuca allo schienale. «Dapprima mi rinchiusero, senza farmi una sola domanda, in uno stanzino piccolissimo, non potevo nemmeno stendermi per terra. Dormii rannicchiato a ciambella, come un cane. Non mi diedero cibo né acqua per due giorni. Quando uscii mi rovesciarono un secchio di piscio in testa, per svegliarmi e darmi una ripulita. Mi leccai le labbra, due croste secche. E cominciarono a picchiare, prima piano, quasi scherzando, con colpi che mi facevano sbandare e niente più. Non ci pensai nemmeno a reagire. Non ricordo la faccia dei due che picchiavano, uno era piuttosto vecchio, sui cinquanta, be'… a me allora pareva un vecchio, e l'altro aveva la mia età, e picchiava più duro, e io l'odiavo di più. Contro la parete, la sigaretta sempre accesa, c'era lei, quella ragazza dal profilo bellissimo, lei che non guardava. Vedevo, quando riuscivo, quando i colpi mi davano una tregua, che si portava la sigaretta alle labbra e aspirava con forza, e appena la finiva subito ne accendeva un'altra. Vedevo sempre e solo il suo profilo. Ogni tanto aggiustava il foglio nel tamburo, ma non batteva sui tasti. Era lì per trascrivere una confessione, ma che avevo da confessare? E poi domande non me ne avevano fatte, ancora. Picchiavano per divertirsi, per scaldarsi, picchiavano con un asciugamano che racchiudeva una manciata di cuscinetti a sfera. A un certo punto me lo mostrarono, l'asciugamano era rosso, il mio sangue era rosso, non ci vedevo bene, un colpo mi aveva spaccato il naso. Lo vede? Guardi il mio naso…» Malaguti mi fissò. «È ancora un poco storto… non mi dispiace così.» Parlava lento, sempre più lento, e a voce sempre più bassa. «A un certo punto uno mi chiese: "Non hai cose da raccontare ai tuoi alleati tedeschi? Sei un traditore-merda, e qualcosa i traditori-merda sempre avere da raccontare! Se racconti basta botte-merda, capisci, traditore? Basta merda se dici cose a tuo amico tedesco". Mi riportarono nello sgabuzzino. Mi diedero un bicchiere d'acqua pulita che bevvi piano perché avevo le labbra rotte, poi mi diedero anche qualcosa da mangiare, non ricordo, una poltiglia, miglio sembrava, mangiai e mi parve buono. Il giorno dopo ricominciarono. Prima le botte. Poi mi lasciarono stare. Mi misero a sedere. Mi diedero ancora dell'acqua. Bevvi. Lasciarono la stanza. Il ragazzo, uscendo, mi sputò addosso. Avevo gli occhi così gonfi che non riuscivo a vederlo, tutto era sfumato, girava tutto. La sedia su cui sedevo, il tavolo, la ragazza che fumava davanti alla macchina da scrivere, tutto girava. Quando restai solo nella stanza c'era lei. La sentivo tremare nel buio in cui i miei occhi mi avevano lasciato, stringevo le palpebre, volevo scacciare via il mondo. Volevo che mi ammazzassero. Volevo che quella cosa finisse. E sentivo la ragazza tremare, fumava e tremava, e stava zitta. Sentivo anche la carta che qualche volta aggiustava nel rullo, lo faceva andare su e giù di uno due centimetri, credo, per tenere le dita occupate. Sentivo che non mi guardava, non riusciva, non voleva vedere come mi avevano conciato. E io sentivo il suo odore mescolato a quello del mio sangue, al sangue che avevo nelle narici. Sì, sentivo l'odore di quella donna così giovane, così bella, così pronta al fuoco dell'eros, sentivo quell'odore e a quell'odore mi aggrappai. Si doveva essere avvicinata, perché sentivo, o sognavo, il caldo delle sue labbra; finché non sentii, e lo sentii davvero, il soffio della sua voce nell'orecchio: "Dica qualcosa, li faccia smettere, per carità, dica loro una cosa qualsiasi". Poi mi addormentai, o svenni, non so. So che quello più vecchio mi tirò su da terra. Quello giovane aveva i capelli neri e gli occhi chiari e la faccia liscia e tonda di un poppante, e mi mostrò la pinza.»

Malaguti si tolse di nuovo gli occhiali; poi mise sul tavolo, accanto al bicchiere e al faldone su cui aveva appoggiato la pipa, occhiali e foto, e tra gli occhiali e la foto lasciò anche quella forza invisibile che lo teneva assieme, e che avevo imparato a conoscere: una lacrima grossa come una ghianda gli cadde sul mento.

«Non era una pinza da dentista, e già quella un po' di paura ne fa. Era una pinza per stringere bulloni, grande. Il poppante mi sputò in faccia una, due volte. "Su, sveglia, ti voglio sveglio quando togliere denti, tutti tolgo, tutti!" Mi agitava la pinza davanti agli occhi, piano, e ogni tanto mi faceva sentire il freddo del metallo appoggiandomela al naso. Una mosca si posò sulla mia mano. Si alzò e mi aggrappai al suo ronzio come fosse un chiodo su una parete di roccia a strapiombo. Benedissi quel ronzio. "Un dente toglie adesso un dente toglie dopo, poi altro dente, sono trenta, denti trenta sono, noi tanto tempo, tu tanti denti, poi niente denti, tu." Il ronzio si spense, cercai l'insetto con quel che restava dei miei occhi, e non lo vidi. Mi girai verso la ragazza, il vecchio si era messo tra me e lei, e la guardava, e con una mano le toccava una guancia, o il petto, non so. Sentii il freddo della pinza contro il mento. Non era un colpo, il poppante me l'aveva solo appoggiata. "Apri bocca, traditore-merda, apri."» La ghianda d'acqua si staccò dal mento di Malaguti e gli cadde sulla cravatta. «E io gli dissi della casa dove si nascondeva Anna... non è stato il dolore, sa, è stata la paura, l'immaginazione che mi ha tradito, ho sentito la pinza che mi strappava i denti e la pinza nemmeno me li aveva sfiorati... i denti. E allora traditore lo sono diventato per davvero. Un traditore-merda, come diceva quel ragazzo. Ecco in cosa mi aveva trasformato quel momento di paura, un momento che dura ancora, in un traditore-merda mi ha trasformato.»

Ero frastornato, e onorato, dalla confessione di Malaguti. Aveva il doppio dei miei anni, era il padre, e il nonno persino, che non avevo mai conosciuto, era il ragazzo di ottant'anni che senza saperlo avrei voluto diventare, in lui sentivo la forza di un carattere vivido, esigente, che niente perdona perché tutto ricorda: aveva attraversato la selva e un artiglio della sua tenebra gli era rimasto conficcato dentro.

Non ci parlammo più quella sera. Mangiammo una mozzarella e un'insalata sul terrazzino, in silenzio. Sorseggiammo insieme un buon Pinot, limpido e fresco. Il temporale non era arrivato. I tuoni se n'erano andati, il cielo si era schiarito. Io cercavo di non guardarlo. Lui cercava di non guardarmi. Eravamo diventati amici, e l'amicizia sa ascoltare i silenzi.

Atto secondo

Il gioco delle ombre

I

Il cellulare che avevo messo in carica sul comodino squillò.
«Non mi dica che è a letto. Il cielo si sta facendo chiaro. A che punto siamo col lavoro? Non voglio metterle fretta. Chiamo solo per sentire come va. Glielo avevo promesso. Ricorda?»
«Mi scusi... Sì, io sarei ancora a letto, ieri ho fatto tardi. Il lavoro... procede. Sto ancora facendo amicizia, ho qualche appunto, niente da far leggere, però.»
«Le ho spedito il contratto, carta, niente mail, le arriva domani, credo. Lo firmi e me lo rimandi, così l'archivio... Se può aiutare la sua vacillante ispirazione, posso anticiparle un po' d'acconto così si fa *la* giacca nuova. Una bella notizia, non le pare? Mi stia bene Rainer, e buon lavoro.»
Aldobrandi riattaccò prima che riuscissi a salutarlo. Spegnendo il cellulare vidi l'ora: "Cavolo, sono le sei e cinquanta!". Ci misi un paio di minuti per decidere se ero incazzato per la sveglia con tanto di staffilata sulla giacca (l'articolo determinativo aveva la sua importanza) o felice per l'anticipo

non previsto. Il profumo dello sterco del diavolo ebbe la meglio, così mi alzai e misi su il caffè. E in bagno, davanti allo specchio, pronunciai le parole fatidiche: «Bene, oggi butto giù qualche pagina».

Avevo appuntamento con Malaguti sulla riva del Mandracchio. Era presto e me la presi comoda. Camminavo piano e con il naso per aria; leggevo le insegne dei negozi, i cartelli affissi alle vetrine, e di tanto in tanto mi fermavo a osservare le brutte e le belle mercanzie che sfavillavano sotto il sole: orologi, mutande, protesi, scarpe, tavolini, water, specchi, collant, dentiere, cellulari, cappelli. Un negozio di cappelli. Mi colpì. Non ce ne sono molti, pensavo. La vetrina era bellissima. Quelli da uomo a destra, da donna a sinistra. Le due schiere erano l'una contro l'altra armate: nei modelli femminili colpiva la varietà delle forme, nei maschili quella dei colori. E al centro dei cappelli dell'ala destra c'era un Borsalino grigio a tesa larga. Il pensiero corse a Malaguti, alla sua reazione per quella foto del «Piccolo», l'uomo con la faccia nascosta dall'ombra del suo cappello. Ripresi a camminare. Mi venne in mente il suo repentino cambio d'espressione e addirittura d'umore, era bastata quella foto di giornale. Accelerai un poco il passo. Il sole cominciava a scaldare.

Riconobbi l'inconfondibile sagoma del mio amico da lontano. Era andato a sedersi su una delle panche di marmo del molo, una di quelle che all'occasione fungono da bitta per gli scafi di grandi dimensioni.

Quando mi avvicinai Malaguti finse di non vedermi. Fissava le barche all'ormeggio.

«In galera» disse, stringendosi le ginocchia con le mani, appena lo salutai, «anche quando caghi c'è qualcuno, magari di là da un pannello di cartongesso, che tira lo sciacquone, così finisci con il credere che nemmeno quando sogni sei solo. Perché nel sogno ci fai entrare lo stronzo che ti deruba, e ti umilia, se abbassi la guardia per un solo istante. La reputazione, in prigione, devi difenderla secondo dopo secondo. Tutti devono sentire che, se offeso, uccidi. In ogni istante debbono saperlo. Alla perdita di prestigio corrisponde un tracollo, si fa presto a finire tra le puttane, in un carcere.»

Malaguti mi guardò negli occhi abbassandosi gli occhiali sul naso. «Ha tabacco?»

Gli passai la saccoccia di pelle che tenevo in tasca e sedetti accanto a lui. Mentre armeggiava con la pipa riprese a parlare.

«Uno dei ricordi più belli della mia vita è stato il giorno in cui la Vecchia mi ha dato quella cella singola, nell'ala in in disuso del carcere, e il permesso di usare il computer della biblioteca, e la serra. Prima di allora il carcere mi aveva tolto il silenzio, e quando a un uomo togli il silenzio, tutto, in lui, si fa brutto. Non c'è luogo più rumoroso di un carcere: porte che sbattono di continuo, oggetti che cadono, uomini – secondini e carcerati – che quando parlano urlano e quando urlano spaccano i timpani e nemmeno lo sanno, movimenti bruschi che spostano sedie di ferro, tavolini di latta, è una sinfonia di rumori dissonanti, violenti, perché le porte sono blindate, e i cardini male oliati, perché le serrature i chiavistelli gli spioncini sono fatti di *clac* e *ri-clac*, perché tutto, laggiù, ha un ringhio che dura. La violenza, quando la costringi e comprimi in un recinto, si fa tigre ferita. Non c'è gioia più grande di avere uno spazio, non importa quanto piccolo sia, tutto per sé, dove c'è silenzio e dove ascolti suoni, come in un bosco all'alba, quando i bisbigli degli animali del giorno scalzano quelli della notte. Il tempo che viviamo in compagnia, nel garbuglio degli incontri e degli scontri, non è altro che il tempo della commedia: tragico è solo il tempo privato, dove il mattino e la sera li riconosci dal canto dell'allodola, dell'usignolo.»

Ci alzammo per incamminarci a passo lento verso l'Adríaco, lo yacht club. Più conoscevo quest'uomo e più mi sentivo inadeguato: il carcere, se a lungo vissuto, resta sempre con te, ti segue, e ti determina.

«Cosa dice, io ho bisogno di sgranchirmi, ci arriviamo dall'altra parte dell'acqua, fino a Muggia?» Malaguti mi guardò, compiaciuto per la mia espressione di sorpresa. «Sì, lo so, sono dodici o tredici chilometri, passiamo per via Costalunga... Facciamo tre ore? Poi tanto si torna in tassì.»

Ero sempre più stupito dalla sua straordinaria forma fisica. Avevo preso l'abitudine di andare a casa sua alle quattro e trenta del pomeriggio, quando si alzava dal letto e aveva bisogno di muovere le gambe. Da quando era uscito dalla Fortezza, Malaguti si era messo a camminare ogni giorno dieci o quindici minuti più del giorno innanzi, e avevo l'impressione che persino la leggera curvatura della schiena imposta dagli anni stesse riducendosi, forse persino scomparendo. Mangiava pochissimo, tanto che verso sera cercavo di portarlo a cena da qualche parte, ma rifiutava. «Non sono pronto» diceva «per i luoghi dove si mangia senza fame e si parla senza dire.»

Tania mi teneva aggiornato: «Il signor Malaguti è beneducato e non vuole offenderla ma sa, professore, è stufo marcio di vederla, senza offesa, sa, lei è uno che sta sempre alla scrivania con quei libri che non si capiscono, io la vita sua gliela dico in due righe, quello invece ci ha una vita che ce ne vogliono tre per raccontarla».

Tania era alta un metro e ottanta o giù di lì, spalle da uomo, viso affilato, ma non privo di una vaga dolcezza femminile che le sue parole riuscivano sempre a smentire senza incertezza. Non aveva mezze misure. I suoi giudizi sferzavano e non era poi così facile darle torto: aveva pensieri piccoli ma forti, lillipuziani che m'inchiodavano al pavimento se solo mi azzardavo a contraddirla. Però c'era una rispettosa confidenza fra noi, fondata sulla consapevolezza di dipendere in egual misura io dal suo lavoro, lei dal mio denaro. Un equilibrio invidiabile.

Non vedevo il mio amico da diversi giorni e quell'incontro sulla riva del Mandracchio era stato una sua richiesta: «Mi piace ascoltare l'acqua che batte sulla pietra d'Istria del molo».

Malaguti aveva di nuovo bisogno di sentire la propria voce raccontare. Credeva nella voce. Nel suono, nel corpo fisico della parola. «Le orecchie sentono diverso dalla mente» diceva spesso.

Si camminava piano, la sua pipa fumava. Sapevo quanto gli piacesse ascoltare lo sciacquio contro gli scafi e lo stridere delle cime nelle bitte.

Il sole era tiepido, il vento fresco. Si metteva un piede davanti all'altro, nel silenzio a tratti disturbato dalle auto, dai tir, dalle gru che lavoravano ai moli. Mi piaceva camminargli accanto, zitto. Come previsto, ci vollero quasi tre ore per raggiungere il molo esterno di Muggia, e siccome era l'una passata gli proposi di fermarci per un boccone. Malaguti disse di no. Allora fermai un tassì, mi ero accorto che cominciava a barcollare: l'orgoglio gli impediva di dirsi stanco.

«La camminata mi ha sfiancato» dissi, «andiamo da lei?»

«Va bene.»

Il tassista parlava un italiano incerto tra il triestino e il barese, le due inflessioni si alternavano e tra l'una e l'altra il sorriso di quell'uomo ossuto e pallido illuminava l'abitacolo. Era raggiante perché la moglie era scappata con un calabrese: «Non avrei mai trovato la forza di lasciarla, e il buon Dio mi ha mandato quel cosacco di Cosenza!».

L'aneddoto sulle calabre origini della Provvidenza ci mise di buonumore e mi distrasse dalla conta del resto.

«È bello dare mance abbondanti» commentò Malaguti. «*Il cosacco di Cosenza* potrebbe essere il titolo di un melodramma, non trova, Rainer?»

«Dovrebbe chiuderlo il cancello del giardino, quando esce» dissi, aprendolo con una leggera pressione.

Lo scirocco scuoteva i rami del tiglio, la siepe rilasciava un odore dolciastro.

«Dev'essere stata la *sua* Tania a chiuderlo male.»

«Apprezzo l'aggettivo possessivo.»

Entrammo in casa e Malaguti si ritirò in bagno per una decina di minuti. Io mi diedi all'ispezione di un po' di scaffali, m'incuriosiscono sempre i libri letti da un altro. Di solito mi basta uno sguardo per capire qualcosa, e a volte molto, sul padrone di una biblioteca. I titoli scelti e l'ordine della disposizione: alfabetico per autore, per collana, edizione, epoca, lingua, genere letterario. Una libreria innerva, denuncia, spia l'identità del suo signore. Ma quella di Malaguti era governata da un ordine indecifrabile. Generi epoche lingue autori uscivano da un frullatore, sembravano davvero accostati dal caso: Spinoza Kavafis Omero Montaigne Sofocle Confucio Gongora Melville Orazio Hugo. Decisi che se c'era un ordine era quello in cui erano stati letti, o spolverati.

Malaguti uscì dal suo ritiro con un volume in mano. «Vedo che mi spia. Li sposto di continuo, non mi piace abituarmi a una gerarchia, così la ridiscuto di quando in quando, a destra metto gli scrittori-roccia, a sinistra gli scrittori-vento, ma poi scompiglio l'ordine come si fa con un mazzo di carte quando il solitario non riesce.»

«Ho anch'io l'abitudine di leggere in bagno.»

«È bravo a cambiar discorso... Venga, andiamo a sederci in terrazza. È giusto goderselo questo sole.»

Caricò la pipa e l'accese.

«Questa qui è una vecchia traduzione» disse passandomi il volume.

Era *Guerra e pace* di Erme Cadei.

«Tolstoj mi fa male alla testa da quanto mi piace.» Malaguti si sfilò gli occhiali, si assestò nella sdraio e mi guardò senza vedermi. «Qui attacca col francese, *"Eh bien, mon prince, Génes et Lucques ne sont plus que des apanages"*, quel francese ricercato nel quale non solo parlavano, ma anche pensavano gli aristocratici e poi, via via che l'armata dell'Anticristo occupa la santa terra dei padri, la Madre Russia, ecco che la lingua del popolo di quelle pianure sconfinate si fa, un poco per volta, anche lingua di principi e generali, e scaccia il francese dalle pagine. L'orecchio di Tolstoj sente, vede e tocca oltre la notte del tempo.» Inforcò gli occhiali. Mi vide di nuovo. Portò la pipa alle labbra e reclinò la testa all'indietro.

«Mi piace qui» dissi, «non si sente il traffico e s'intuisce il mare.»

«Devo presentarle Miriam. Una bella ragazza, l'ho assunta ieri. La *sua* Tania» era la seconda volta in pochi minuti che metteva quel *sua* accanto al nome della donna di servizio, «non mi va più, è una spia. L'ho licenziata due giorni fa. Eh sì, lo so, avrei dovuto dirglielo, lo so, lo so Rainer, quella le spifferava tutto. Ma io ho vissuto per troppi anni sotto controllo.»

Ero sorpreso e imbarazzato dalla notizia di quel licenziamento: perché Tania non mi aveva detto niente?

«E poi Miriam ha la patente. È bielorussa, sa.»

Miriam, Malaguti me lo spiegò con una certa enfasi, gli faceva da autista e da badante. La chiamò. E la slava uscì dalla portafinestra che comunicava con la cucina. Era piccolina ma ben proporzionata, un faccino pallido, pulito, un bel profilo alla Pisanello, sguardo azzurro velato di stanchezza, parlava un italiano sicuro, quasi senza inflessione.

«Peccato che puzzi un poco» disse Malaguti a voce bassa, mentre la ragazza ritornava in cucina, «ma non c'è rosa senza spine... giusto?» indicò le rose con il bocchino della pipa. «Ora però le ho regalato una boccia di Eau de Cologne e mezzo litro di deodorante. La cosa ha migliorato assai l'alone che la circonfondeva e ha anche messo *de l'eau dans son vin*, per così dire.»

Ero sotto shock, e così feci un errore grossolano: «Non sarebbe il caso di darci del tu?».

L'occhiata che m'investì era una folgore, seguita dal tuono borbottante del suo velato disprezzo: come avevo potuto essere così ingenuo, mi correggo, così banale da credere che il tu, per quell'uomo, volesse dire confidenza? Mantenere una distanza formale, per Carlo, era il modo più onesto di concedere intimità, forse il solo possibile: «I confini della patria interiore debbono essere presidiati» mi aveva detto non ricordo in quale occasione, «se si apre una frontiera è per meglio conservarne il controllo, ma per permettersi un simile lusso serve una rete di spie agguerrite, spietate.»

«Non l'ha ancora capito che un amico vero è il più estraneo degli estranei? No, lei non le sa certe cose, perché certe cose si capiscono solo laggiù, dove lei sa.»

Era la prima volta che gli sentivo usare un giro di frase per indicare la Fortezza.

Dopo un paio di minuti di silenzio, di fumo, di sguardi evitati, Malaguti sfilò da quel primo volume di *Guerra e pace* la foto della Vianello che aveva sottratto al dossier di mia madre senza che me ne accorgessi.

Miriam uscì dalla cucina con due grandi bicchieri di un liquido verde. «È acqua e menta, toglie la sete.»

«Grazie Miriam, una bella idea.»

Ringraziai anch'io.

Malaguti si fece un lungo sorso di bevanda fredda. «Ricordo bene quella donna» batté la pipa sulla foto, «non questa della fotografia, ma il mostro in cui la vita l'aveva trasformata, quella del bar del Lancaster. Ricorda? Gliene ho parlato.»

«Me lo ricordo bene, certo.»

«"Lei mi deve qualcosa, signor Malaguti" disse quando rientrai dalla conferenza sul rogo dei Talmud, "lei mi deve qualcosa" ripeté, "se no tiro fuori tutta la storia. Tutta, mi capisce?" Io non ero sicuro di capire, né tantomeno di sapere quel che volesse, anche se intuivo che il tintinnio del denaro non fosse estraneo ai desideri di quell'arpia.»

Malaguti mi mise la foto della ragazza in mano.

«Qui è così bella, ma quella che ho ucciso io era un mostro. "Io ho battuto a macchina la sua confessione" disse. "Ho conservato la prova del suo tradimento". Stavo per alzarmi e piantarla lì, con la sua coppa di champagne in mano e le sue unghie sporche, quando aggiunse "Un paio di milioni bastano, non sono avida". La cifra potevo permettermela, e quella donna lo sapeva. Le dissi che ci dovevo pensare: "Dove posso trovarla?" Vuotò la coppa e mi piantò in asso. Senza rispondere. Bella mossa, pensai. E pensai anche che non sarebbe stato facile togliersela dai piedi. Salii in camera e cominciai a riordinare le idee. Quella donna aveva solo assistito al brutale interrogatorio di un ragazzo che aveva detto qualcosa per far desistere i suoi aguzzini. Non sapeva molto. Decisi comunque che era meglio pagare per togliersela di torno. Quella era una dattilografa, non una mente criminale raffinata, con quei soldi si sarebbe comprata una settimana di vacanza, un paio di vestitini e un braccialetto d'oro farlocco, e di questo, forse, si sarebbe accontentata.»

«Nelle carte di mia madre, del suo avvocato, si trova il nome di Gian. Era il ragazzo che l'aveva condotta a Sant'Erasmo? Quello con cui aveva condiviso il fosso per una notte intera?»

Malaguti mi fissò con un'improvvisa aria smarrita, come se la domanda lo avesse spinto su un terreno franante. Portò il bicchiere alle labbra e poi, con dita malferme, mi sfilò la foto della giovane dattilografa dalle dita.

«Per capire chi era Gian bisogna capire chi ero io. Siamo noi che generiamo chi ci circonda, è il nostro immaginare che dà identità a cose e persone.» Aveva assunto un tono distaccato, la faccia gli si era irrigidita.

Una nuvola bianca coprì il sole e la sua luce si sfilacciò fin dentro casa.

«Mi aiuterebbe ad alzarmi?»

La sdraio era bassa e feci forza sulla mano. Malaguti aveva le gambe ancora forti, ma pesava. Si vedeva che certi movimenti gli infliggevano piccole dosi di dolore con cui conviveva a malincuore. Una volta in piedi si rassettò. «Devo andare in bagno di nuovo, gli anni si fanno sentire, poi le racconterò il resto.»

Lasciò la porta della camera socchiusa dietro di sé. Vidi che Miriam gli si avvicinava. Malaguti sedette sul bordo del letto, la ragazza gli slacciò le scarpe. E lui avvicinò il viso all'orecchio di lei. Lo vidi bisbigliare.

Dopo un paio di minuti la ragazza uscì e mi disse che era meglio se me ne andavo. Malaguti aveva bisogno di riposo. Mi avrebbe chiamato. Aveva voglia di restare per conto suo, si scusava, quello non era il momento giusto per continuare la nostra chiacchierata. Mi condusse alla porta e mi salutò con un sorriso di circostanza che mal celava una schietta antipatia.

Ero irritato, prima mi dice che appena esce dal bagno mi rivela il segreto dei segreti e un minuto dopo mi fa condurre alla porta dalla giovane badante. Ma tutto sommato ero contento. Quell'uomo mi aveva messo voglia di indagare, di scrivere su di lui. Incrociare le fonti, questo fanno gli storici. Vagliarne l'attendibilità, dar loro un ordine gerarchico. Fonti archeologiche, oggetti, luoghi e date da connettere alle testimonianze giornalistiche, diaristiche, epistolari, processuali. Ma quello che ti dice uno sguardo, una mano che afferra una pipa, la voluta di fumo che si arriccia al soffitto, una pausa studiata che lascia spazio all'arbitrio del caso, questo le fonti non dicono. Quel che sentivo in presenza di Malaguti non aveva a che fare solo con le sue azioni, era nelle sue ossa, nel suo respiro, in ogni suo gesto. Tutto quel che di lui riuscivo a vedere mi faceva paura, anzi m'intimidiva, trasmettendomi un senso di fratellanza ma anche di sconforto, perché il suo soffrire non apparteneva al passato, era in ogni attimo del suo presente, palpabile, e metteva quest'uomo al di sopra degli altri, di me, delle cose che passano. La felicità è calda, oggi c'è, domani sfuma. Nel dolore c'è il ghiaccio dell'eterno.

2

Nelle settimane che seguirono fui costretto a diradare i nostri incontri. Miriam era una presenza discreta solo in apparenza, faceva capolino ogni volta che il mio tentativo di forzare il racconto di Carlo, di portarlo là dove volevo, rischiava di avere successo. Così si finiva sempre con il parlare delle stupidaggini che cementano il conversare degli sciocchi: i capricci atmosferici, le ruberie e le promesse dei politici, le donne il calcio le tasse il vino, le magagne della salute. Avevo cominciato a buttar giù qualche pagina senza troppa convinzione, ma ormai non passava giorno in cui non sentissi, questa era la cosa importante, che Malaguti meritava di essere ritratto in un libro: cominciavo a prendere fiducia in me stesso, cominciavo a pensarmi capace di scrivere la storia di quest'uomo così singolare, così distante da me, eppure vicino abbastanza da sentirlo amico.

Miriam era davvero gelosa. Per due volte, a distanza di una settimana, riuscì a vanificare la mia voglia di portare il discorso su quel che intuivo essere un gorgo di pece: Anna,

Gian, la dattilografa uccisa. La badante comparve con il tè la prima volta, la seconda per ringraziare il suo padrone di un libro che le aveva regalato. Perché aveva deciso di farlo con me presente? Cosa c'era tra quei due? Regalare un libro è una cosa seria: "Leggi questo!" è una richiesta e insieme una dichiarazione d'intimità. Regalare un libro alla giovane donna che ti lava la schiena, taglia le unghie dei piedi, che ti fa da mangiare, ti porta a casa le cipolle e i filetti di sogliola, le uova e i fagioli, che ti rimbocca le coperte, be'… non è una cosa da poco. Pensai a Miriam che gli passava la spugna insaponata sul corpo nudo, martoriato dagli anni, e immaginavo che lo facesse canticchiando qualcosa di allegro. Doveva essere interessata al testamento. Non era improbabile che fosse affascinata dalla mente di lui, ma il contatto con la pelle di un vecchio non può non suscitare una qualche ripugnanza in una donna preda della giovinezza e delle sue tempeste.

Decisi così di consigliarmi con mia sorella. Lo faccio spesso quando le persone che frequento – che secondo Diana sono sempre, tutte, "fuori come un balcone" – mi costringono a scelte difficili.

«Allora m'inviti al San Marco per l'aperitivo?»

La voce di Diana mi sembrava più squillante e imperiosa del solito. Ci trovammo davanti al Caffè di via Battisti poco prima di mezzogiorno. C'era il sole e c'era una promessa di bora che faceva l'aria frizzante.

«Belli i jeans, non ti credevo così audace» dissi.

Diana accompagnò il suo sarcastico sorriso con un'alzata di spalle.

«Non sono dell'umore per le critiche, oggi, guarda, giallo è bello, e basta» mi puntò l'indice al naso, «solo complimenti! Mi ha appena chiamato la scuola perché la mia bambina ha fatto un occhio nero, anzi due, al compagno di banco che le ha detto non so cosa.»

Entrammo. C'era un brusio divertito. Indicai un tavolino vuoto, sulla destra, lontano dalla finestra. «Se però è stata insultata, Giulia ha ragione.»

«Mi fa piacere che ti ricordi come si chiama quel flagello di tua nipote.» Diana si sedette con la schiena al muro. «E l'altro, il maschietto, te lo ricordi il suo nome?»

«Francesco.»

«Bravo, se poi una volta all'anno ti facessi vivo, magari per chiedere se sono stati promossi, non saresti la schifezza che sei. Per due Natali di fila, questo e quello prima, a Giulia hai regalato la stessa T-shirt, stessa misura persino, non so se mi spiego.»

«A Francesco però ho fatto un fucile mentre l'altro Natale era una spada.»

La cameriera, alta e rossa di capelli, si accostò: «Caffè o aperitivo?».

«Un bianco» dissi.

«Anche per me, grazie.»

«Preferenze?»

Diana squadrò la cameriera con la sua solita aria inutilmente bellicosa: «Secco, freddo, del Carso».

«Ci penso io» fece la rossa, allontanandosi verso il banco.

«Allora, qualche grattacapo col tuo galeotto, a quanto pare.»

«Galeotto?»

«Quando ti decidi a crescere, Luca, non c'è proprio nessuno di normale tra quelli che frequenti? Ieri ho incontrato il frocio della darsena che mi ha detto di salutarti, un altro dei tuoi che è fuori come un balcone, ha detto che l'Alfeja è una meraviglia, che quando ti decidi a venderla te la prende lui, a costo di farsi un mutuo.»

«Ah, bene... Senti...» Non sapevo da dove incominciare. Per fortuna arrivò il vino, brindammo e per miracolo mi uscì di bocca un complimento sui suoi orribili jeans giallo limone. La feci ridere, e la risata preparò la strada in discesa.

Le raccontai di Carlo e di Miriam, di Aldobrandi e della direttrice del carcere. Al terzo bicchiere Diana innestò prima la marcia dei rimproveri, una mitragliata ad alzo zero, che da anni m'investiva con poche varianti, poi attaccò con la musica dei consigli.

«La barca» disse infine poggiando il quarto calice, vuoto, sul bordo del tavolo.

«Diana, lo sai che il vino non lo reggi.»

Mi rise in faccia: «Sì, l'Alfeja è la tua soluzione. Portatelo in barca, il tuo vecchio. O ti butta in acqua, o ti apre il suo cuore. In barca questo succede, lo dici sempre anche tu, che di cose giuste ne dici poche, ma questa sì».

«Ma lo sai, sorella, che forse l'idea... Cavolo, non ci avevo proprio pensato, è che ha ottantuno anni e in barca...»

«Lo hai detto tu che se li porta da dio, e poi insomma mica gli lasci issare la randa, però la ruota potrà pure girarla, gli fai una bella lezione e via.»

Tra Diana e le barche, la mia in particolare, non c'era una grande simpatia, ma la sua idea non era per niente male.

Appena usciti dal caffè ci salutammo con un abbraccio lungo e stretto. Non succedeva da anni.

3

«Vorrei proporle un viaggio, una settimana o due.»
«Un viaggio? Chi, io e lei? Soli?»
«Sì. In barca.»
La parola *barca* fece esplodere i lineamenti di Malaguti allontanando, per un istante, il suo naso dalla bocca e dagli occhi. Quando i tratti del viso si ricomposero, fu la voce a denunciare la sua inquietudine: «Che... bel... lo».
Non credevo a quel che avevo sentito.
«Le piace davvero l'idea?»
«Il mare mi fa paura e ho voglia di paura.»
Malaguti mi prese sottobraccio, aveva rallentato il passo. «Il mare è estensione, durata, la sua indifferenza ha qualcosa di glorioso, di sfacciato, uccide senza avvedersene.»
«La barca è uno Sciarrelli. Un cutter di legno, e io me la cavo come skipper.»
La faccia che mi stava accanto aveva voglia di schizzare da tutte le parti, era una zucca di Halloween con il fuoco dentro.

«Io, amico mio, non sono più un ragazzo, crede davvero che in barca...»

Era la prima volta che mi chiamava *amico mio*. Avevo fatto centro. Mi ero ritagliato una porzione di solitudine, in uno spazio ristretto, sovrastato dagli elementi ostili del cielo e del mare, e ci sono ben poche cose più capaci *di unire*, pensai, e pensai anche che Diana avrebbe preferito dire *di separare*.

Imboccammo via Udine. «Ce la facciamo a piedi fino a Barcola? O preferisce un tassì?»

«Tassì, non ho gambe oggi.»

Non appena a casa, Malaguti mi fece accomodare in terrazza. «Vengo subito.»

Quando tornò sembrava rinato, aveva fra le mani una carta nautica. Si sedette accanto a me e la spiegò sulle ginocchia. «Lo vede, Rainer, qui ci sono ancora i nomi italiani, con le vocali che cantano, feritoie tra le consonanti: Fiume, Spalato, Zara, Ragusa. Allora, dove andiamo?»

«Be', possiamo arrivare dove ci pare, la barca è solida e sicura, domani faccio cambusa, tagliando del motore, insomma tutte le rotture le risolvo io, un paio di giorni mi ci vogliono, però.»

Malaguti aveva un sorriso che gli apriva la faccia.

Miriam fece la sua comparsa con un vassoio d'argento su cui traballavano un bicchiere d'acqua e tre pillole di colori diversi. Ci stava certo ascoltando dalla cucina: lasciava sempre socchiusa la porta che dava sul soggiorno.

«È l'ora delle sue medicine, signor Malaguti» disse. «Se

non ci fossi io... Ma lei la testa non ce l'ha proprio per certe cose.»

L'esibizione di confidenza mi raggelò.

La faccia di Carlo si spense, come se un bambino antipatico avesse soffiato sulla candela che accendeva la zucca di Halloween. Sui suoi occhi era calato il sipario di una malinconia sconfinata.

Le pillole accanto al bicchiere, lo sculettare di quella ragazza che riguadagnava la cucina lasciando dietro di sé una scia di Eau de Cologne, lo avevano strappato al sogno del mare colore del vino, dell'aurora che ha dita di rosa, del dio nemico di Ulisse.

Dovetti fare uno sforzo per scacciare l'ira e la tristezza dalla mia faccia. Volevo uccidere la stronzetta bielorussa, ma era un'avversaria troppo scaltra e temibile, non potevo forzare la cosa.

«Ci posso pensare io alle sue pillole... e poi guardi, il mare cura ogni cosa.» Mentre pronunciavo queste parole dicevo a me stesso che tra me e l'astuzia non c'era una grande confidenza.

«Ho gli anni che ho... e ora sono stanco, torni domani, Rainer, domani ne parliamo.»

Tutto dovevo fare tranne che lasciarlo solo con quell'odiosa femmina puzzolente di Cologne.

«Me ne vado, ma dopodomani si parte. Stringo i tempi della revisione e si prende il largo. Lei viene con me. Ha bisogno di stare un po' nel vento. Senza il mare la vita non vale.»

Non l'avevo fatto apposta, ma il mio tono era imperativo, aveva la forza di tutta la mia disperazione. Miriam si riaffacciò sulla soglia. Io mi voltai verso di lei: «Non provi a trattenerlo, ha bisogno di uscire di qui, la passeggiata della salute è per i rimbambiti, non fa per lui».

Buia in viso, Miriam inghiottì la tempesta che aveva negli occhi. Tornò in cucina senza dire parola. Aveva sentito la minaccia nella mia voce. E per accertarmi che non approfittasse della mia assenza per giocare le formidabili carte che Dio ha dato a Eva all'inizio del tempo, buttai là due parolette sulla Tania, la *mia* Tania: le dissi quanto fosse preoccupata per il rinnovo del visto di soggiorno. Precisai che dovevo affrettarmi e andare per uffici, volevo intercedere per lei. C'era qualcosa d'ignobile nel mio ricatto, ma non ho mai trovato troppo difficile venire a patti con la mia coscienza: Miriam era tutt'altro che stupida, e l'arma che le stavo sventolando sotto il naso era carica. Quando mi accompagnò alla porta mi diede un'occhiata di disprezzo, odio, paura. Me ne andai compiaciuto. "Lo stronzo lo so fare anch'io" dissi fra me, "*à la guerre comme à la guerre.*"

4

Gilberto era gay ma gli piaceva chiamare froci i froci. Era il suo modo di ostentare sicurezza in faccia al mondo. Gli yacht a lui affidati, fossero plastica o legno, rilucevano fino all'ultimo verricello, e anche quando la mancia non era adeguata riteneva suo dovere che pure la barca del più spilorcio degli armatori, solo perché era una barca, fosse trattata meglio del ragazzo – era sempre uno nuovo – che aveva rimorchiato la sera prima. Una volta mi sorprese dicendo: «I ragazzi passano, le barche restano, perché le barche sono tutte belle come il pischello che si arrende alle mie grazie».

Gilberto era un uomo alto un metro e novanta, spalle e torso da pugile, capace d'issare una scialuppa a bordo senza il paranco, se non era di dimensioni impossibili.

«Sei bello come Billy Bud» gli aveva detto una volta la Renna, che qualche libro lo masticava, e da allora lui si faceva chiamare Billy, e se qualcuno lo apostrofava con il nome di battesimo fingeva di non aver sentito. «Billy mi porta fortuna» spiegava. Non so se conoscesse la malasorte toccata al gabbiere di Melville, ma certo quel nome gli andava a pennello, era l'alloro sul capo di un Cesare vittorioso.

Fui sorpreso di trovarlo sull'Alfeja, indaffarato a lustrare gli ottoni in compagnia di Geppi.

Geppi era il diminutivo di Geppetto. Era lui che gestiva la darsena, un tipo coriaceo ma generoso, che amava il mare più del denaro e le donne più del mare, e che per Billy aveva una gran simpatia: tutte le signore che frequentavano la darsena – le mogli degli armatori – avrebbero voluto portarsi a letto quell'Ercole gay, ma dopo il vano tentativo dovevano accontentarsi della branda di Geppi, che finiva così con l'essere assediata. Quello del falegname di Pinocchio era un soprannome evocato dal rosso perenne del viso di quell'uomo, dovuto alla frequentazione piuttosto vivace con il vino: «La mia insalata quotidiana» diceva, «condita con una spruzzata di figa e di acqua salsa». E come poteva non piacere un uomo che al mondo non chiedeva mai di venire compreso, ma solo di non essere disturbato?

«Con chi esce, professore? Una bella donna, mi ci mangio il cappello.»

«Mi spiace deluderla, Geppi, esco con un vecchio amico, il signor Malaguti. Ha ottant'anni ma è ancora in gamba.»

Geppi fece una faccia che bisogna averla vista per crederci: il mento andava a destra, il naso a sinistra, e le pupille di qua e di là come uova all'occhio sulla padella imburrata.

Salii a bordo e scesi sottocoperta per controllare le dotazioni di sicurezza: ancore, giubbotti, ciambella, razzi, fumogeni, estintori, riserva d'acqua, radio. Stavo verificando il livello del gasolio, la girante e i filtri motore quando la voce un po' stridula della Miriam mi fece sobbalzare. Per un istante il pensiero che quella strega fosse riuscita a distogliere Malaguti dal mio progetto mi fece andare di traverso la colazione. Poi la voce di Carlo arrivò, mentre risalivo in coperta, chiara e magnifica come un attacco della Callas.

«Ben arrivato!»

«Che bella» commentò Malaguti guardando le linee eleganti dell'Alfeja.

«L'aiutiamo a salire?» chiesero insieme Billy e Geppetto.

«Non gli serve il vostro aiuto!» C'era la disperazione d'un livore non digerito nella voce della badante, che gettò la borsa del padrone sulla tuga.

«Che modi!» borbottò Billy. Geppi grugnì il suo disappunto e allungò la mano verso il vecchio. Billy l'imitò e in un baleno issarono Malaguti a bordo.

«Questo non è un posto per vecchi, scusatemi.»

«Ma di che?» fece Billy. «Tutti noi siamo gli anni che abbiamo vissuto, e sono sempre pochi.»

Malaguti guardò il gigante. «Lei è troppo giovane per essere saggio. Accetti il consiglio di questo vecchio avanzo di galera: sia saggio quanto vuole ma si ricordi di parlare da stupido, è molto meglio. Il suo valore se lo tenga per sé, se non vuole trovarseli tutti contro.»

«Tutti?»

«Non sono buoni gli uomini» disse Carlo.

«Allora mi telefona, signor Malaguti.» Miriam si era un poco calmata, ma anche se faceva la faccia dolce la malizia slava ce l'aveva tutta negli occhi. «Se c'è bisogno vengo a prenderla con l'automobile, in qualsiasi porto. Ce l'ha il cellulare, vero?»

«A bordo c'è la radio» disse Billy, mentre Geppi, con il suo passo dall'aria stanca, si allontanava per raggiungere una cassa verniciata di azzurro inchiodata al molo. L'aprì con chiavi lunghe tre dita, poi tornò verso di noi con una bottiglia. La delusione e la sorpresa per la mia mancata compagnia femminile erano state scacciate dalla voglia di bisboccia.

«Fuori i bicchieri» fece Geppi avvicinandosi all'Alfeja, e alzò la bottiglia sopra la testa. «C'è da brindare qui, prosecco di Conegliano, mica roba da truppa.»

Mentre Miriam portava lontano la sua faccia sconsolata, Geppi, Malaguti, Billy e io sedemmo in pozzetto. Mancava solo la Renna e il club degli squinternati sarebbe stato al completo. "Tu e quelli fuori come un balcone che frequenti" avrebbe detto Diana. Passai i bicchieri e Geppi versò il vino fresco.

«Che privilegio bere di prima mattina» disse Malaguti, che si presentò come "quello uscito dalla Fortezza".

«Lo tenga d'occhio il nostro professor Rainer, lo tenga d'occhio, mi raccomando, è uno che mastica poesia, e il mare non se le ciuccia le poesie» disse Geppi alzando il bicchiere. «Un brindisi al vino e al culo delle donne.»

La malizia dell'accostamento non sfuggì a Billy che ribatté: «Io brindo al culo e basta. Tutti ne abbiamo bisogno».

Ridemmo tutti, noi bisognosi.

«Il tempo butta bene, ho sentito le previsioni mezz'ora fa» disse Geppi.

Billy scosse il testone, gettando in qua e in là il ciuffo come fosse un campanaccio. «Poco vento, vi aspetta una smotorata, è brutto navigare così.» E con le mani grandi come padelle indicò il cielo vuoto e chiaro.

«Io non ci sono mai stato su una barca a vela» confessò a bassa voce, quasi bisbigliando, Malaguti. La commozione del vecchio era evidente, ruminava e fissava l'acqua ferma tra il molo e lo scafo.

Allora, spiandoci, ciascuno cercò di nascondere agli altri il proprio imbarazzo, come guerrieri sorpresi dalla voglia di tenerezza.

Geppi risolse il momento alzandosi. «Ora vi lasciamo, ne avrete di miglia da fare... A proposito, la meta?»

«Itaca» risposi, e posso giurare che fino ad allora non ci avevo pensato.

Geppi ci guardò strano: «Mi stia bene, signor Malaguti».

Il vecchio fece di sì con la testa e si girò verso l'acqua. Si tolse gli occhiali dandoci la schiena e li pulì con un angolo della maglia.

Scendendo dall'Alfeja Geppi portò la destra alla fronte mimando un attenti militare.

«Buon vento, ragazzi!» disse Billy, scavalcando la battagliola con un salto. Era così cosciente della propria superiore animalità che gli riusciva difficile non ostentarla.

5

Il sole era basso sul mare scuro. La brezza di terra era leggera e l'acqua appena increspata. L'Alfeja filava verso sud, lungo la costa dell'Istria. Io stavo alla ruota, Malaguti, a prua, lasciava penzolare le gambe fuoribordo. Ero preoccupato. Vedevo la sua schiena sotto il fiocco, era scossa da singulti regolari, come se piangesse. Durante tutto il giorno avevamo scambiato poche parole, su Billy e su Gesù, sulla gelosia di Miriam e sulla benevolenza della direttrice del carcere; soli sul mare, costretti in uno spazio angusto, era sceso fra noi un nuovo imbarazzo. Schiacciati tra l'immensità del paesaggio vuoto e quella delle nostre solitudini, ciascuno soffriva la presenza dell'altro.

«Il mare è un antico nemico della nostra stirpe» disse Malaguti appena il sole sparì nell'acqua, «e ci costringe a una fratellanza sconosciuta a chi calca la terra che ci nutre e sorregge, perché in ogni momento può inghiottirci senza che di noi resti traccia; qui, ora, io e lei, Rainer, non siamo che piume nel respiro di Poseidone, un dio maledetto: non ci sono tumuli fra le onde, ma solo i silenzi di cento generazioni di naufraghi.»

Quando Malaguti parlava da poeta, e succedeva abbastanza spesso, mi sentivo un privilegiato. Le telefonate di questo o quel redattore, di questa o quella casa editrice che mi rimproveravano i miei abituali ritardi, mi sembravano appartenere a un altro mondo. Era come se la compagnia di quell'uomo, la sua confidenza, mi donasse un rango che ero certo di non meritare. Con lui le bollette, le code agli sportelli, al supermercato, le piccole quotidiane punture dell'invidia, i contrattempi, tutto spariva. Mi ricordava, senza volerlo, credo, che ciascuno il proprio posto nel mondo se lo sceglie da sé: sta a noi respingere il ricatto della mediocrità che ci assedia, abita, confonde e risucchia nel gorgo delle abitudini.

Sentivo lo scafo vibrare sotto la ruota del timone. Le vele erano tese, il cielo sereno. La luna stendeva davanti alla prua una striscia bianca che a tratti feriva la vista. Sentivo la tristezza del mio amico, la respiravo. Non lo sentivo piangere, troppi erano i rumori del buio – l'acqua sullo scafo, il vento, il cigolare dell'albero e del sartiame, il vibrare delle vele – ma sapevo che, tra gli spruzzi, sulla sua faccia si nascondevano lacrime.

Avevo pensato che un uomo che aveva trascorso più di vent'anni in galera potesse sentirsi davvero libero in barca, e gioirne. Uno sbaglio. Il suo animo, sull'Alfeja, era un tronco rosicchiato dalle termiti. Il mare gli urlava dentro tutta la vita che aveva perduto.

Inserii il timone automatico. Controllai che le vele fossero a segno e lo raggiunsi a prua. A sinistra si intravedevano le sagome nere dei promontori, mentre i pescherecci che prendevano il largo erano manciate di lucciole alla deriva nel buio. Il vento nelle vele faceva un rumore di lepre tra i rovi.

«Tutto bene?» Misi le gambe a penzolare oltre la falca, accanto a quelle di Carlo.

«Qui un uomo può illudersi» disse «di avere tutto il coraggio che gli serve per vivere la libertà che può solo sognare.»

Parlava senza guardarmi. Aveva gli occhiali gocciolanti di spruzzi. «Grazie per avermi invitato, non sono mai stato su una barca senza il rumore del motore. Qui tutto respira.»

«Si sente, vero, quanto siamo piccoli?»

«Si sente che il mare può ucciderci quando vuole.» Mi guardò. «Sono felice. Sono gli schizzi, non sono lacrime. Non ho più pianto dopo quella volta, sull'isola. Dopo quel rogo maledetto sì, piansi come non sapevo si potesse piangere. Ho consumato le lacrime nel mattino della vita, ora posso solo accontentarmi di una pigra tristezza senza tempo, né senso.»

Avevo gettato l'ancora in una caletta ben riparata da rocce alte, sormontate da pini dalla chioma estesa, che nella notte erano grandi pugni neri. La luna non c'era più, e l'alba non era lontana. Raggiunsi Malaguti sottocoperta. Russava. Lo guardai dormire per un paio di minuti prima di rintanarmi nella mia cuccetta. Aveva una faccia serena, e il respiro regolare fatto di un borbottio leggero graffiato da un fischio appena accennato.

Tanta era la stanchezza che non mi accorsi del sonno

che veniva, chiusi gli occhi senza spegnere la luce e senza togliermi la maglia di lana che m'irritava la pelle alla base del collo. Non so quanto tempo trascorse. Avevo l'impressione di sentire il suono del mio stesso russare. E poi – dormivo – sentii avvicinarsi, piano, un cane. Grande, nero, il muso mezzo lupo mezzo san bernardo. I suoi denti scintillavano, le gengive erano carne e sangue, per narici aveva due ventose palpitanti, e la bava schiumava fra le fauci. Mi svegliai di soprassalto e sollevandomi sbattei la fronte. La luce sopra la cuccetta tremò, allora vidi la faccia di Malaguti contorta, a due spanne dalla mia. La punta di un coltello da cucina quasi mi toccava la guancia. Feci appena in tempo ad afferrargli il polso. Non so dove trovai la forza – fu la paura, l'istinto – riuscii a trattenerne la furia. Era forte, nessuno avrebbe detto, in quel momento, che era il vigore di un uomo di ottant'anni quello che minacciava la mia vita. La lama mi sfiorò lo zigomo. Sentii uno schizzo di sangue sulle labbra, sentii l'odore di quel sangue, il mio sangue. Dolce. Amaro.

Con la sinistra mi strinse il collo ma la sua forza già andava scemando. Aveva gli occhi spalancati e la bava del cane alla bocca. Puzzava di pesce e di piscio. Con uno scatto mi girai e piombai giù dalla cuccetta, sbilanciandolo e facendogli perdere l'equilibrio. Si attaccò a una cima che pendeva dal baglio sopra la cucina basculante, la usavo per appenderci il mestolo. La mano con il coltello roteava per tenermi lontano, avevo l'impressione che non volesse più trafiggermi, ma solo impedirmi di avvicinarlo.

«Ma cosa succede? Sono io, Rainer. Il suo amico Rainer. È realtà questa. Non è un incubo! È sveglio, ora. Siamo amici!»

Gridavo. E Malaguti, muto, barcollò. Roteava il coltello tra la sua faccia e la mia. Feci un passo indietro. Non si avvicinò, ma non smise di sciabolare l'aria davanti a sé. Credo vedesse delle ombre. Credo che la voglia di uccidere, che gli avevo visto negli occhi qualche istante prima, lo avesse, d'un tratto, abbandonato. Ma continuava a sciabolare l'aria con quel coltello dalla lama larga e lunga che la poca luce della cabina bastava a far scintillare.

«Sono io. Sono io. La prego, metta giù quel coltello. Sono Luca Rainer, il suo amico Rainer, siamo in barca.»

Le sciabolate stavano perdendo velocità, pensai che avesse il braccio stanco, ma non dava segno di voler deporre il coltello. Il primo sole entrò dagli oblò e accese tutta la cabina. Le dita di rosa dell'aurora lo accecarono, credo, perché gettò il coltello ai suoi piedi come se l'impugnatura, all'improvviso, scottasse. Mi guardò con tutto il grigio dei suoi occhi. La mascella si era messa a ruminare nervosamente. Le palpebre gli andavano su e giù in modo innaturale e si appoggiò all'orlo del lavello. Si tenne con tutte e due le mani. Tremava.

«Mi aiuti. Non mi reggo» disse con una voce che era poco più di un sussurro.

Mi avvicinai e lo presi sotto le ascelle.

«Venga, si metta in cuccetta, la aiuto io, stia tranquillo.»

«Le gambe... le gambe... Mi gira un poco la testa... Mi dispiace darle disturbo... Sono vecchio... sa.»

Era come se avesse dimenticato il coltello. Lo aiutai a salire in cuccetta. Disteso, respirò con tutti i polmoni. Mise la faccia all'oblò. «È bellissimo qui, grazie di avermi portato.»

Con i piedi nudi urtai il coltello. Lo raccolsi e lo riposi nel cassetto sotto il lavello. Possibile che non ricordasse quel che aveva fatto?

«Perché ha preso il coltello, voleva uccidermi? Ero la continuazione di un incubo?»

Si girò verso di me. Si aggiustò gli occhiali che si erano messi di traverso. Mi guardava con le labbra serrate.

«Cosa dice? Quale coltello? Ha fatto un incubo? Ma cos'è, un bambino?»

«Si riposi un poco ora, vado a controllare l'ancora.»

Salii in coperta. La luce del mattino accendeva il mare intero. Andai a prua e saggiai la catena, era in tensione perfetta.

Le chiome dei pini della cala, pensili sull'acqua, ondeggiavano appena nel vento che veniva da est. Ero sconvolto e cercai di ricostituire la mia calma dedicandomi alle molte, piccole, importanti cose che fanno la giornata su una barca. Sentivo Malaguti dormire, era ricaduto in un sonno profondo, anche sopra coperta, ora, lo si sentiva russare. Possibile che non si rendesse conto di cos'era successo? Aveva cercato di uccidermi, la lama era affilata. Portai la mano allo zigomo. Bruciava.

Tornai sottocoperta. Mi fermai un attimo a guardarlo dormire. Aprii il cassetto sotto il lavello, presi tutte le lame e le nascosi in quello sotto la mia cuccetta.

Mi chiusi nella latrina. Pisciai senza guardarmi allo specchio. Volevo ritardare il momento. Quando mi vidi non dico che presi paura ma quasi. Avevo tutta la guancia sinistra strisciata di sangue, anche se il taglio era molto piccolo e poco profondo, giusto sotto lo zigomo. Mi lavai con sapone abbondante. Poi usai la pomata alla penicillina e un cerotto che tenevo nella cassetta del pronto soccorso, tra lo specchio e gli spazzolini da denti.

Facemmo colazione a metà mattina. Caffè e fette biscottate con miele e frutta secca. Non riuscivo a trovare il momento per parlare di quel che era successo. Avevo paura. Non immaginavo che un vecchio potesse avere gambe e braccia così forti. Almeno per un istante, un solo istante, credo, aveva desiderato uccidermi, e in quell'istante i nostri occhi si erano incrociati. Avevo rivisto la scena cento volte nella testa, non riuscivo a pensare ad altro. Anche mentre, in silenzio, sotto il tendalino che avevo messo di traverso sul boma per far ombra, facevamo colazione senza guardarci, io non pensavo che a quell'istante. E se si fosse ripetuto? Avevo paura e non potevo permettermi di averne, dovevo ricominciare a fidarmi.

«Lei si sta chiedendo perché, vero?»

Finalmente aveva aperto bocca.

Appoggiai la tazza davanti alla ruota del timone, sul transetto, e Malaguti m'imitò, poggiò il piatto con le briciole, il cucchiaio e il barattolo del miele.

«Sì, credo che dovremmo parlarne. Questa notte...»

«Ha avuto paura» m'interruppe, e si tolse gli occhiali, strinse un poco le palpebre abitate da una sonnolenza felina, «ha avuto paura perché ha perso il controllo, lei è di quelli che non perdono il controllo... Vede, Rainer, lei traduce, e traduce bene, anche... ma non genera mondi, per farlo bisogna avere il coltello alla gola, ogni tanto, mica sempre, sa... ma ogni tanto bisogna ubriacarsi, alcol, idromele, un eccesso di gioia o di dolore, ecco, si ubriachi ogni tanto.» S'infilò gli occhiali, mi squadrò.

Sentii lo schiaffo del suo silenzio. Non sapevo che dire.

«Ma lei stanotte... se non mi fossi svegliato, mi avrebbe davvero tagliato la gola?» Era una domanda stupida, lo capii mentre la pronunciavo.

«Non faccia lo scemo. L'avrei uccisa solo se non fosse riuscito a resistere alla mia rabbia, ma un giovane come lei... Io ho ottant'anni, anzi, ottantuno, e contavo sui suoi quaranta per non tornare dietro le sbarre, e visto che siamo qui a discuterne non si può dire che ho fatto male i miei conti.»

Avevo una mezza voglia di tirargli un pugno. Mi fissava con le labbra appena dischiuse, inarcate in un sorriso.

«Dominio... ha detto?»

«Non l'ho detto, ma è la parola giusta. Bisogna imparare a rinunciare al dominio, su di sé, sulle cose che ci riguardano, sulle persone che crediamo di amare, sui ricordi che non ci lasciano in pace; siamo acqua che scorre, ma dobbiamo impararlo ogni giorno di nuovo, ogni giorno per la prima volta. Quando sta alla ruota lei mette la prua dove crede, ma subito fa un compromesso con il mare e con il vento, e va dove può, dove gli elementi la lasciano andare. Io l'ho costretta a perdere il controllo, le ho strappato il tappeto sotto i piedi con quel coltello.» Mi sbatté in faccia un sorriso immenso, rotondo, che schierava tutta la gialla falange dei denti. Da dietro la schiena tirò fuori il coltello da cucina. Come aveva fatto? Avevo chiuso a chiave il cassetto sotto la mia cuccetta. E avevo la chiave in tasca.

«Adesso... vuole darmi un'altra lezione?»

«No, volevo vedere la faccia che faceva. Credeva che per un galeotto di rango come me una serratura bastasse? Vedo che un po' di paura ce l'ha ancora... eh sì» si tolse di nuovo gli occhiali, «volevo che lei provasse le emozioni che hanno formato l'uomo che ha di fronte, volevo che assaggiasse il sapore della paura, e ora voglio che se lo porti con sé, sempre. Solo così saprà ascoltare. Solo così riuscirà, un giorno, a dire una storia vera, la mia storia.»

6

Navigammo verso sud per un giorno intero. Brezza leggera. È bello stare in compagnia di qualcuno che apprezza il silenzio. Malaguti sedeva a prua, la faccia nel vento, il fiocco gonfio sopra la testa. Io, al timone, non riuscivo a non pensare che d'ora in avanti avrei sentito, al cospetto di quell'uomo dall'aspetto mite, sicuro di sé, calmo e orgoglioso, un fremito di paura. Con il suo gesto violento aveva imposto la sua idea di amicizia: non una comoda poltrona, ma la sedia chiodata di un fachiro. L'amicizia è un campo di battaglia, è scomoda, e ogni giorno va rimessa, anche solo un poco, alla prova.

Giungemmo a Capo Promontore che faceva ancora chiaro. Circumnavigammo il Capo lasciando l'isola con il faro a dritta e gettai l'ancora nella seconda baia, quella lunga e stretta, sul lato orientale della costa istriana. Ci volle più di un'ora per la manovra e mi stupii di quanto Malaguti fosse diventato abile, così, come per incanto. Non potevo non ammirare la forza fisica di quell'uomo, e perfino una certa agilità che lo faceva apparire – se non fosse stato per i segni di una vita vissuta, che la sua faccia esibiva senza reticenze – di almeno dieci anni più giovane di quel che era.

Cielo limpido. Apparecchiammo il pozzetto per cenare. Dopo avere ammainato le vele sistemai il tendalino sopra il boma: ci avrebbe fatto scudo dall'umidità della sera e dal sole dell'indomani. Vestimmo spessi maglioni di lana e aprimmo due scatole di sgombri dell'Atlantico e una bottiglia di Pinot gris dell'Alsazia. Malaguti aveva messo il coltello da cucina, quello con cui mi aveva minacciato, in bella vista sul transetto. Ma dal mio lato, e con il manico rivolto verso di me. La lama puntata su di lui.

E cominciò a raccontare.

«Gian era bello. Alto, spalle larghe, voce scura, baritonale. Aveva lineamenti puliti, per nulla volgari, un po' come quel Billy amico suo, senza la patina della checca, però.»

Il sole tramontava squadernando sul mare una miriade di sciabolate viola e arancioni.

«Detestavo Gianfranco, sì, lo detestavo, perché sentivo che, per quanto cercasse di nasconderlo, amava Anna, non come l'amavo io, certo, non di un amore assoluto, ma... era attratto da lei, insomma. Si spacciava per suo cugino e lei lo lasciava fare, perché questo contribuiva a migliorare la sua copertura. Il capanno di Anna non era distante dal mio, stava in mezzo ai prati, nascosto dai rovi e dai pini marittimi. C'erano poco più di duecento metri tra me e lei, ma per me erano chilometri. Mi alzavo all'alba, in quei giorni di primavera, per andare a spiarla. Mi sedevo nell'erba bagnata e guardavo il cielo farsi bianco. Vedevo il suo camino fumare. Qualche volta mi spingevo sotto le sue finestre e sbirciavo dentro. Credo che quella ragazza non dormisse, non so come facesse, ma io l'ho sempre vista con un libro in mano, per lei leggere era come per me respirare, era sempre lì, circondata dai libri che fasciavano le pareti dalle tavole del pavimento fino a quelle del soffitto; anche il ripiano di larice su cui mangiava, anche quello poggiava su due muretti di libri. Aveva una lampada ad alcol e teneva lo stoppino basso, per farlo durare. Il vetro della finestra appena ingialliva, con quella luce fioca. Ma bastava ai suoi occhi. Ogni tanto si alzava, andava alla finestra, accendeva una sigaretta e guardava il cielo, credo senza vederlo, e certo senza mai vedermi, anche se ero distante pochi metri. Quando la sigaretta finiva, schiacciava il mozzicone in una conchiglia che teneva sul davanzale e tornava al libro. Credo vivesse in un altrove ignoto a noi mortali. Quello che leggeva, mi disse un giorno in cui restammo sotto un pino per un poco, sorpresi da un acquazzone, era molto più vero di quel che viveva: "Non è quel che facciamo della vita che conta, ma quel che la vita fa di noi".

«Quando mi avvicinavo alle sue finestre studiavo il suo profilo composto, teso, bruciato dal fuoco di quel che leggeva. Bastava guardarla per sapere che nella sua testa c'era un temporale perenne. E i suoi occhi erano sempre stanchi, grandi, perduti.»

La voce di Malaguti si era fatta lenta e pastosa, di un tono più bassa del solito.

«Potevo starmene lì a spiarla anche due, tre ore. Non mi accorgevo del freddo del mattino, dimenticavo di esistere. La mia contemplazione mi fondeva ai suoi lineamenti perfetti, appena sconvolti dall'insonne presenza di un intelletto fin troppo vigoroso, dolce e feroce.»

Malaguti scosse la testa all'improvviso, come se una zanzara lo avesse infastidito. «Ho quasi finito il tabacco.»

«Ne ho comprate un paio di scatole per la crociera, adesso lo prendo. Ha lasciato la pipa di sotto?»

Malaguti fece di sì con la testa.

Scesi sotto coperta e ci misi un poco prima di trovare il tabacco. Avevo ben capito che aveva bisogno di qualche momento di solitudine. In una baia deserta, tra l'acqua e il cielo scuri, si sente di appartenere alla storia della natura più, forse, che a quella della nostra specie, e non è difficile sentire quanto siamo infimi, presuntuosi e stolti nel grande gioco del divenire.

«Ecco qua, il nostro Dunhill e la sua Maigret.»

Afferrò la pipa prima con gli occhi, poi con le dita, e la soppesò, come per riconoscere un'amica un po' trascurata. Non l'aveva ancora accesa da quando era montato sull'Alfeja.

Aprii la scatola facendo leva sul bordo con una moneta da due euro e gliela passai. Caricò la pipa con una cura insolita. «Dovremmo dar loro un nome» disse, «non trova?»

«Un... nome?»

«Sì, alle nostre pipe, se lo meritano, passano del tempo con noi, vivono del nostro respiro, bruciano, insieme al tabacco, una parte della nostra ansia.» Rise una risata rumorosa. «Non faccia quella faccia, Rainer. Avevo solo voglia di fingermi più bambino di lei. C'era cascato, eh?»

Una barca a motore, lenta e borbottante, entrò nella baia.

La guardammo con un senso di disgusto. Era un'intrusione difficile da sopportare. La solitudine promessa dalla magia del luogo era stata violata. Il motoscafo fece una U e gettò l'ancora non molto distante dalla nostra.

«Proprio qui dovevano mettersi» disse Malaguti soffiando il fumo lontano. «Con tutto lo spazio…»

«Ora è troppo tardi, fa già buio, non possiamo più spostarci.»

I nuovi arrivati tenevano lo stereo piuttosto alto, un quartetto di Mozart. In pochi minuti la corrente mise il loro scafo parallelo al nostro.

Erano in quattro, due signori piuttosto anziani e due donne che della giovinezza esibivano la nostalgia: di una si vedevano le labbra rigonfie, anche in quella poca luce e a quella distanza. Si sbracciarono per salutarci. Io feci un cenno con la mano mentre Malaguti sputava in acqua un grumo di catarro.

«Spero che non aprano bocca.»

Non passò nemmeno un minuto che una delle due signore, quella più in carne, con le labbra porcine, c'invitò a cena. «Veniamo a prendervi, abbiamo branzino e champagne, vi va?»

«Le dica che sono un galeotto» sussurrò Malaguti.

«Meglio di no, e poi… Tanto ora il momento magico se n'è andato, allo champagne non si dice di no.»

«Lo sa che non posso darle torto, Rainer, dopotutto quelli ascoltano musica da camera, se fosse metal...»

Il tender che accostò l'Alfeja era pilotato da un ragazzo di venti venticinque anni. Il marinaio ci aiutò a scendere. Aveva braccia forti e fece scalino con le mani per aiutarci. Non era italiano, aveva la carnagione scura che la poca luce della sera faceva quasi nera. Salimmo a bordo del motoscafo grazie a una scaletta di legno, ci accolse l'uomo ben piantato, sui settanta, che avevo visto al timone.

«Benvenuti a bordo. Bruno» disse dandomi la mano, ossuta e fredda.

«Buonasera, Luca.»

«Carlo» si presentò Malaguti con un cenno della testa.

«Io sono Roberto» fece l'altro.

Sedemmo nel pozzetto. Era una bella barca, coperta di teak, tuga di mogano e palissandro. Niente in comune con i ferri da stiro che d'estate affollano le coste adriatiche.

«Le piace la nostra Marianna?» La voce della signora era dolce, faceva a pugni con il viso devastato dalle battaglie tra l'età e la chirurgia estetica. Non riuscivo quasi a guardarla, le strinsi la mano sforzandomi di gelare ogni espressione nel sorriso di circostanza. Malaguti mi imitò, con più successo, credo.

La seconda signora emerse dalla cambusa con un vassoio di bicchieri su cui svettava un Dom Pérignon. «Benvenuti, io sono Matilde.»

Non credo fosse più giovane della sua amica, i suoi sessanta li dimostrava, ma non aveva battagliato con il botulino e il bisturi, e aveva un'allegria negli occhi chiari che metteva il pepe su quel che toccavano. «Anche voi dei forzati del fuori stagione... Niente di meglio dello champagne, allora.»

Facemmo di sì con la testa. Tutti.

Il marinaio che era venuto a prenderci annunciò che era quasi pronto.

«Spero che abbiate appetito» disse Sonja, la botulinata.

«Se non l'avessero peggio per loro» commentò Matilde, «il branzino l'ho scelto io.»

«Potevamo dire di averlo pescato» fece Roberto, agitando il molle sottomento che poggiava su un pomo d'Adamo piuttosto pronunciato.

Matilde rise una risata finta sciocca. «Due signori che navigano con una barca bella come la loro non li puoi menare per il naso.»

Tutti gli occhi fissarono l'Alfeja.

«È uno Sciarrelli, vero?» chiese Matilde.

«Sì, è solida, facile alla manovra» risposi.

Brindammo al mare e al tempo libero.

Tra un sorso e l'altro Sonja chiese: «E voi cosa fate?».

«Io sono un traduttore.»

«Interessante, da che lingue?»

«Inglese, francese, tedesco, traduco letteratura, perlopiù.»

«E ci si campa?» chiesero Bruno e Roberto con una voce sola.

«Sì, se ci si accontenta.»

Bruno disse che una barca come l'Alfeja faceva la spia: «Lei qualche risparmiuccio in banca deve avercelo».

Spiegai che era la sola eredità che mio padre aveva lasciato a me e a mia sorella, che però soffriva il mal di mare. Finché Malaguti non m'interruppe: «Io invece sono un assassino».

I bicchieri si fermarono a mezz'aria, sentimmo vociare le bollicine.

«Sono uscito di galera per limiti di età e buona condotta, ma quello è il mio posto, anche se riconosco che non ci sto male qui.»

I secondi di silenzio che seguirono parvero minuti. Sonja ci soccorse: «Ma... lei ha ucciso... per difendersi?».

«E secondo lei se uno lo fa per difendersi gli danno l'ergastolo? Ho ucciso perché mi andava di farlo. C'è sempre posto per una scelta. Qualcuno il grilletto decide di premerlo; si decide quando e se infilare la lama tra le costole del nemico, e poi si decide se girarla nelle carni per far entrare l'aria nelle profondità della ferita. Decisioni, solo questo. Le cose sono semplici, io diffido, signora, di quelli che fanno fumo per assolversi. Il codice binario è quello che regge il mondo: si sceglie tra un sì e un no, sempre. Uno stormo... una sequenza di sì e di no, ecco di cosa siamo fatti. Uno stormo in balia del destino.»

Il ragazzo di bordo depose sul tavolo i piatti con il pesce spinato e condito.

«Brindiamo al buon cibo e allo champagne, allora.» La voce di Matilde faticava a nascondere l'imbarazzo.

Incrociammo le coppe in un cin-cin scacciapensieri.

Seguì un composto ticchettare di forchette. Il pesce era

davvero buono. E l'odore del mare e il buio della sera rasserenarono un poco l'atmosfera.

Quando Malaguti ruppe il silenzio mi sentii mancare, non ci tenevo che tutto finisse in un litigio con quegli estranei.

«Non mangiavo così bene da quando ero ragazzo e allora il pesce me lo cucinavo io, appena pescato.»

«Grazie» dissero in coro le due signore con i mariti che annuivano, scambiandosi occhiate.

«Scusatemi, dovrei andare al bagno, alla mia età... sapete... qualche problema con la prostata.»

«Venga, Carlo» fece Bruno alzandosi, «la aiuto a scendere.»

Bruno accompagnò Malaguti fino alla scaletta. «Grazie, lo trovo da me.»

«Sulla destra, di là, la luce sta sotto lo specchio.»

«Quanti anni ha il suo amico?» chiese Bruno risedendosi.

«Ottantuno... non si direbbe da come si muove, vero?»

«Perbacco, in gamba» disse Sonja.

«Voi di dove siete?» chiesi. «Non riconosco l'accento.»

«Pola, italiani di Pola.»

C'era qualcosa di strano nelle occhiate che continuavano a scambiarsi. Era come se quei quattro aspettassero qualcuno che tardava.

«Io ho fatto la maestra elementare a Trieste.» Nella voce di Matilde era entrato un fremito. «Ma era molti anni fa, mia madre è croata, però.»

Le luci di un peschereccio che in lontananza attraversava la bocca della baia per puntare su Lussino attrassero la nostra attenzione.

Il marinaio uscì con il vassoio del dessert. Un tiramisù già sistemato in coppe di cristallo.

«Che meraviglia» dissi.

Il marinaio tornò sottocoperta e, dopo un paio di lunghi minuti, Malaguti emerse. Aveva la faccia scura. Incrociammo lo sguardo. Era turbato. Sedette accanto a me.

«Su, mangiamo questa leccornia» disse Sonja.

«Non mi sento molto bene» fece Malaguti, «torniamo a bordo, grazie per la cena.»

«Mangiate almeno il dessert... Cosa si sente?» La voce di Bruno era nervosa.

Qualcosa non andava, ma non riuscivo a capire cosa.

Malaguti si alzò. «Forse lei cercava questa» disse spianando una pistola.

«Ma...» non avevo voce in gola.

Tutti scattarono in piedi e si girarono verso la scaletta che portava sottocoperta.

«Il vostro ragazzo l'ho sistemato io, con questa bella Sig Sauer.» Malaguti agitò l'arma sopra le coppe con il tiramisù. «Lo fate d'abitudine questo giochetto? E cosa speravate di ricavarne da due... come noi? Quanto ce ne avete messo di sonnifero nel dessert? Una dose da cavallo, oppure è qualcosa di peggio, cianuro?»

«Son... nifero, cia... nuro?» balbettò Matilde.

E Sonja: «Il nostro Guido... il marinaio, che gli ha fatto?».

«Fra mezz'ora sarà in piedi, un colpetto... con questa.» C'era polvere di ferro nella voce di Malaguti. «Noi ce ne andiamo, e se vi salta in testa di seguirci avvertiamo la guardia costiera, la radio a bordo ce l'abbiamo anche noi.»

«La vostra parola contro la nostra, e voi siete stranieri!» La voce di Roberto faticava a nascondere la paura.

«Dubito che questa arma sia registrata, e dubito soprattutto che un'ispezione e un'indagine della guardia costiera vi possano far piacere... o sbaglio?» Malaguti si girò verso di me: «Andiamo».

Ci calammo nel tender. Tirai la cordella del fuoribordo – un Mercury nuovo di zecca – che si mise in moto all'istante, mentre Malaguti teneva sotto tiro il quartetto. Raggiungemmo l'Alfeja, salimmo a bordo e mollammo la cima di prua della scialuppa dopo aver sparato due colpi sul Mercury. La scialuppa andò alla deriva, sospinta verso il largo dalla corrente, che aveva appena cambiato direzione.

«Togliamoci di qui. Metti in moto, io inserisco il salpa-ancora.»

«L'emergenza non autorizza gli eccessi di confidenza» disse Malaguti girando la chiavetta dell'accensione.

Recuperai l'ancora in meno di due minuti, e già l'Alfeja si muoveva verso il mare aperto.

«Issi le vele, Rainer, quando ero di sotto gli ho spaccato lo schermo del radar a quelli, dobbiamo spegnere il motore, senza il rumore non potranno seguirci.»

Nel motoscafo c'era trambusto, erano tutti sottocoperta, credo stessero soccorrendo il loro marinaio.

«Non l'avrà mica ammazzato, vero?»

«Ma non dica sciocchezze, una botta per tramortirlo... Se poi ha la testa tenera sono fatti suoi. Ma stia certo che quelli non ci denunciano, lo fanno per mestiere questo scherzo. Pirateria di basso profilo, si direbbe.»

«Lei dice che con il dessert ci avrebbero messi a dormire per saccheggiare l'Alfeja in tutta calma?»

«Non gliel'ho chiesto... ma non credo che la polvere bianca che il marinaio ha messo solo su due fette del tiramisù, guarda caso quelle capitate a noi, fosse zucchero.»

«Ma come se n'è accorto, cosa l'ha insospettita... e il revolver dove l'ha trovato?»

«Questa è una semiautomatica, non un revolver. Ora usciamo dalla baia e togliamoci dai piedi, non sono tranquillo qui.»

Aveva preso il comando senza che quasi me ne accorgessi, e con una grazia tutta sua. Issai la randa e sciolsi l'avvolgifiocco.

Poi tornai in pozzetto e misi le vele a segno, eravamo di nuovo all'imboccatura della baia. Malaguti mi cedette la ruota del timone. Puntai al largo. Spensi il motore. La brezza di terra e la corrente ci aiutavano.

«Non lo faccia» dissi, «non accenda la pipa, si vede a un miglio di distanza in questo buio, l'aria è limpida e la luna è ancora nascosta dietro il promontorio.»

Il faro del Capo sciabolava la notte con la sua lenta intermittenza.

7

Navigammo senza le luci di via per qualche miglio. Poi, in vista di una flottiglia di pescherecci, le accesi, per necessità, ma anche perché ormai mi sentivo fuori pericolo. Le luci dell'Alfeja si sarebbero confuse, in distanza, con quelle delle barche che trascinavano le reti.

Ricominciammo a parlare dopo una mezz'ora.

«Come ha fatto a capire che volevano rapinarci?»

«La Fortezza insegna molte cose.»

«Non ne dubito, ma...»

«Fiuto.»

«Un dettaglio. Sono curioso.»

«Diffido della gentilezza degli sconosciuti. Offrire branzino e champagne, a due come noi... incontrati per caso... non credo a certe cose. E poi, quando siamo saliti a bordo, c'è stato un ammiccamento tra il marinaio e quel Bruno.»

«Non l'avevo notato.»

«Lei, Rainer, vive nei sogni. In galera la farebbero nuovo in una settimana.»

Feci silenzio.

Vento fresco. Rinforzava a vista d'occhio, e mutava in libeccio.

Malaguti gettò la pistola fuori bordo. «Portano guai le armi. Sono calamite, calamite di guai.»

Cazzai le vele. L'Alfeja s'inclinò, fino quasi a sfiorare le onde con la falca. Gli spruzzi battevano la coperta. Indossammo le cerate. Freddo. La luna si alzò sopra il profilo nero del promontorio alle nostre spalle. La luce del faro si faceva meno limpida, meno pungente. Il mare e la distanza ci avevano inghiottito. Nessuno ci seguiva. Poi le luci di via dei pescherecci svanirono insieme al faro di Capo Promontore.

«Le dispiace se vado di sotto? Ho una stanchezza addosso che non mi sento le gambe.»

«Vada, e grazie.»

«Di cosa?»

«Di avermi salvato da quei farabutti.»

Malaguti schiaffeggiò l'aria con la mano e fece un sorriso largo una mela. «Spaccare la zucca a quel ragazzo è stato... mi sono tolto vent'anni dalla groppa. Adrenalina.»

Scese sottocoperta piano, aggrappato al tientibene con tutte e due le mani. Era tornato a essere un vecchio, così, d'improvviso. E dopo un paio di minuti lo sentii russare.

Il mare ingrossava. La ruota del timone si faceva dura. Sentivo il respiro dell'acqua contro lo scafo. Le vele fremevano, poggiai un poco e allentai le scotte per raddrizzare la barca. Si filava che era una meraviglia. Il vento aveva pulito il cielo. C'erano stelle, uno sciame. La luna era tramontata.

Provai una sensazione di felicità. L'Alfeja mi dava sicurezza, non pensavo al pericolo. Pensavo a Malaguti. Ero ammirato dalla sua prontezza di spirito, da quella forza improvvisa: colpire un ragazzo che se si fosse girato in tempo lo avrebbe steso con un pugno! Malaguti aveva fegato, fegato da vendere, dissi fra me, ci metterei la firma per arrivare a ottantuno anni così.

Mentre cercavo di riordinare le idee sentivo la ruota vibrare nelle mani e tutto lo scafo stridere sotto di me.

Non sono più io a guidare il gioco ora, pensavo. In mare avrei dovuto essere io il comandante, l'esperto, il giovane che si impone; invece le circostanze, e quel vecchio, mi avevano impartito una lezione coi fiocchi. Era lui al comando, adesso. Ieri notte quasi mi uccideva e ora mi salva da quei gaglioffi in cerca di facile bottino. Sì. Era lui al comando. Fino a che punto l'aveva voluto? Fino a che punto era stato il caso a volerlo?

Navigammo verso sud per alcuni giorni. La sera si faceva scalo in piccoli porti turistici, o in qualche cala dalla solitudine sicura. Alternavamo così la comodità della darsena con docce e servizi alla voglia di vuoto e di cielo. Parlammo pochissimo in quei giorni meravigliosi. Si mangiava poco, si dormiva poco, si leggeva molto. Avevo spento il cellulare. Nessuno mi avrebbe molestato rinfacciandomi questo o quel ritardo.

Malaguti mi disse che aveva sempre desiderato vedere Itaca. Dopo il Montenegro misi la prua al largo. Uno scirocco fresco e costante ci regalò una bolina indimenticabile. Malaguti si faceva ogni giorno più esperto, non perdeva mai l'equilibrio, ogni suo movimento era pensato. Ma le sue ore le passava a prua, seduto sotto il fiocco. L'immensità gli era amica. Ogni tanto, per riposare gli occhi provati dal sole, andava sotto coperta e si coricava per riemergere dopo mezz'ora: allora mi chiedeva il timone e senza bisogno di sbirciare la bussola non perdeva la rotta.

A dritta vedemmo la baia di Frikes.
Malaguti stava alla ruota.
«È bella» dissi, mettendo a segno la randa.
Fece di no con la testa.
Distesi la carta nautica sulla tuga.
«La prossima si chiama Kioni.»
«Ecco, ormeggiamo là.»
Gli chiesi come facesse a sapere che la baia di Kioni fosse quella giusta: un promontorio ci sbarrava la vista.
«Fiuto.»
Vento fresco. L'Alfeja procedeva spedita, inclinata quel tanto da farci sentire la chiglia vibrare. Quando Kioni si mostrò sulla dritta sentii che Malaguti, fosse fiuto, fortuna o magia, aveva ragione. Gli diedi il cambio al timone e puntai al centro della cala mentre lui era già a prua a predisporre le cime d'ormeggio.

8

«Terra fumo polvere ombra niente.»

«Come dice?»

«Quello che siamo» rispose Malaguti entrando nella taverna, «*se vuelve... en tierra, en humo, en polvo, en sombra, en nada.*»

Il divieto assoluto di fumare nei locali pubblici – da diversi anni norma della comunità europea – non godeva di prestigio presso la *soi-disant* stirpe di Laerte. Così fummo investiti, avvolti, sedotti da una nuvola di fumo. Nel locale affollato non c'era un'anima senza sigaro, pipa, spinello o sigaretta.

«Ho una fame che non ci vedo» dissi a voce alta, per sovrastare lo schiumante vociare della taverna.

Malaguti mi gelò con gli occhi: «Vecchio non significa sordo, non nel mio caso almeno».

Sedemmo in un angolo in fondo al locale. L'oste faceva gimcana fra i tavolini: due boccali di birra in una mano, un vassoio stracolmo di schifezze per turisti nell'altra. Era magro e alto, i capelli candidi e gli occhi neri, grandi, con riflessi d'argento. Quando si avvicinò ci chiese, nell'inglese approssimativo dei mari caldi, cosa volessimo.

«Un'insalata greca» risposi, «e birra, una pinta di quella.» Con il mento indicai il tavolino dove l'oste aveva appena poggiato i boccali e il vassoio con capperi, bagigi e patatine.

Malaguti chiese una bistecca al sangue e acqua fredda.

«*Water very bad*» disse l'oste.

Ruminando, gli occhi fissi sul tavolino, Malaguti biascicò un «*Ok... beer!*».

Sfoderammo le pipe e, con quieta perizia, le caricammo. «Accidenti, ho lasciato a bordo l'accendino.»

«Si rimedia» fece Malaguti alzandosi.

«No, vado io» dissi alzandomi a mia volta.

«Non l'ha ancora capito, Rainer, che non le conviene trattarmi da vecchio? Vuole svegliarsi ancora in piena notte con una lama alla gola? Guardi che in galera io mi ci sono sempre trovato piuttosto bene... lì nessuno fa domande, e i tipi come me sono rispettati... quelli come lei invece...» e fece un grande no con la testa.

Sedetti. Lo guardai farsi strada, la pipa dritta in bocca, il passo appena un poco dondolante, e la schiena dritta. Mi resi conto in quell'istante che di quell'uomo non sapevo ancora niente. Quasi niente. Stava rivelando se stesso a modo suo, più con i fatti che con il racconto, e pensai che sapeva più cose lui di me che io di lui. Perché lui aveva vissuto mentre io, all'ombra degli autori, delle belle frasi che consegnavo alla lingua italiana, ero un gattino abbandonato sotto la pioggia.

Tornò al tavolo con la pipa accesa e mi mise in mano l'accendino di plastica che l'oste aveva pescato sotto il bancone.

«E adesso me lo vuole dire il perché di quel coltello alla gola?»

Malaguti rispose soffiandomi in faccia una nuvola di fumo. «Perché voglio che lei sia all'altezza di sua madre, il mio avvocato» sorrise senza dischiudere le labbra, «finora non lo è stato, no, non lo è stato.» I suoi occhi brillarono dietro le lenti. «Non era matta, sa, era troppo intelligente per le bagatelle della vita associata, questo sì, ma non era matta.»

«Che ne sa lei di mia madre?»

Malaguti si tolse gli occhiali e si stropicciò le palpebre con l'indice e il pollice della destra. L'aria era ferma, e tutto quel fumo infastidiva anche me, ma accesi la pipa, avevo bisogno di ogni magia per mettere distanza fra me e l'inquietudine che quell'uomo suscitava.

«Di sua madre? Ne so più io di lei. Perché c'è stato un momento in cui il mio avvocato ha capito che nell'uccidere avevo provato piacere. Ebbe un'intuizione. Giusta. Sì. Uccidere è bello. Sei come Dio quando uccidi, perché togli alla morte quel che piace alla morte: scegliere il momento, quando uccidi sei tu che decidi. Che tu uccida te stesso o un altro, un amico o un nemico, diventi maestro di morte, decidi, togli al caso, l'oscuro sovrano che dispensa destini, tutto quel maledetto potere che ha dal principio del tempo.»

«È sicuro di sapere quel che dice?»

«Deve smetterla, Rainer, di fare il manicheo. È questo il suo guaio! Non ci sono il bene e il male. Ci siamo noi. C'è il mistero dell'identità, che si evolve, sempre, per tutti, e che ci sfugge. Ma di una cosa sono sicuro, ed è quel che sua madre ha capito durante il processo, quando ha scelto, con me, di smetterla con la difesa. Non volevo attenuanti, non cercavo assoluzione. Perché non si può vivere senza onore. Non è come con l'artrosi, che da quando prendo l'antinfiammatorio è quasi un ricordo. Il fuoco che mi straziava dentro era alimentato da una sostanza inestinguibile.»

Due boccali pieni fino all'orlo di un liquido gialloscuro fecero toc sul tavolino.

«*Beer, boys!*» disse l'oste. Aveva qualcosa di strano. Ci misi un paio di secondi ad accorgermene: i suoi capelli erano sulle ventitré. Un parrucchino. Mi venne da ridere, un parrucchino di capelli bianchi non l'avevo mai visto. Riaccesi la pipa per nascondere l'ilarità.

«*Thank you*» fece Malaguti alzando il suo boccale verso la faccia dell'oste. «Bevo al vento e agli spruzzi del mare sulla faccia.»

L'oste riportò il suo parrucchino storto fra i tavolini dove ragazzi appesi a sigarette, sigari e spinelli, sbraitavano in una dozzina di lingue.

Era come essere in mezzo al deserto. Mi sentivo invisibile. Una riga di fumo nel chiacchierio del mondo. In quel preciso momento mi accorsi di provare qualcosa di simile al rancore per quell'uomo che mi stavo abituando a considerare un amico. Come osava parlare così di mia madre, come osava pretendere di conoscerla meglio di me? Lui non l'aveva vista impazzire, bere, abbandonare i suoi figli.

«Un ricciolo in mezzo alla fronte.» Malaguti portò il boccale alle labbra e si abbandonò a una sorsata piuttosto rumorosa. Mi guardò con occhi sgranati, bui e acquosi. «Si era tinta i capelli, quel giorno erano neri, l'ala di un corvo, con riflessi blu. Quel colore le donava, aveva un viso bello, pallido, l'aria smarrita. Sembrava più giovane quel mattino. Ci scambiammo un'occhiata più lunga del consueto quando ci alzammo per salutare la giuria che prendeva posto sui banchi. Era come se il suo sguardo dicesse: "Non la tirerò fuori di lì, ho capito il suo gioco, solo laggiù, nell'inferno del carcere, ha trovato quel che cercava". C'era quel ciuffo che scompigliava l'ovale del viso, era sfuggito alle sue cure, e parlava per lei. "Qualsiasi cosa tu faccia, ragazza, non puoi cambiare il destino", questo pensai. Il caso è più forte di tutti i tribunali della terra: per vincere una guerra bisogna combatterla e per combatterla bisogna credere di poterla vincere. Credere con ogni tendine del proprio corpo, con ogni singulto della volontà. E in me lei non aveva visto la fede. Aveva capito. Io non ero là per combattere la mia battaglia, perché non era quello il mio campo di battaglia, non quel tribunale della Repubblica che con me non aveva proprio niente a che fare. Era la mia coscienza a brandelli il campo di battaglia. E io avevo bisogno della più dura delle condanne per ritrovare il mio onore. Perché la condanna che sua madre doveva aiutarmi a ricevere era la sola ingiustizia di cui un innocente è assetato, l'ingiustizia che lo redime. La lotta era stata un caso, non l'avevo cercata, era stata quella donna... la dattilografa... a impormela, e il caso aveva premuto il grilletto di una semiautomatica che non avevo portato io con me, che non doveva essere lì. Ma mentre il colpo partiva, mi correggo, subito dopo che il colpo era partito, quando mi accorsi che il corpo che mi si afflosciava fra le braccia era senza respiro, io, e non fu solo per un istante, provai piacere, orgoglio anche: avevo ucciso il solo essere umano che sapeva il mio disonore. Il mio sollievo mi costruiva intorno una colpa che non avevo commesso, era quel senso di trionfale, subdolo e fiero piacere che imbozzolava il mio animo e lo inchiodava alla colpa, non lo sparo.»

L'oste mise due piatti accanto ai nostri boccali di birra. Malaguti inforcò gli occhiali e cominciò a tagliare la bistecca. Masticava svelto e duro, come se non mangiasse da tempo.

Non sapendo che dire mi dedicai anch'io al pasto, ma non riuscivo a smettere di guardarlo. «Un ciuffo di capelli sulla fronte... ma via, ci dev'essere stato qualcos'altro.»

«Il dettaglio non mente, caro Rainer. Mai. Nell'atomo c'è l'universo.»

Abbandonai coltello e forchetta sul piatto e l'allontanai. Riaccesi la pipa e guardai Malaguti che infilava in bocca gli ultimi bocconi.

«Siamo a Itaca» dissi, senza sapere perché.

«Siamo in una taverna fumosa piena di figli di papà spinellati fino alle orecchie. Se l'Ulisse del poema entrasse da quella porta» alzò gli occhi e mi squadrò poggiando le posate sul piatto vuoto, «comincerebbe a infilzare ognuno di noi con le sue frecce, e Atena sosterrebbe il suo braccio, ne guiderebbe la mira. Immagini un po' quell'oste riverso sul pavimento, con la gola squarciata da una freccia, aperta come una mela, il parrucchino sulle ventitré, se lo immagina come stonerebbe nel poema? Come se al centro di un canto del *Paradiso* ci stesse una terzina senza rime. Basta un parrucchino a far crollare una civiltà, lo capisce questo?»

Dissi di sì con un cenno della testa.

«Sua madre era bella. Bella perché aveva sofferto. Perché aveva spinto il suo pensiero fin là dove non avrebbe dovuto arrivare. Certo non era nata per fare la madre. La sua esistenza, Rainer, e quella di sua sorella, e di suo padre, pure, erano state un calcio sugli stinchi, per lei, un calcio che si ripeteva ogni giorno, ogni minuto forse.»

«Né io né mia sorella le abbiamo chiesto di nascere.»

«Una obiezione penosa, Rainer, si sforzi un poco, può fare di meglio.»

«E lei tutte queste cose le ha dedotte da un ciuffo di capelli fuori posto?»

«Il processo era a una svolta. Toccava alla difesa. Si era pettinata, vestita, truccata con cura. Ma quel ciuffo denunciava qualcosa. Aveva bevuto subito prima di entrare in aula. Sono sicuro che pochi minuti prima di entrare, quel dettaglio, quel piccolo inavvertito scompiglio che le abbelliva la fronte non c'era. Si era certo scolata la fiaschetta d'argento che teneva sotto la gonna, e doveva averlo fatto in un solo sorso, e in quell'attimo i suoi capelli si erano presi quel guizzo di libertà. Sì, lei, il mio avvocato, aveva capito. E allora fece davvero quel che le avevo sempre chiesto, senza mai, badi, aprir bocca. Oh mi difese, a suo modo lo fece, cioè non accampò scuse, niente attenuanti. Difese l'unica cosa per cui vale la pena morire. Era vero al tempo di Ulisse come è vero ora: l'onore. Un uomo non può vivere senza onore. Questo diceva quel ciuffo fuori posto. Mi segue, Rainer?»

Non ascoltavo più, davanti agli occhi, in quella taverna, vedevo la bara rovesciata di mia madre.

Bisbigliai: «No, non la seguo».

Allora Malaguti rise una risata così forte che fuori il cielo tuonò, anche se non c'era una nuvola.

«Che ne dice, Rainer, le va un letto questa notte?»

Ero stufo anch'io della cuccetta. Trovammo un b&b niente male sul lato sud della baia.

La padrona aveva una faccia cicladica, rotonda, il naso appena accennato, una luna bianca avvitata a un corpo che oscillava tra i novanta e i cento chili. Calzava ciabatte di corda che, sbattendo, applaudivano al suo incedere ciclopico sul terrazzino di cemento sospeso sull'acqua. Parlava un italiano di buona fattura e ci propose subito la stanza più grande. Dalla vetrata si vedeva l'Alfeja all'ormeggio e dai due letti matrimoniali, una testiera a est, l'altra a ovest, si scorgeva il crinale del promontorio alberato.

Mentre Malaguti si faceva la doccia pensai di distendermi qualche minuto. Accesi la pipa e mi misi a guardare le nuvole che strisciavano contro le cime dei pini. Il terrazzino di cemento faceva il giro della casa passando anche davanti alla nostra vetrata. L'avevo aperta appena entrato perché non c'è niente di più bello dell'odore dei pini impolverati dal vento salato. Le cicale già salutavano l'inizio dell'estate, che nelle Ionie è quasi sempre precoce.

Assaporavo il piacere del niente quando una figura di donna, giovane, dritta, appena ondeggiante, attraversò il terrazzino in jeans, e a petto scoperto. Guardava la baia, non le vidi la faccia, solo i lunghi capelli neri argentati, e il seno da far invidia a Paolina Bonaparte. Due coppe di champagne ferme nel vento, i capezzoli appena accennati. Sperai, con tutto me stesso, che non si girasse, che non mostrasse il viso, temevo la delusione: Elena di Sparta non avrebbe mosso mille navi se di lei ci fosse stata una foto.

La creatura non si girò, la nube dei capelli le si scompose appena sulle spalle fino a toccare uno dei seni. Era un miracolo. Poi mostrò la linea della schiena che la cintura inghiottiva nel punto dove la fessura delle natiche accenna a mostrarsi. Una calla dischiusa. Quella ragazza sapeva che, nell'ombra, c'era un uomo a guardarla. Non ci si muove così se non per sterminare. Mi mancava il respiro. «Non andare» bisbigliai mentre la creatura svaniva oltre l'angolo della mia visuale. Restai fermo sul letto. Appeso alla speranza che tornasse indietro, chissà, poteva persino aver dimenticato la blusa.

Malaguti uscì dal bagno, l'accappatoio allacciato alla cinta e le mani sull'asciugamano con cui, con vigore, si asciugava la testa.

«Ha inghiottito un topo?»

Non risposi, mi lasciai scivolare lungo la testiera, e fissai il soffitto bianco.

«Non si sente bene? Si cacci in doccia, la stanchezza se

ne va in un baleno. Lo shampoo ha un buon profumo di sandalo. Ma cos'ha, la febbre?»

«Ho visto... ho visto una ragazza che passava... non le ho visto la faccia.»

«Cos'era, nuda?»

«Un po'» dissi senza pensare.

«Se avessi i suoi anni non me ne resterei là come un salame, che aspetta? Che le cresca la barba? O che quella pipa si riaccenda da sé?»

Scesi dal letto e guadagnai il bagno senza degnare quel vecchio di uno sguardo.

Entrai in doccia: dovevo togliermi il sale di dosso e riordinare le idee. Era la prima volta che le parole di Malaguti mi disgustavano. Di solito quel che diceva aggiungeva al reale quel guizzo di magia senza cui ogni cosa ingrigisce e l'immaginazione annaspa. Invece questa volta aveva inzaccherato la mia visione paradisiaca. Non mi pareva di meritarlo, il suo *carpe diem*.

Cenammo in un locale al centro della darsena. Ce l'aveva consigliato la donna cannone. Pesce per antipasto, primo e secondo. L'appetito non ci mancava e non si fece caso alla monotonia del menù.

Quando si accesero i lampioni, mentre studiavo la carta del dessert, ricomparve la creatura. Vestiva un grembiule nero, e i lunghi capelli erano raccolti a coda sulla nuca. L'incedere inconfondibile.

Da sotto il grembiule – le arrivava al ginocchio – spuntavano i jeans che si fermavano a metà polpaccio, e le caviglie sottili galleggiavano su tacchi lunghi una spanna, rossi, dai riflessi di ghiaccio. Si girò.

«Questa qui vale la parola di Cambronne» disse Malaguti, togliendosi gli occhiali.

La creatura aveva gli occhi grandi, avidi, la fronte alta, il mento proporzionato e gli zigomi marcati senza essere sporgenti, solo il naso esibiva una garbata imperfezione, un poco inclinava a sinistra, un colpo di timpani che scompigliava la simmetria dell'ovale.

«Mi dica, Rainer, è quella la ragazza del terrazzino?»

Annuii senza aprire bocca.

Lei ci passò vicino evitando il mio sguardo. Strisciò contro l'orlo del tavolino, il suo grembiule arricciò il bordo della tovaglia a quadretti. Sapeva di pelle salata e di letto, pensai che avesse fatto un tuffo e non si fosse lavata, oppure si portava addosso l'odore di un uomo, ma scacciai quel pensiero.

Era troppo bella, troppo sensuale, troppo *troppo* per essere vera.

«Quella l'ha fatta il tuono per devastare i sogni di un uomo. Si riparte domani, all'alba.»

Nella voce di Malaguti c'era una smagliatura, un'incertezza che da un po' non sentivo.

«Sono io il capitano. Lo dico io quando si riparte.»

Mi aspettavo una replica, ma Malaguti mi guardò con un che di beffardo negli occhi.

La ragazza ripassò vicino al nostro tavolo, aveva in mano una rosa rossa, il bocciolo chiuso, il gambo lungo. Passando oltre l'abbandonò sulle ginocchia di Malaguti, che, muto, ringraziò con un inchino.

Lei uscì dal cono di luce del lampione.

«Certe donne sono così» disse Malaguti, e avrei preferito tacesse, «quella vuole lei, e lascia la rosa a me.»

Si portò il bocciolo alle labbra e vi affondò le narici. «Vede, Rainer, io debbo accontentarmi di questi petali, lei può aspirare al resto.»

Mi alzai. «Ci vediamo più tardi.»

Seguii la ragazza lungo il molo di pietra che per un centinaio di metri costeggiava la baia. Non ci misi molto a raggiungerla. L'aria buia sapeva di sale, di resina e di lei. Di tutta quella ragazza che, lenta, camminava due passi davanti a me.

Si girò. Mi fermai.

«Italiano?»

«Sì.»

«Mia madre conosce italiano. Io parla non bene, ma so un poco.»

«Lei è molto bella.»

«Me lo hanno già detto.»

Esitai.

«Vieni» disse, mi prese la mano.

Mi avvicinai fino a lasciare non più di venti centimetri tra il mio naso e il suo. Era alta quasi come me.

Mi sfiorò il mento con le labbra dischiuse. Mi morse, piano, l'angolo della bocca, e cominciò a baciarmi, era lenta, sensuale, irruente. Mi abbandonai.

Ci distendemmo tra i cespugli. Sentivo la chiacchiera dell'acqua contro la pietra della riva. Sentivo l'odore della sua pelle confuso a quello dell'erba e dei sassi, della corteccia e della terra, del mare e dei pini, sentivo i suoi seni duri contro il petto, le cosce strette alle cosce, il caldo gemere del libeccio tra i rami.

Rientrai in camera con le scarpe in mano, in punta di piedi.

Mentre mi accostavo al letto l'abat-jour di Malaguti si accese, cancellando la magia della luna.

Ci guardammo per un lungo momento. In silenzio.

Malaguti spense la luce. «Lasci aperta la vetrata, per piacere. L'aria è tiepida.»

Tornai indietro e feci scorrere la porta di vetro, un refolo umido riportò dentro tutti gli odori della baia.

Riguadagnando il letto, nella penombra, vidi che sul mio comodino Malaguti aveva messo la sua rosa, il gambo immerso in un bicchier d'acqua. Mi spogliai in fretta e mi cacciai sotto le lenzuola.

Sul soffitto l'ombra scura di un pino ondeggiava tra i bagliori smorzati della luna.

«Ha sonno?»

«No» dissi, anche se un po' di sonno ce l'avevo.

Sentivo l'odore di quella ragazza addosso, la sentivo ancora respirare, e ancora nel mio orecchio durava l'alterco delle sue sillabe straniere.

«La invidio, Rainer! Mi resta così poco da vivere, e così tanto da capire. Non credo di aver vissuto che una manciata di mesi, se ripenso a tutta la mia vita, a tutti gli anni che ho trascorso affaccendato intorno al niente di cui era fatta la mia giornata. Casa e biblioteca, biblioteca e casa. Donne? Poche, e nessuna convincente. Qualche bel film, teatro, libri, ecco, ho letto. Questo sì. Ma è poca cosa, davvero poco. Quei giorni sull'isola di sant'Erasmo, sì, quelli contano. Anna ha contato, e continua a farlo, non posso scacciarla, ci ho provato, sa? Ma lei è più forte, è sempre stata più forte, e non si lascia scacciare. Quando l'ho vista seguire quella ragazza, quella della rosa, a cosa crede abbia pensato? All'ingiustizia di non aver mai goduto del corpo della ragazza che ho amato. L'odore della sua pelle lo conoscevo, le passavo accanto ogni volta che potevo, con ogni scusa le andavo vicino, quando lei si faceva avvicinare. Una sola volta ci siamo baciati, distesi nell'erba, sotto il tronco del pino che correva parallelo al terreno.»

Seguirono venti, trenta lunghi secondi di silenzio, un silenzio spesso come un sipario.

«Lo sa perché non sopportavo quel Gian? Non perché temessi che potesse portarsi a letto la mia Anna. No, non era una ragazza così. Ma lui... con la scusa di una presunta parentela, lei lo lasciava avvicinare. Lui ha potuto sentire il profumo della sua pelle più di me. La prima fitta di gelosia la provai quando vidi che, fingendo di togliere una foglia dalla sciarpa con cui Anna difendeva la gola, le accostò il naso alla curva del collo. Immaginai l'odore di lei nelle narici di lui. Un pugno alla bocca dello stomaco, senso di vuoto: lo ricordo ancora, come fosse ieri.»

La voce di Malaguti, quieta, bassa, appena incrinata da un residuo di raucedine, riempiva tutta la stanza. C'era una foga sommessa nel suo dire: la malinconia che insidiava il suo pathos era riuscita a scacciare la voglia di vuoto e di silenzio dal mio.

«Da quel giorno l'eccitazione che mi possedeva si condì di gelosia. E la gelosia la sa più lunga della ragione, perché immagina di più. La vedevo tra le sue braccia. La immaginavo insozzata dai suoi baci, dal sudore di quelle mani callose. Perché Gian era un uomo forte, e aveva coraggio. Una domenica, subito fuori dalla chiesa, ci andava con Anna per allontanare i sospetti da lei, prese le difese di una ragazza dell'isola, una contadina di quindici anni, molto bella, che un milite di Salò stava importunando. Era ubriaco, quel ragazzo, ma aveva la divisa e l'arma alla cintola. Gian lo prese per il bavero e gli urlò sul muso: "Non ti vergogni? Credi che ora tua madre sarebbe fiera di te?", e quello si strinse nelle spalle e andò per la sua strada. Da quel giorno, a Sant'Erasmo, quando entrava nello spaccio, persino i tedeschi lo guardavano con un certo rispetto. Aveva con sé un documento che lo dispensava dagli obblighi di leva. Raccontava che i suoi due fratelli si erano imbarcati su un incrociatore affondato dagli inglesi a Capo Matapan e che la loro morte, siccome lui era rimasto l'unico sostegno della madre paralitica, gli fosse valsa quel privilegio.»

«C'era anche sua madre a Sant'Erasmo?»

«No. Non so nemmeno se la sua storia fosse vera. La repubblichetta di Mussolini andava per le spicce. Chissà. Forse Gian faceva il doppio gioco, per quanto ne so avrebbe potuto essere una spia. Anche se sull'isola non c'era un granché da spiare. Ma i tempi erano duri e nei momenti difficili, come può immaginare, la Storia moltiplica le sue cripte, genera catacombe, e nelle acque torbide la canaglia prolifica.»

Seguì una pausa che aveva qualcosa di innaturale. Avrei voluto dirgli di continuare, ma il sonno andava stringendo la sua presa.

«Allora domani si riparte o Lombi-di-fata le ha fatto l'incantesimo di Circe?»

«Ha nostalgia di casa?»

«Sì.»

11

L'indomani, pagando la padrona del b&b, che piantonava la reception con tutti i suoi cento chili e aveva dimenticato di chiudere la porta alle sue spalle, diedi una sbirciata alla cucina e vidi Lombi-di-fata che armeggiava in canottiera con in mano padella e ramaiolo.

«Ha conosciuto mia figlia?» disse il donnone.

«N... no.»

«Ma come? Un signore come lei che fa il timido? Maria mi ha detto che lei le ha raccontato la sua vita. È una brava figlia, seria come quelle dei tempi miei, l'ho fatta studiare, beato chi se la sposa. A Londra l'ho mandata. Adesso è proprio saputa, e ha la testa sulle spalle, sì sì, mica come tante che la madre la fanno uscire pazza con la droga e quelle altre brutte cose là.»

Ritirai la carta di credito e salutai il donnone con un cenno del capo. E in quel momento la ragazza uscì. Così, con la canottiera schizzata d'olio, e la faccia dimessa, aveva l'aria scaltra e bambina di una marmotta di vedetta.

«Buongiorno» disse, distogliendo subito lo sguardo. Sorrisi il più imbarazzato dei sorrisi.

Prendemmo il mare verso le dieci. Sole limpido. La brezza era leggera e circumnavigammo l'isola di Ulisse in poche ore. La giornata passò senza che io e Malaguti ci scambiassimo una parola, a parte quelle dettate dalle necessità del navigare.

A sera entrammo nella darsena di Fiskardo, a Cefalonia. Stanchi, liberi, felici. Cenammo in una locanda piena di gente del luogo. Vino resinato, pane appena uscito da un forno a legna, formaggio di capra, una grande scodella di insalatina fresca, cipolle olive capperi e pomodoro.

«Il rinoceronte ha il muso di un lanciatore di coltelli in pensione. Non trova, Rainer?»

Da quale cavolo di cilindro fosse uscito il rinoceronte non si sa.

«Un bel modo per riprendere a parlarmi. Mi racconti ancora qualcosa di Anna, e di Gian.»

«Potrei. Ora posso. Si è comportato bene. Sì, bene, lo riconosco. Però non mi va. Non oggi. Anzi, sa che le dico, Rainer? Sono stanco di questa situazione, in galera avevo più privacy che qui con lei. Me ne torno in aereo. Qui a Cefalonia c'è l'aeroporto, mi pare.»

«Argostoli, a sud, sulla costa ovest. L'Alfeja la manovro anche da solo, ma lo sa che con l'ormeggio sarò in difficoltà, la chiglia lunga non si fa governare in retromarcia, basta un po' di corrente e...»

«Si prenda un aiuto. Le mando dei soldi?»

«Via... Lasci stare.»

La serata si concluse con la ricerca del volo. Scalo a Salonicco, poi a casa

Il giorno dopo andai con lui in tassì. Non me la sentivo di salutarlo sul molo. Ci abbracciammo davanti al metaldetector del terminal.

«Sono stati, questi sul mare, dei giorni così belli che non ci sono parole. Ora lei sa molte cose di me.»

«Vorrei saperne di più.»

«Siamo amici ora, non le basta?» Malaguti si girò con uno scatto. Era più commosso di me.

12

Mi alzai di buonora e telefonai alla Tania per ringraziarla: avevo trovato l'appartamento perfettamente in ordine e ripulito da cima a fondo. Le chiesi di passare comunque, avevo trovato nella posta la segnalazione di un bonifico ricevuto. Mi dava un bel po' di ossigeno, era il pagamento di una traduzione che avevo fatto l'anno prima per un piccolo editore, e che non mi era stata liquidata per mancanza di cassa. La Tania non si fece attendere, arrivò mezz'ora dopo la mia telefonata. Mentre staccavo l'assegno approfittò per lamentarsi di Malaguti, perché l'aveva cacciata di casa dicendo che faceva la spia per mio conto.

«Non deve prendersela, Tania. Lo sa che il mio amico è un tipo strano.»

«Lei dovrebbe essere più ordinato, professore, e passare l'aspirapolvere ogni tanto, con tutti i suoi libri dovrebbe... Non ci vuole mica tanto a tener puliti cinquanta metri di casa, non è mica un palazzo.»

Protestai che i metri erano settanta, ma dovetti ammettere

che sono un pigro e comunque precisai che non doveva prendersela: pagavo puntuale, e l'aspirapolvere era lavoro suo.

«Lo sa dove ho trovato le sue scarpe nere, le sole che ogni tanto ci dà la crema?»

«Le ha trovate... le Church's? Brava. Dov'erano?»

«Nel congelatore.»

«Ma cosa sta dicendo?»

«Sì, secche e dure come il legno sono diventate. Lei e il suo amico galeotto avete una cosa in comune, avete bisogno del dottore. Quelle dei matti, gli uomini che leggono libri si assomigliano tutti, le scarpe congelate però non le avevo viste mai.»

Mi tolsi d'impaccio con un bel «Credo che abbia ragione, l'aspetto mercoledì, allora».

«Grazie per l'assegno, professore. Sì, a mercoledì.»

Non appena solo andai alla scarpiera, incastrata sotto l'armadio della stanza da letto. Le mie Church's erano lustre, le presi in mano, la pelle era unta e morbida, la Tania, dopo averle scongelate, ci aveva dato dentro con spazzola e crema: "È una brava donna" dissi fra me, "altro che quella stronzetta bielorussa".

La direttrice della Fortezza mi aveva inviato una mail. Mi pregava di passare a trovarla, e tra le righe del cortese messaggio s'intuiva, nemmeno tanto velato, un rimprovero. Immaginavo di cosa si trattasse, così telefonai a Diana perché avevo voglia di sentire qualcuno di normale, con problemi normali. C'è qualcosa in mia sorella che mi tira su di morale. Al telefono mi disse: «A Itaca sei stato? Questa poi... Certo che quell'aureola da sacerdoti della poesia deve stringervi perbene le tempie, a te e al tuo galeotto, chissà che mal di testa. Un caffè me lo faccio volentieri, ma guarda che non mi fermo, i due mostri escono da scuola a mezzogiorno, oggi». Dopo la scorpacciata Malaguti, il digestivo Diana mi ci voleva proprio.

Il San Marco era affollato. Strano, per un giovedì mattina. Mia sorella arrivò trafelata e m'investì con i suoi problemi prima ancora di sedersi. «E poi guarda, Giovanni non lo calzo più, adesso a Lione se ne va, due settimane, tanto non sono figli suoi questi, no lui pensa alle sue aziende decotte che lo chiamano per salvare, che poi mi sa che in viaggio chissà se mi è fedele... Be' se credi che me ne importi, vita sessuale ormai uno zero da polo nord, se però lo trovo con un'altra gliele taglio le ciliegine che si ritrova, cosa credi, fessa non mi fa.»

«Ciao Diana, ti trovo in forma, siediti, ho appena ordinato due caffè.»

«Perfetto, grazie, sei un tesoro, scusa lo sfogo, è che non ne posso più. Dài, raccontami... Allora il tuo amico ti ha piantato in asso?».

«Sì, risalendo la Croazia ho sempre chiamato il canotto delle darsene per aiutarmi con l'ormeggio, niente problemi, comunque. Il guaio è che non si è presentato al commissariato come avrebbe dovuto, io gli avevo chiesto di parlare con la direttrice del carcere, mi aveva detto che l'avrebbe fatto, ma ora ho qualche dubbio.»

«Be', che ti frega? Mica sei responsabile tu.»

«È mio amico, Diana, mi dispiace se finisce nei guai, e poi l'idea della barca è stata mia.»

«Un bel gruppetto di matti lo fate. Lo sai che ho incontrato un certo Gesù che dice di conoscerti?»

«Cosa? Dove?»

«Tre giorni fa, era al bar dell'Adríaco che giocava a dama con un suo amico, uno brutto come lui, be' non proprio come lui... Siccome gli sedevo vicino, ci ero andata con Giovanni, invitato da non so chi, mi ha chiesto se ero parente di un professor Rainer che traduce libri.»

«Non capisco... come...»

«Ci assomigliamo, scemo. Be' io il tuo naso, per fortuna, non ce l'ho. Ma ci assomigliamo. Mi ha attaccato un bottone che non la finiva più, fuori come un balcone anche lui, anche lui che stravede per il tuo galeotto. Ma cos'ha quello? Forse dovresti presentarmelo, così magari m'innamoro, che un po' di luce non mi farebbe male.»

«Ci penso, magari gli fa piacere.»

«Per carità, non prendermi alla lettera, adesso, alla collezione degli svitati della giuncaia mi manca solo l'assassino perbene.»

«Ma cosa c'è giovedì? Come mai tutta questa gente?»

«E come faccio a saperlo? Io qui ci vengo solo per vedere te, fortuna che non mi inviti da quel puttanone della Renna.»

«Nemmeno me lo sogno, Diana. Locale classico, polverosi colori pastello, gente perbene, vecchia Austria, la Trieste so-tutto-io, insomma, qui sei a casa tua.»

Bevemmo il caffè, con biscotto di contorno. Parlammo per

una decina di minuti, mi sentivo davvero meglio, la bombola di ossigeno Diana aveva funzionato ancora una volta.

«Ora ti saluto, qui fai tu?»

«Ma certo, sorellina.»

Svanì com'era venuta, una cerbiatta che fiuta un felino. Uscii qualche istante dopo di lei. Il cielo andava rannuvolandosi. Presi un tassì.

Gesù mi strinse la mano e m'investì con tutto il suo puzzo d'aglio e cipolla, era venuto a prendermi all'ingresso della Fortezza. La trafila burocratica si ridusse alla consegna dei documenti e del cellulare, una firma e niente perquisizione.

«È stato bello in barca col Malaguti? Avete giocato a dama? Scommetto che non ce la fa a metterlo sotto, è un osso duro, quello. Lo sa che ho conosciuto sua sorella? Una cara persona.»

Ignorai il riferimento a Diana. «Ha preferito tornarsene in aereo, forse gli sono stato troppo addosso, in barca se l'è cavata mica male, però, meglio di tanti che si spacciano per marinai.»

«La direttrice ha dei bei grattacapi in questi giorni.»

«Con i detenuti?»

«C'è stata un'ispezione del ministero, un tipo di quelli che non sanno del reale e vogliono che gli altri lo sanno. Ha detto che l'impianto antincendio è vecchio. Non ci si crede che c'è gente stupida così. Qui tutto è vecchio, anche i cancelli, i cessi, le brande, sono vecchio anch'io. Solo quelli del reale sono giovani, qualche volta così giovani che non ci si crede.»

Gesù mi squadrò con uno sguardo inquieto, e dolce. «Mia moglie mi ha lasciato» disse. La voce gli pesava, e accelerò il passo lungo il corridoio di pietra. «Chi è Gesù? Uno che neanche te ne accorgi, ecco chi è. Mia moglie invece è una che la vedi anche al buio. È buona in verità, solo che ha bisogno di soldi come un topo del cacio. Ecco il suo, ecco il mio guaio. Gioca, ecco, gioca! Ma mica al casinò, gioca dove si gioca con i soldi sul tavolo, dove la polizia non ci va, ecco dove gioca. E poi lavora in un call center e di soldi non ne fa abbastanza, così l'ho scoperta che si fa pagare per fare cose brutte. E ho perso la testa» mi guardò ancora per un breve istante, «Gesù ha perso la testa e l'ha picchiata sulla bocca e lei se n'è andata e adesso Gesù è più solo di un cane. Mi ha strappato il cuore quella donna, lo ha gettato alle ortiche e ci ha cagato sopra, ecco. E adesso Gesù dove va? Lo sa come si sta dopo tanti anni? Come la merda! Ecco come si sta.»

Tenevo lo sguardo fisso davanti a me. Cercavo di non guardare Gesù, che aveva rallentato il passo.

«Mi sento una merda invisibile, ecco come mi sento, il mondo non sa proprio che farsene di uno come me, sono grasso e brutto, ma ho la testa che funziona, eh sì, e a che mi serve? Mi serve a soffrire, ecco a cosa mi serve. Per fortuna che c'è la dama. È bello giocare a dama.»

Non era il corridoio che avevo fatto altre volte. Questo serpeggiava nel sottosuolo, il soffitto era a botte, in pietra d'Istria, ingrigita, mangiata dall'umidità. Sulle pareti di mattone, incrostate di salsedine, erano appesi tubi di ogni genere, piombo, plastica, rame ossidato. C'era una lampadina ogni dieci passi, e in quella debole luce gli spettri erano di casa.

«Dove siamo?» chiesi.

«È il passaggio che costeggia la fogna. Di qui c'è scappata della gente qualche anno fa. Così è stato restaurato, ecco. Li legge i giornali?»

«Certo. Ma diciamo che le fughe dalle carceri non sono in cima alla mia curiosità. Non fino a ora, almeno.»

«Io penso che anche Gesù, non io, ecco, no, quello che conta, quello che sta nelle chiese, quando era sulla croce anche lui l'ha sognata la fuga. Io ogni giorno sogno di scappare, e ogni giorno non scappo. Perché anche scappare fa male. Quando vivi vicino a quelli del reale certe cose le sai. Mia moglie credo che è una che non sogna mai, lei gioca, non sogna. Io invece gioco la dama come si sogna.»

«Come mai oggi passiamo di qui?»

«Perché sopra stanno facendo i lavori, ci sono elettricisti, idraulici, pompieri, e ci sono anche uomini vestiti di bianco e hanno il casco come i marziani nei film, uomini che fanno cose con l'amianto, vedesse che tute hanno, proprio da marziani. Ecco, dopo questo cancello si torna di sopra. La direttrice l'aspetta. Ho paura che è arrabbiata con lei, professore, si prepari perché quando è arrabbiata io mi metto il cotone nelle orecchie ma questo non lo deve dire mai, quella guai se lo sa, ecco.»

Le chiavi di Gesù girarono tre volte nella toppa. Il cancello era più ruggine che ferro. Lo aiutai ad aprire: i cardini erano duri e ringhiavano come un cane minacciato.

La direttrice mi accolse senza un sorriso quando entrai

nel suo ufficio: mi fece cenno con la mano di sedermi, ma per qualche secondo non alzò la testa dalle scartoffie.

«Eccola qua» disse deponendo la penna e cercando i miei occhi.

Sul vetro, ticchettare di pioggia.

«Ogni volta che vengo da lei piove» cominciai, «che sia un segno del cielo?»

«Va bene, professore, ho capito come sono andate le cose, non gliene faccio una colpa, ma lei capisce che uno nella condizione di Malaguti ha degli obblighi legali da assolvere? E come avete fatto alla frontiera? La Croazia chiede il passaporto.»

«Ho rischiato, non ho fatto né l'entrata alla capitaneria di porto né, ovviamente, l'uscita, se mi beccavano erano guai. Ho corso il rischio. Volevo portarlo a Itaca. Una questione di cuore.»

«Ho dovuto giustificarlo io con l'addetto alla sorveglianza. Ora gli debbo un favore. E non è il genere di uomo a cui è bello dovere un favore, posso assicurarglielo.» Cincischiò con le carte che aveva sulla scrivania. Mi guardò. «Mi racconti come è andata.»

«Se promette di non rimproverarmi.»

«In verità io volevo... anche congratularmi. Come le dissi qualche tempo fa, pensavo che Malaguti avrebbe preferito uscire di qui in una cassa. Lei ha fatto un miracolo. Le siamo tutti grati, qui Malaguti è stato qualcuno, è qualcuno, e lo sarà sempre, queste mura hanno memoria.»

Raccontai il viaggio con molti dettagli, omisi solo il coltello puntato alla gola.

«Ma davvero è stato lui a fermare quei pirati?»

«Sì. Comunque erano sciacalli da due soldi, quattro anziani signori che si dicevano di Pola e un ragazzo di colore.»

Parlammo a lungo, di questo e di quello, e prima di salutarci la Vecchia blu mi diede un suggerimento: «Non gli stia troppo sotto, al nostro Malaguti, dopo la barca c'è bisogno di un po' di distanza».

«Ci avevo già pensato, lascerò passare qualche tempo, però ha una badante che non mi piace, e non vorrei che si approfittasse di lui.»

«Se fossi in lei non me ne darei troppa pena, sono abbastanza certa che il suo amico non sia tipo da farsi sedurre.»

Tornando verso casa mi venne voglia di scambiare due parole con Aldobrandi, avevo memorizzato il suo numero nel cellulare e lo chiamai.

«La vedo volentieri» disse, «solita ora e solito toast, anzi ne porti due, e non dimentichi la Leffe, mi raccomando, le altre marche non mi vanno.»

Presi un tassì al volo. La barista che stava accanto all'ufficio di Aldobrandi mi riconobbe. «Così è riuscito a scroccarle un altro toast-Leffe. È un diavolo quello. Aldobrandi non è un nome di qui. Ormai è tutto straniero qui, i cingalesi i negri i froci le puttane che parlano come gli attori del cinema, con un accento da scemi. Ma sa che le dico, signore caro? Io me ne frego perché qui pagano tutti, gli stronzi e i brutti pagano come i buoni e i belli, anzi Giorgia si fida più dei primi che dei secondi, se proprio vuol saperlo.»

Dal tostapane saliva una riga di fumo.

«Ha visto cos'ha fatto? A momenti glieli bruciavo i suoi toast.»

Presi il sacchetto con le birre e quello con i toast caldi e uscii.

Feci le scale a due gradini per volta. Attraversai il breve buio tra la non-porta del pianerottolo e la grande sala con il lucernario. Bussai, nell'oscurità.

«Entri, che aspetta? Ho una fame...»

«Buongiorno.»

«Buongiorno a lei, Rainer.»

Sedetti sulla scomoda sedia a me destinata, e scartai il pacchetto dei toast.

«Visto che è il nostro secondo incontro e che questi toast sono belli caldi mi può chiamare Davide, ma non lo dica a nessuno che le ho concesso il mio nome, ci tengo alla fama di stronzo collerico, ci ho impiegato una vita a farmela e mi torna utile, più di qualche volta.»

«Tutti la chiamano Aldobrandi, signor Davide, come se fosse il suo cognome.»

«Davide, non *signor Davide*. Davide Selvatici ma, ripeto, non lo racconti a nessuno, fuori di qui dica pure il signor Aldobrandi.»

Mentre addentavo il mio toast, lui aveva quasi finito il primo dei suoi due e si era già scolato mezza Leffe.

«Mi scusi l'impudenza, ma lei, Davide, è sempre così affamato?»

«No. Solo quando lei viene a trovarmi. Ha visto? Piove di nuovo. Restiamocene in silenzio a finire il pasto, mi piace ascoltare la pioggia sui vetri del lucernario. Una sinfonia.»

Mi feci coraggio: «Vorrei chiederle di bonificarmi l'acconto di cui mi aveva parlato».

«Inviato. Dieci minuti prima del suo arrivo. Tre giorni bancari e se lo ritrova sul conto, tutto, fino all'ultimo centesimo.»

«La ringrazio. È l'incoraggiamento di cui più sentivo il bisogno... Davide.»

«Ci mancherebbe, debbo pur garantirmi toast e Leffe per qualche tempo. Ora avrei da fare. Mi mandi pure l'attacco del libro, mi farebbe piacere... Lo ha già scritto, vero?»

«Glielo mando appena vedo l'acconto che mi promise al telefono... all'alba.» Sorrisi e aggiunsi: «Non è mancanza di fiducia, Davide, ma così, diciamo per scaramanzia».

13

Arrivai a Sant'Erasmo verso mezzogiorno. Il sole scaldava. Noleggiai la bici al chiosco del meccanico, non lontano dal pontile dei vaporetti. Le informazioni per ritrovare il capanno dove aveva alloggiato Malaguti, ammesso che ancora esistesse, non erano molto precise. Mi aveva parlato della secca che guarda Treporti.

In un paio d'ore feci il giro dell'isola. Niente che assomigliasse al capanno descritto: un'ala di Stuka sotto un pino dal tronco che correva parallelo al terreno. Fortuna che il caso, così spesso maligno, sa anche essere generoso con le ricerche senza speranza. Mi fermai per un caffè in una trattoria con un'insegna dipinta a mano che risaliva agli anni Sessanta. La donna dietro il banco, una graziosa cinquantenne dagli occhioni verdi e i capelli ossigenati sfumati di viola, mi disse che se lo ricordava bene il capanno che aveva per tetto l'ala di un aereo. Disse anche che più di un fanfarone raccontava di aver abbattuto l'aereo tedesco con lo schioppo da caccia.

«Quando il ricordo della guerra si allontana» dissi, «gli eroi di guerra si moltiplicano.»

Non c'era in giro anima viva, così chiuse il locale e mi accompagnò per un tratto, inforcando il suo motorino che a manetta non superava i 25 all'ora; non facevo fatica a starle dietro con la bicicletta.

«Lo vede quello, quel pino tutto storto? Ecco, stava là. Ci andavo a giocare con i miei cugini da piccola, poi hanno fatto pulizia, vent'anni fa, forse trenta, perché le lamiere arrugginite erano taglienti e una coppietta si era fatta male, c'era voluta l'antitetanica e tutto il resto... Sa com'è, la mamma dei cretini è sempre incinta.»

«Grazie.»

«Chieda alla vecchia Giada, è matta come un cavallo, parla con i morti e con i gatti, sa anche guarire le capre e aggiusta le magagne dei vecchi, abita in quella casetta là, quella verde, col tetto di latta. Lei sa tutto della casa dello Stuka e di quell'altra, quella del fuoco dei nazisti. C'è stata una cosa brutta lì durante la guerra, una ragazza bruciata viva. Razza di porci i tedeschi!»

Ci salutammo.

«Torni a trovarmi, ho due stanze che affitto, prezzo onesto.»

«Vengo questa sera allora, mi fermo qualche giorno.»

«Bene. L'aspetto alle otto, per cena faccio braciole di maiale, viene sempre gente quando le preparo, hanno il grasso che è una crema, come le faccio io non le fa nessuno.»

«Sarò puntuale.»

Il motorino si allontanò scoppiettando.

L'aria era secca e il vento salato dispensava gli odori della prima estate. Andai al pino orizzontale portando la bici a mano, perché il terreno era troppo sconnesso e la terra, a tratti, molle. Quando lo raggiunsi capii le parole di Malaguti, c'era bassa marea e la secca avanzava di una trentina di metri nel canale che separava l'isola da Treporti. Una decina di uomini e donne, gli stivaloni all'inguine, andava riempiendo di cappe e granchiolini il secchio di plastica legato alla cintola. Nell'attenta lentezza del loro incedere scorsi il segno di un patto antico, sempre rinnovato, che unisce alla natura uomini che non le chiedono niente di più di quel che serve a sostentarli. C'era qualcosa di epico e di dolce in quello spettacolo.

Sedetti sotto il pino. Del capanno, dell'ala dello Stuka, non c'era traccia, il terreno era stato spianato da una ruspa e l'erbaccia proliferava, sovrana. Respirai a pieni polmoni, felice, l'odore caldo del pino. Mi distesi e guardai il cielo tra i rami. Qui Carlo aveva vissuto. Qui aveva sofferto le sue pene d'amore. Qui dormiva, e da qui, prima dell'alba, partiva per andare a spiare la ragazza che lo aveva fatto innamorare. I luoghi hanno un'anima, si dice. Ma non è sempre facile scovarla, e starla a sentire è ancora più difficile. Sono le storie a dare colore e respiro alle cose, le storie che si raccontano.

Quel luogo, un pino storpiato dal bisticcio dei venti, uno spicchio di terra e di laguna, era sacro perché là un ragazzo si era nascosto per sopravvivere, per non tradire la coscienza e la patria, là aveva fatto i primi, famelici, passi di un uomo che ama senza riserve – con troppa speranza e nessuna esperienza – e là era stato visitato dagli incubi tetri della gelosia. Ero in grado di sentire tutto questo? Ero in grado di rivivere il suo patire? Quel che mi aveva raccontato era abbastanza? Tutto dipendeva da me, ero io qui che dovevo immaginare, sentire, con i miei poveri mezzi di bordo, quel che lui aveva provato.

Poco dice una storia, molto è affidato all'orecchio con cui ascoltiamo, e l'orecchio è un dono di Dio, come la pioggia, la sera, il fuoco, la saggezza e la follia. Malaguti aveva parlato di dominio. «Lasciati andare» aveva detto, «permetti a quel che racconto di rivivere in te, lascia che scorra e sbocci, fatti rondine e rosa, rinuncia al controllo. Ubriacati di primo mattino, così ho fatto io. E anche tu, se davvero vuoi raccontare la mia storia, devi osare.»

Pensai a un vecchio film di Stanlio e Ollio. Lo smilzo svitato e il ciccione saccente stanno trasportando un ingombrante pianoforte su un ponticello di liane sospeso tra due cocuzzoli. Ogni tanto una tavola del ponte sottile, che oscilla nel vento delle cime, si rompe, e uno dei due sprofonda con il piede e il polpaccio. Portano il piano sulle spalle. A un certo punto, non lontano dalla meta, lo appoggiano alle liane e alle tavole, sono sfiniti. Ollio va avanti a ispezionare le difficoltà che restano da superare, quei sei o sette passi che li porterebbero a concludere la difficile prova. La situazione è già folle di per sé, ma per riderne manca qualcosa. Qualcosa che esploda nella nostra testa di spettatori avidi di emozione, di gioia, di sorpresa. Ollio raggiunge la sponda opposta con pochi movimenti incerti, il ponte oscilla sotto il suo passo pesante e goffo. Raggiunta la solida roccia Ollio si gira, si accuccia, rimira l'impresa già compiuta, considera quel po' di strada che resta da fare. E proprio mentre Ollio dice a Stanlio, che aspetta istruzioni dall'altro lato dell'ingombrante strumento sospeso nel vuoto, «Il più è fatto, ora tutto è in discesa», da una casupola alle spalle del grassone esce un gorilla. Né Ollio né Stanlio lo vedono, e il gorilla segue passo passo Ollio che ritorna sul ponte per raggiungere il pianoforte e, ignaro, si accuccia per sollevarlo. Chi ha inventato il gorilla, l'assurdo che fa esplodere il riso? Un omino ubriaco. Questo dice la leggenda: tra gli sceneggiatori che lavorano a un film ce n'è uno, quasi sempre ubriaco, che di quando in quando viene interpellato perché se ne esca con un'idea folle, un'idea che rompa ogni schema, ogni logica. Il sale della vita.

Ecco, sotto quel pino, là dove c'era stato il capanno che aveva per tetto l'ala di uno Stuka, io aspettavo l'uomo di rado interpellato, l'ubriaco di cui avevo bisogno, io aspettavo il gorilla. E il gorilla era là, a due passi, nella casa verde con il tetto di latta, ma ancora non lo sapevo.

Lasciai la bicicletta sotto il pino, distesa sull'erba. E a piedi, in poco più di cinque minuti, raggiunsi la casa che mi era stata indicata. Mentre mi avvicinavo il pensiero corse, senza un motivo, alla ragazza di Itaca. Non conoscevo il suo nome, avevamo fuso i nostri corpi senza scambiarcelo, come animali cresciuti nella foresta. Quella ragazza, pensai, aveva avuto la dolce rapacità di un gatto: quel piccolo, audace, spudorato felino si era accasato nella cripta della mia memoria e ora rifiutava di esserne scacciato.

Le finestre della casa verde, al piano terra, erano spalancate. Il cortile era recintato da una staccionata coperta di muschio, aggredita dallo scirocco e dal lichene. C'erano gatti ovunque, dieci, venti forse. Andavano dal grigio dei soriani al bianco latte, ma non mancavano i neri, i bruni e i fulvi. Così tanti insieme non ne avevo visti mai. Mi sentii osservato, spiato dai loro occhi grandi, come se tutti obbedissero a una sola, remota volontà.

Bussai. «C'è nessuno?»

La porta era solo socchiusa. Bussai di nuovo. «Posso entrare? Permesso?»

Entrai badando a non fare rumore. Il piano terra era quello di una casa abbandonata in tutta fretta dopo un bombardamento. Mobili squartati da una mannaia, si sarebbe detto. Oggetti di ogni genere ridotti in cocci sparpagliati sul pavimento di assi scrostate e sui ripiani di credenza, tavoli, seggiole e mensole. C'erano gatti anche lì, uscirono dall'ombra di ogni pertugio sentendomi arrivare. La luce che entrava dalle finestre, erano cinque, striava il buio con polvere gialla di sole e accendeva gli occhi dei felini. Ne contai una mezza dozzina.

La sola cosa in ordine, in quel caotico sconquasso, era una scala bianca che emanava un forte odore di vernice. Osservai i gradini. Erano stati riparati da mani esperte e coperti con un adesivo rugoso.

«Permesso?» dissi a voce alta. La scala finiva con una porta chiusa. «Posso salire? C'è nessuno?» Quasi gridavo.

Silenzio.

Alle mie spalle, solo il frusciare dei gatti.

Mi girai. Erano una trentina, ora. Dalle finestre erano entrati tutti. E i loro occhi scintillavano nella poca luce rigata di polvere e sole. Ebbi di nuovo la sensazione di essere spiato attraverso quella folla di pupille gialle. Afferrai la ringhiera. Salii due, tre gradini. Mi girai. Due gatti erano già sul primo gradino. Mi fissavano, linci in attesa di preda.

Feci la scala svelto. Bussai alla porta.

«Xè verto» disse una voce. Una voce scura.

Entrai. Era la voce di un viso divorato dagli anni. Fermo al centro di una grande, unica stanza illuminata a giorno da lunghe lampade al neon, avvitate alle capriate di abete che sostenevano una lamiera ondulata verniciata di giallo acceso.

La donna sedeva su una vasta poltrona di velluto verde. Prima che potessi richiudere la porta, una decina di gatti erano sgusciati dentro e si erano messi a semicerchio davanti a lei. Mi fissavano con il pelo irto sulla schiena, in posizione d'attacco.

«Se senta, giovanoto, se no sti qua xè boni de farla a tochi» disse la vecchia, calma e fredda.

Fortuna che il dialetto veneziano un po' lo masticavo: «Mi... siedo... dove?».

«Sul sofà, altro posto non ghe xè, se non vol sentarse per tera» disse la vecchia, e con la mano indicò il ventaglio dei gatti che le stavano davanti, i loro occhi puntati su di me.

Sedetti.

«Se vol parlo l'italian.»

«Grazie, preferisco.»

«Lei non è maleducato, è i-ne-du-ca-to, caro giovanoto. Non se usa dir buondì? Come xè che se ciàma?»

«Mi perdoni, sono emozionato. Buongiorno signora, mi chiamo Luca Rainer. Sono un amico di...»

«Lo so chi xè. I gati le sa prima le cose. E le dicono a me.»

Silenzio. Mi guardai intorno. A differenza del piano terra, qui tutto era in ordine, c'era un buon odore di pulito e di stanza arieggiata, anche se le imposte erano chiuse. In un angolo si vedeva un letto a baldacchino, il copriletto senza pieghe, i cuscini sprimacciati. Mensole cariche di libri, il verde della vecchia Medusa Mondadori e il beige della vecchia Bur rivestivano metri di pareti. C'erano anche libri stranieri, tascabili Penguin, Folio e Livre de Poche, libri dai dorsi segnati, libri letti, non adunati da un addobbasalotti. Sopra il ripiano del lavello, che stava sull'altro lato dello stanzone, c'erano piatti, mestoli e bicchieri in ordine perfetto, come se fossero stati appena lavati e riposti.

I gatti avevano assunto, tutti, una posa rilassata. Uno si leccava le zampe, l'altro la coda, ma continuavano a non staccarmi gli occhi di dosso. Mi sembrava di sentire i loro sguardi strisciare sulla pelle del mio viso.

Mi accorsi che la vecchia teneva le palpebre abbassate, non l'avevo notato subito per via delle lenti spesse dei suoi occhiali.

«Si sta chiedendo se sono mata, non diga de no, lo fa tuti. Si sta chiedendo se vedo co i oci dei gati. Mi penso che xè stupido farse domande che no gà risposta.»

«Sì» dissi, «anch'io.»

La vecchia che avevo di fronte era stata la ragazza che dava a Malaguti le uova e le galline durante il suo soggiorno nell'isola? Quella che gli diceva "Ciàmame mama"? Aveva qualche anno più di lui, quindi era sugli ottantacinque, ottantasei. Sì, poteva essere lei. Non dovevo che chiederglielo, ma non osavo.

«Vuole un po' di tè, bel giovine? O un cafè?»

«Un caffè, magari.»

La vecchia si alzò. Lo fece senza fatica, si girò un momento verso di me, teneva le palpebre abbassate ma sentivo che mi vedeva.

Mi diede le spalle, raggiunse i fuochi accanto al lavello, e per qualche momento armeggiò con una moka. Vestiva un drappo di seta azzurra striata di giallo scuro, un sari indiano, che l'avvolgeva fino alle caviglie. Calzava pantofole di raso rosse, e i capelli bianchi erano trattenuti dietro la nuca da un nastro di raso dello stesso colore del sari. Si muoveva con un'eleganza innata. Tornò a sedere. Non riuscivo davvero a capire come si orientasse senza aprire gli occhi, e perché mai portasse quelle lenti spesse. Mi accorsi allora che ogni suo passo era anticipato da quello di un gatto bianco, con la testa segnata da due virgole di pelo rosso alla base dell'orecchio sinistro.

«Xè Gina che mi guida, non cado, non si preoccupi.»

«Sono stupito, non preoccupato.»

«Gina è una gatta molto sensibile, lei parla diverso dagli altri, lei bisbiglia, e quel che dice arriva lontano.»

Il caffè cominciò a gorgogliare. La signora si rialzò e lo

versò in due tazzine che prese dalla credenza, ciascuna sul suo piattino già pronto. Venne verso di me. Gina le camminava davanti e mi saltò in braccio. La tazzina si fermò a qualche dito dal mio naso.

La afferrai. «Grazie.»

«Spero sia buono. Il ragazzo che mi fa la spesa xè inamorà e perde qualche colpo da un po' di tempo in qua, non posso rimproverarlo, cosa vuole, avrà la metà dei suoi anni, è tutto fretta.»

Bevvi un sorso di caffè. «Buono, grazie signora.»

«Ciamame Mama» rispose.

La signora sedette e aprì gli occhi. Blu, grandi, assediati da un grumo di rughe. La gatta Gina la raggiunse con due salti e si accovacciò sulle sue ginocchia. Gli altri gatti, che stavano a semicerchio sul solaio, tra me e lei, si sparpagliarono nella stanza: due sul letto, uno finì in cima alla credenza, a un palmo dalla lamiera del soffitto, altri tre si acciambellarono accanto a me. Mi scostai un poco per non farmi riempire di peli.

«Ma allora lei ci vede.»

«E perché porterei gli occhiali se non ci vedessi?»

«Per un momento ho pensato che davvero vedesse attraverso gli occhi dei gatti, di… Gina.»

«Oh sì, xè vero, ma gli occhi dei gatti mi servono per vedere queo che non se vede.»

Il tono della sua voce era così quieto che infondeva sicurezza, e allontanò da me il pensiero, pure presente, di avere davanti una "fuori come un balcone", per dirla alla Diana.

«Le maghe esistono. E anche gli stregoni. Ma lei che xè

giovine fa bene a non crederlo. Chi ci crede finisce nei guai, prima o dopo.»

Decisi che, matta o no, dovevo arrivare al dunque. «Sto scrivendo la storia di Carlo Malaguti… Sa di chi parlo?»

«Sì, un ragazzo bello e forte, che gà perso la testa per una tòsa che aveva gli occhi del colore del diavolo. Sono io che gli davo da mangiare. Ma se lei è qui, queste cose già le sa. Quel che non sa è tutto il resto, non sa quello che Carlo non le dirà mai.»

«Avrebbe voglia di parlarne?»

«La mia Gina ghe xè saltada in braccio, e questo vol dire che posso fidarme.»

Inghiottì il caffè in una sorsata. «Io e Carlo ci siamo voluti bene.» Mi piantò gli occhi negli occhi. Aveva la pelle degli zigomi puntinata da efelidi brune e la fronte solcata da rughe profonde, e ogni segno del tempo diceva, e lo diceva chiaro, che quella donna era stata bella da far girare la testa.

«Bravo» disse a voce bassa, «vedo che mi crede. Xè successo dopo il grande falò. Io vidi tutto da quella finestra là.» La indicò, e mi accorsi che aveva smalto rosso sulle unghie, era quello l'unico segno di trucco, la spia di un residuo di vanità che mise dolcezza nel mio sguardo, fino ad allora solo stupito.

«Anche Carlo, che me ciamàva Mama, vide tutto. Era stato lui a portar i soldai vestii de nero al capanno dell'ebrea.»

Restò in silenzio per un lungo minuto, si tolse gli occhiali e li appoggiò sul bracciolo, mentre con l'altra mano accarezzava la Gina che si era messa a fare fusa rumorose.

«Il fuoco urlava e le fiamme uscivano e rientravano dalle finestre, come se la capanna gavesse polmoni di vento che brucia. Nessuno poteva prevedere quel fogo, non Carlo, certo, e nemmeno i soldai. La ragazza, Anna, l'ebrea che ghe gà fatto l'anima a tochi, li vide arrivare che stava zappando l'orto. Carlo voleva correrle incontro, ma un tedesco lo fermò con un colpo del calcio del fucile in mezzo al petto. A terra, con il respiro rotto, Carlo restò lì, a guardare. Anna corse dentro e quasi subito le fiamme esplosero in tutta la casa.» La signora s'interruppe per portare alle labbra la tazzina del caffè, già vuota, e gettò indietro la nuca, forse per inghiottire un'ultima goccia dimenticata sul fondo. «Anche se aveva gli occhi del colore del diavolo l'ebrea era buona, perché ti pol esser buona e portar via l'anima dei tosi. In testa quella aveva solo libri, e i libri era il diavolo che glieli soffiava dentro e loro, i libri, fanno male, sempre, a tutti.»

«Non si direbbe, se mi guardo intorno.»

«Sono di Carlo, questi. Fino a venti anni fa me li mandava con la posta. Non so perché. Lui me li mandava e io li mettevo là, erano per lui quando tornava, pensavo, ma non xè tornà, e poi gà anche smeso de mandarme i libri. Però qualcuno io l'ho letto. Leggo, qualche volta, ma sento che fa male, perché poi chiedi delle cose che la vita non vuole dire, perché se le sai, no, non va bene, se le sai. Eh sì, l'ebrea non faceva altro che leggere. Era bella, una bea tosa. Anch'io, se ero un toso, mi sarìa inamorà di quella là, ma l'ebrea aveva messo l'anima nei libri e l'anima deve respirare tutta quanta. I libri vanno bene un poco, ma poi servono i gatti, e l'orizzonte, le barche, la vanga, e il canto dei piccoli uccelli, e la paura del ladro.» La gatta Gina le si allungò sul petto, drizzandosi sulle gambe posteriori, e strusciò la testa sul mento della signora. «Carlo si riprese e fuggì. I tedeschi gridavano e correvano intorno come ossessi, correvano intorno alla casa. C'era la furia in quegli uomini. Mi lo gò ciamà il mio Carlo, da quella finestra là. E Carlo è corso qua, e io l'ho nascosto nella fossa del contrabbandiere, molte case qui ne hanno una. Un posto dove si nascondeva la grappa e il vino per non pagare il dazio.»

A un tratto la signora, sfinita, si accasciò contro lo schienale della poltrona. Restò immobile, come addormentata.

Mi alzai e la scossi, piano. «Signora, mi sente? Mi sente?»

«Vecchia sì. Sorda no.»

«Ho preso un bello spavento, credevo...»

«No, son viva come un pesce vivo. No, no, per morir ghe xè tempo... niente fretta, no.»

«Lei non si muoveva...»

«Perché tu, giovanotto» fece suonare la doppia *t* con compiaciuta baldanza, «quando dormi cammini? Prendi un goccio di vino, che fa sempre ben, il bon vin. Gò del Porto del Portogào, eccolo là.» Indicò una bottiglia che stava accanto a una pila di tascabili.

Me ne versai un bicchiere.

«Mi dispiace che ho finito il prosecco che era buono come il buon Dio. Eh il toso della spesa se lo gà dismentegà, spero che me lo porta prima che decido di andare dall'altra parte.»

«Dall'altra parte?»

«Sì, dall'altra parte del mureto. Ghe xè un mureto là in fondo al campo, di qua ghe xè la vita, di là il camposanto. Ma mi non go fretta di andare dall'altra parte, al camposanto.»

«I suoi gatti sarebbero molto tristi se lei se ne andasse... dall'altra parte.»

«E anca mi. Anche se sono vecia, mi piace qui. Ghe xè il prosecco, il caffè, e i tosi che te scolta... ogni tanto un matto come lei passa di qua. Comunque finché sto da questa parte qua del mureto ci penso io ai gatti, anche perché loro pensano a me. Quando sarò un pugneto de tera...» improvvisamente fece una faccia allegra «be', la vita allora sarà un affare tutto loro.»

Bevvi il Porto in un paio di sorsate. Mi sentivo confuso.

«Sta scrivendo? Ma sì, lo so che sta scrivendo del mio Carlo, me lo dicono i gatti. Carlo è un angelo prestato a questo strano mondo de noialtri, un angelo questo deve dire» allungò la testa in avanti e strinse i braccioli della poltrona con tutte due le mani. «Perché il mondo xè del diavolo. Gli angeli e i gatti lo sanno, questo.»

«Mi perdoni, potrebbe spiegarmi cosa intende per *angelo*?»

«A questo mondo le cose succedono, ma non si spiegano. Capìo, toso?»

Feci di sì con la testa. La Gina mi saltò in braccio e attaccò con le fusa. Avevo voglia di alzarmi e scappare, ero a disagio.

«Vai a casa, giovanotto, vai che ti xè stanco.»

Accompagnò l'ultima frase con un gesto che assomigliava

allo sciò-sciò che si fa alle galline. Mi alzai e la Gina allora rizzò il pelo e mi mostrò i denti.

E subito tutti gli altri gatti, con il pelo dritto sulle schiene inarcate, mi mostrarono le loro piccole fauci, affilate dal soffio che annuncia l'attacco.

Avevo portato con me solo un piccolo zaino per il laptop e un ricambio di vestiti. Presi alloggio alla locanda. Scambiai poche parole con la padrona e mangiai la pasta e fagioli alla trevigiana che mi offrì, e la braciola di maiale che aveva tanto decantato, buona davvero. Capii perché la trattoria era affollata. Mi coricai subito dopo. Ero sfinito.

14

La mattina seguente, poco dopo l'alba, buttai giù qualche pagina. I miei appunti – avevo ormai riempito una mezza dozzina di quaderni – andavano via via trasformandosi, quasi senza che me ne accorgessi, in paragrafi, pagine e capitoli più o meno coerenti. La storia di Malaguti cominciava a scriversi da sola, ero felice. Una sensazione di onnipotenza, di libertà, di pienezza vitale, che non provavo dai tempi della mia prima, bruciante passione di adolescente, una ragazza di qualche anno più vecchia di me che mi aveva dischiuso le vie dell'eros, morta in un tamponamento a catena sull'A4 in un pomeriggio di luglio. Allora non sapevo che le cose accadono e basta, che quello del destino è un disegno tratteggiato a posteriori dal nostro bisogno di dare un senso a quel che ci succede, di far tornare i conti anche là dove i conti non si possono proprio fare. Così, dopo avere respirato l'aria limpida e rarefatta della cima ero precipitato nel fondo del burrone più tetro, ma fu, credo, proprio quel gioco di emozioni estreme a forgiare la mia identità di uomo, fremente, timida, a tratti, però, graziata da una ironia pungente, e da una graffiante voglia di vivere.

Verso le 10 scesi per fare colazione. La padrona della locanda si fermò un po' a chiacchierare mentre mi serviva. Continuava a ravviarsi i capelli biondo-e-viola dietro l'orecchio. Era nervosa. Girava intorno al mio tavolino mentre imburravo il pane.

«Sono stata un po' in pena per lei.»

Si accorse della mia sorpresa e la cosa parve acquietarla.

«Ho saputo, non sono una ficcanaso ma nell'isola tutto si sa, che lei poi ci è andato alla casa verde, quella con il tetto di latta.»

«Sì, me l'aveva indicata lei, ho conosciuto l'anziana signora…»

«Perché, vede, io non glielo avevo detto, ma lì ci può entrare tranquillo solo il garzone che ogni giorno le porta la spesa e la Beppa Cicogna, che le fa le pulizie ogni sera che il buon Dio manda in terra… lì nessun altro ci entra.»

«Ma ieri mi ha detto che è una donna buona, che guarisce le capre e tutti le vogliono bene.»

La saletta era vuota, ma la locandiera si guardò intorno come per accertarsi che nessuno fosse in ascolto.

«Qualche anno fa un ragazzo che giocava nel campo vicino» disse a bassa voce «è entrato in quella casa per recuperare il pallone. Voleva solo continuare a giocare. Entrando aveva bussato, e chiesto permesso, un ragazzo educato, ma quei gatti, i gatti della pazza che aggiusta le magagne dei vecchi, lo hanno quasi ammazzato, uno gli ha strappato la pelle del naso, aveva una palpebra tagliata, e sanguinava dappertutto quando i suoi amici lo hanno tirato fuori di lì. Urlava come un ossesso. Me lo ricordo. Lo hanno portato al Civile con la lancia della croce azzurra e insomma, al pronto soccorso lo hanno rimesso in sesto, ma ci sono volute tre settimane perché si rimettesse. Ecco, non mi piace parlare male della gente ma questo lo volevo proprio fare perché lei è una persona a modo, volevo metterla in guardia e l'ho fatto.»

Il pane imburrato mi era andato di traverso e tossii l'anima prima di rispondere. Quella mi guardava con i suoi grandi occhi verdi che parevano voler schizzare fuori dalle orbite e non era facile dire chi era più matta, lei o la vecchia dei gatti.

«Stia tranquilla, ci sono andato e i gatti mi hanno fatto le fusa, tutto qui. Le fusa.»

«Forse è matto anche lei e non lo sa» disse allora allontanandosi a passi corti e lenti. Si girò: «Ne vuole ancora di caffè? Io ci tenevo a metterla in guardia, ci tenevo».

«Le sono grato, è stata gentile, ma non credo proprio che debba preoccuparsi.» Non sapevo se mi aveva sentito, perché la porta basculante che portava in cucina l'aveva inghiottita.

La locandiera tornò con una moka fumante su un vassoio dopo cinque minuti.

«Eccolo qua il suo caffè, non mi piace che si beva caffè tiepido, caldo dev'essere per essere buono, me lo ha insegnato mia madre, povera donna, lei sì che la faceva girare questa trattoria e la locanda pure. Negli anni Settanta qui di gente ne veniva che doveva vederla, a mezzodì non c'era un posto a sedere nemmeno se invocavi Sant'Antonio che protegge i poveri i ricchi gli storpi i buoni e i cattivi e tutte le cause perdute di questo mondo.»

«Sant'Antonio ha devoti anche qui?»

La locandiera si ravviò i capelli che la luce faceva più bianchi delle nuvole. «Non lo sa che fa ritrovare gli oggetti smarriti? Prima che la vecchia matta della casa verde lo sostituisse erano le preghiere al Santo di Padova che ti restituivano le cose. Poi è nata la voce che la pazza faceva queste magie e la gente ha cominciato ad andare da lei. E quella i soldi ci ha fatto, erano mille, cinquemila, anche diecimila lire per volta, la gente veniva da Murano, da Treporti e da Castello, pure, per chiederle cose sui preziosi smarriti.»

«Non mi dica che le ha fatto ritrovare qualcosa.»

«A me no. Io non ci ho mai creduto alla pazza. Mi ha sempre fatto paura, e dopo la storia dei ragazzi aggrediti dai suoi gatti, ancora di più. Però un mio cliente che veniva qui a luglio tutti gli anni per una settimana, uno coi soldi che proprio non gli mancavano, è andato a trovarla perché sua moglie aveva perduto l'anello di fidanzamento, un diamante, a sentir lui, grosso una prugna, e poi si era impiccata nel gabinetto di casa. Ci pensa che roba? Lo sa che una volta qui ai suicidi gli tagliavano la testa e poi li seppellivano fuori dal cimitero, lontano dai cristiani? Sotto i letamai finivano i suicidi.»

«Nel medioevo.»

I suoi occhi verdi divennero più grandi.

«Be', quel mio cliente è andato dalla gattara e quella gli ha chiesto di disegnare la mappa di casa sua, la casa dove la moglie si era impiccata. E lui lo ha fatto, ha preso un foglio grande e ha disegnato ogni stanza con le proporzioni giuste e ci ha messo anche i mobili, ogni mobile al suo posto, come fanno gli architetti, solo che loro si fanno pagare tanti di quei quattrini che serve la banca per liquidarli. Be', gliela faccio breve…»

«La ringrazio…»

Per un istante mi guardò perplessa. Mi versò il caffè. «Beva che si fredda.»

«Non volevo interromperla» dissi, portando la tazzina alla bocca.

«Sa che gli ha detto la strega al mio cliente? Ha allungato un dito e lo ha messo dove lui aveva disegnato una parete che separava due stanze da letto. "Qui si trova, proprio qui, a un metro da quella finestra." Lui disse che non era possibile, lì c'era sempre stata una parete, aveva anche passato la scopa, e l'aspirapolvere, niente. Niente in tutta la casa. "No, è lì, proprio lì, guardi i gatti non sbagliano e i miei gatti dicono che lì si trova il suo diamante che vale un po' meno di quel che dice lei perché ha un bel po' di riflessi paglierini anche se io non so dire cosa sono questi riflessi. I diamanti brillano e basta, per quanto ne so." Be', per fargliela breve lui ha pagato anche se lei non voleva. "Torni quando avrà trovato quello che cerca, guardi che è proprio dove le ho detto." Insomma quello è partito il giorno stesso e così io due giorni di pigione ci ho perso, ma poi è ritornato dopo una settimana. A Potenza abitava, ci pensa? A Potenza, che è laggiù vicino all'Africa.»

«E lo ha trovato il diamante?»

«Altroché, la pazza aveva indicato il posto giusto, perché il signore non sapeva che lì non c'era una parete, ma solo un armadio che andava da un muro all'altro e la pietra che brilla era stata inghiottita da una fessura del legno, sotto i vestiti della moglie che erano rimasti appesi per un anno e lui aveva cercato nelle tasche, ma niente. Capisce? C'è voluta la pazza dei gatti, ma come ha fatto nessuno può dire, come sapeva che la parete non c'era? La casa di quello mica l'aveva mai vista.»

«Non tutto si spiega, ma questo non vuol dire che sia pazza. Certo è una storia di quelle che si fa un po' di fatica a crederci.»

«Guardi, glielo giuro sulla buonanima di mio marito» si segnò con un segno di croce che avrebbe fatto invidia, per rapidità, al guizzo delle mani di un borsaiolo, «è tutto vero. E quando il mio cliente tornò disse che aveva paura perché la pazza gli aveva predetto, indicando quel punto sulla mappa, che la pietra preziosa non portava fortuna.»

«Com'è andata a finire?» Mi ero fatto curioso.

«Una bella sfortuna. Un infarto l'ha spedito all'altro mondo proprio mentre faceva colazione» mi guardò, e un piccolo ghigno le dischiuse le labbra, «stava seduto dove siede lei. Ma lei non è superstizioso, vero? Lei è uno studiato per davvero, si vede.»

«Da cosa?» dissi senza riflettere, deglutendo l'ultimo sorso di caffè.

«Da come parla, da come si muove, da come si veste, e poi non ha paura della vecchia e dei suoi gatti.»

«Sì, non ho questa paura.» Il mio tono si era fatto sgarbato, brusco, e la locandiera si allontanò con un'alzata di spalle. «Peggio per lei» la sentii bofonchiare.

Uscii un po' sottosopra, ma la felicità per le pagine che avevo buttato giù mi soccorse e tornai di buonumore. M'incamminai verso la casa della maga. Feci un lungo giro, attraversando campi e sterpaglie, immaginando i percorsi che i rifugiati del '44 facevano per raggiungere, non visti, i loro rifugi. Il paesaggio non doveva essere molto cambiato, forse allora c'era qualche albero abbattuto, perché quello era stato un inverno gelido e il carbone era razionato, e costava, ma le case e le strade, perlopiù, erano le stesse di oggi.

Tornai al pino orizzontale. Appoggiai la schiena alla base del tronco, seduto sull'erba. L'aria era fresca, i profumi della terra, dell'erba, del vento salato erano una meraviglia. Immaginai un ragazzo di diciotto anni, innamorato di una coetanea che stava a duecento metri di distanza. Immaginai il senso di plumbeo terrore che dei ragazzi ricercati dalla polizia del Reich dovevano sentire, erano pieni di gioia di vivere e sapevano che bastava un niente a condurli alla cella, alla tortura, alla morte. Su venti che ti aiutano, un delatore lo trovi. Forse la ragione del nostro trascorrere sanguinoso su questo pianeta sta proprio qui, nella codardia diffusa. Non ci credo che il male abbia così tanti fedeli, ma può contare sulla paura dei più, sul nostro voltare la faccia, sullo spirito di sopravvivenza che uccide il coraggio e fa gli uomini storpi, storpi dentro, dove le cose che succedono fanno più male.

Andai alla casa verde quando il sole era a picco. Caldo,

asciutto. Il libeccio aveva scacciato lo scirocco e ripulito l'aria. Questa volta i gatti, una ventina almeno, lasciarono le loro pigre, sorvegliate posizioni, per fare cerchio intorno a me. Mi accompagnarono, passo passo, scansando i miei piedi, ma senza mai allontanarsi di un centimetro più del necessario, fin sopra la scala. Bussai ed entrarono con me.

Mi accolse una fucilata.

«Il prosecco non gà mai copà nessuno, bel toso.»

Il tappo mi aveva sfiorato la faccia, lo avevo sentito sulla punta dell'orecchio.

«Buongiorno» dissi.

«Proseco de marca, non si dice di no a una bottiglia così.»

«Grazie, signora.»

Sedetti, mentre la vecchia mi porgeva il calice con le bollicine.

«Ciàmame mama.»

Sedette accanto a me e i gatti, tutti tranne la Gina, che si fece la cuccia sulle mie ginocchia, si misero in cerchio intorno al sofà.

Le finestre erano spalancate, e anche gli occhi di lei, schermati dalle lenti spesse, erano aperti, guardavano il cielo chiaro.

«Oggi i oci dei gatti non me serve, bastano i miei, anche se non vedono più come al tempo della guerra feroce.»

Pronunciò *feroce* a voce bassa.

Sorseggiammo il prosecco.

La vecchia mi allungò un foglio ingiallito, scritto da una mano nervosa, con inchiostro blu che a tratti, vicino ai margini, era stinto dal tempo. La mano le tremava, e la ritirò subito sotto il sari.

«Questa xè una poesia che Carlo gà scrito per l'ebrea, sulla piera che gaveva deciso che era la sua tomba. Una piera che stava sotto il pino storto, e che poi la ruspa del Comune, tanti anni fa, gà portà via. La legga a voce alta, per piacere.»

Mi schiarii la voce con un rantolo. Vuotai il calice. Lessi il titolo, scritto a stampatello: PIETRA.

C'erano poche cancellature, e qualche parola sovrascritta. Schiarii di nuovo la gola.

Non c'è fretta di vespe e di vento – qui.
Su di me passano tramonti e cavallette.
Sotto di me cimici, vermi e radici.
Qui mi posero in un tempo di spade.

La vecchia mi prese la mano con cui reggevo il foglio. Ma la ritrasse quasi subito, tremava: «Mi perdoni giovanotto, continui, la prego».

Qui tutto alla pioggia ritorna. Niente resta
alla terra e agli uccelli. Mi calpestano
i tassi, le lepri, e la sassifraga apre
le mie venature col rumore dei grilli.

«Le sente... sono parole belle, è la piera che parla, la piera di quella tosa che l'aveva fatto matto, ma anche se

Carlo non lo sa, lui gà scritto della mia piera, è questa la mia lapide, e altra non ne voglio. Continui per piacere.»

Mi piaceva ascoltare la falce del guardiano.
Ma ora è il viavai di pecore e capre
che tiene il prato rasato. Da qui sento la rauca
eco dei bombardieri lontani, del mare vuoto.

«Le piace, giovanotto?»
«Sì» dissi, e ripresi a leggere, rallentando un poco per meglio scandire le parole.

Ferma nel sempre del libeccio e dei cardi
ascolto la rugiada che cala, lenta cicala,
nelle date che uomini incisero una sull'altra.
E talvolta, rara come una gazza, viene la neve.

La vecchia mi sfilò il foglio dalle dita. La mano le tremava ancora più di prima. «Si fermi, la prego. No, no, continui, ecco, avanti, la prego.»
Ripresi il foglio che mi porgeva, e mi allontanai un poco da lei, i gatti mi guardavano, tutti. «Vado avanti, è sicura, signora?»
«Ciàmame Mama, mi piace tanto come legge, giovanotto.»

Io appartengo al silenzio del ragno
obliquo a mezz'aria, all'artiglio
minuto del passero dall'ombra veloce,

al ronzio che inquieta l'orecchio
del soldato smarrito in una contrada straniera.

Alzai lo sguardo. La signora non c'era più. Non l'avevo sentita alzarsi. E anche i gatti, tranne la Gina, che era rimasta accoccolata su di me, se n'erano andati.

«Mama» chiamai con la voce ancora emozionata.

La signora sbucò da dietro una tenda che separava lo stanzone da un piccolo antro buio.

«Perdoname toso, non ce l'ho fatta, le ultime righe non ce l'ho fatta a restare lì. La so a memoria quella poesia, è che è bello sentirla da una voce giovine, ma quelle parole mi fanno stare male, tanto.»

La signora tornò a sedersi nella vasta poltrona di fronte al sofà, il trono su cui l'avevo conosciuta. I gatti si sparpagliarono per l'intero stanzone.

«Lei, Mama, ha un passo più silenzioso di quello dei suoi gatti.»

«Non dire scemenze, giovanotto, ti xè ti che ti gà le recie dure.»

Sorrisi e, in risposta, lei si tolse gli occhiali.

«Prenda pure se ne vol ancora, per mi un calice basta. Lo sa, giovanotto, che questi qui sono tutti gatti birmani, nati qui, certo, ma tutti da gatti che vien da là. Xè un posto lontano la Birmania, quattordici ore di aereo.»

Feci silenzio e riempii il mio calice.

«C'è questo monastero, da qualche parte in Birmania, ci sono stata non tanti anni fa, avevo le gambe forti ancora. Sì era sette anni fa, perché, sa, ho fatto i miei ottanta proprio nell'anno 2000. Ci sono andata con una amica mia tanto cara, povera tosa xè morta che fa un anno domani» tossì, «il guaio della vecchiaia è che si resta soli, quelli che sono cresciuti con gli stessi racconti ormai se ne sono andati, tutti quanti, uno dopo l'altro.» Mi guardò con occhi grandi che chiedono cose. «Lo sa, toso, cosa dice il dottore che vive qua, sull'isola? Dice che dopo gli ottanta è tutto tempo rubato. Ecco cosa dice. E come se fa a darghe torto. Io sono ancora bella sana, sono fortunata, ma qui nessuno sa più le storie dei miei tempi. La lingua dei tosi di oggi è una lingua straniera, per me, più straniera di quella dei soldai vestii di nero che ci davano la caccia quando c'era la guerra.»

Ci guardammo per un lungo, intenso momento.

«Il monastero, in Birmania, xè fatto di capanne con il tetto di paglia, capanne su palafitte alte due metri. Un monastero su un lago dove crescono piante che sono tantissime. Uno spettacolo bello, tanto bello. E i monaci passano il giorno, ogni giorno, a leggere e a parlare coi gatti. Ci sono gatti dappertutto là, come qui. E sono domestici meglio di un cane barboncino. Uno schiocca le dita e allora fanno capriole come bambini sulla spiaggia. E in premio hanno un pesce, e qualche volta solo una carezza. Io non sono buddista, perché Gesù è il mio salvatore, ma in quel posto così lontano ho trovato, dopo tanti anni di vita triste, che avevo la tristezza anche nelle scarpe, una serenità bella, e grande. Allora quei monaci che hanno gli occhi grandi, la pelle liscia e sono magri e con la voce buona, mi hanno dato il regalo di un gatto e di una gatta, la Gina. Questi che oggi vedono e sentono per me sono, non proprio tutti però, i bambini della Gina. È vecchia anche lei, povera Gina, ma è ancora forte e salta lontano. Quando ieri le è venuta sulle ginocchia ho saputo di potermi fidare.»

«Mi dica di quel Gian, Mama, è un punto su cui Carlo s'irrigidisce.»

«Mi serve un altro po' di prosecco, però» disse la vecchia sporgendo in avanti la coppa.

Mi alzai e gliela riempii. Per risedermi dovetti un po' bisticciare con la Gina che, svelta, si era acciambellata sul mio posto.

«Gian non lo gò ben conosciuto. Aveva qualcosa di brutto, però. Negli oci, negli oci si vede se uno gà l'anima brutta, e poi anche le mani erano brutte.» La vecchia depose il calice sul tavolino e inforcò di nuovo gli occhiali. Prese il foglio ingiallito, se lo avvicinò al naso. «Qui tutto alla pioggia ritorna. Niente resta alla terra e agli uccelli. Lo senti, toso? Ci sono le mani di un angelo dentro queste parole, ghe xè la pioggia che fa tic-toc sulla piera, ghe xè il becco di un piccolo uccello che cerca il verme che se sconde nella crepa. Carlo aveva le mani di un angelo, mani che lasciano il segno in una donna. Gian lo odiava perché anche a lui l'ebrea aveva fatto la fattura. Prove sicure sicure non ghe ne gò, ma per mi xè sta Gian che gà fatto la spia, xè sta lui che ha fatto prendere Carlo. Che colpa gà un toso che xè torturà? Nessuno resiste. Se Carlo ha portato lì i tedeschi... non ha avuto colpa, lui era un angelo, ecco, doveva vedere come lo avevano conciato, povero toso. Quando il fogo ha preso il capanno lui è rimasto lì, gà visto brusar l'ebrea che ghe voleva più ben che a Dio, poi xè corso via, prima che i soldai lo vedesse. Sono scesa di sotto e gli sono andata incontro. L'ho preso per mano, il dolore lo faceva pazzo, abbaiava bestemmie a Dio che neanche un prete le conosce, e io l'ho portato qui, proprio qui. Piangeva, su quel letto.» Lo indicò con la coppa vuota. «Proprio quello, non l'ho mai cambiato. Chiusi tutte le imposte. Non sapevo come fargli coraggio. Mi aveva sempre fatto pensare a mio fratello che, come lui, aveva sei anni meno di me. Avrebbe dovuto vederlo, piangeva come un bambino, gli sono andata vicino, mi sono seduta vicino a lui che mordeva il guanciale. Gli accarezzavo la testa e poi non so come xè successo...» la vecchia alzò la faccia al soffitto e strinse gli occhi, «gavémo fatto l'amór, ecco cosa xè successo.»

Seguì un silenzio duro. La vecchia fissava il letto che per lei, forse, non era mai stato vuoto. Tutta la tribù dei gatti si adunò e fece cerchio intorno alla sua poltrona. Era come se ogni gatto fosse in ascolto delle emozioni di quella donna, e se ne facesse governare. Solo la Gina se ne andava per conto suo: continuava a leccarsi le zampe e a riempire il mio grembo di peli.

«Ascolta la piera, giovanotto, ascolta la poesia che te gò dà. Ghe xè la musica dentro la piera. La tua pietra è quella che devi trovare. Ce n'è una da qualche parte che è solo tua, la tua pietra, toso, è là che ti aspetta, da qualche parte, sì è là e aspetta solo te, giovanotto.»

15

Quando uscii dalla casa dei gatti – dentro di me l'avevo ribattezzata così – ero sottosopra. La vecchia, anche se con parole gentili, mi aveva allontanato in modo brusco: soffriva per essersi aperta con me; non credo avesse mai confidato ad anima viva il suo amore per un uomo che era stato noto – anche se solo in un lampo di cronaca – come l'assassino dello chalet.

La stanza in cui alloggiavo non era grande, ma aveva una scrivania spaziosa inondata dalla luce di una finestra che prendeva mezza parete. Avevo cominciato a coprire ogni angolo del vetro di fogli e foglietti scritti a mano, che appiccicavo con lo scotch. Ne sapevo più che abbastanza per dare di Malaguti un ritratto veritiero, anche se ancora mancavano alcuni tasselli essenziali.

Mentre buttavo giù le prime pagine della storia, mi resi conto che inanellare i fatti di una vita è un po' come scrivere il proprio CV, e poche dichiarazioni sono più bugiarde di un curriculum. La verità sta altrove, nelle cose che non si raccontano, che non si riesce a etichettare, nei fatti incompiuti, nella costellazione dei propri fallimenti, nelle gioie, nelle malinconie improvvise, là dove la luce lotta con le tenebre, là dove si cela la sostanza che respira, l'anima. E l'anima, la propria o l'altrui non fa questa grande differenza, non si lascia catturare: se l'ingabbi muore.

Ripensai alla *Pantera* di Rilke che Malaguti aveva così ben recitato. Dalle pupille, a tratti, si alza il velo muto. Un'immagine vi penetra e scorre, tesa, quieta, nello zelo delle membra, fino al centro della tenebra. Ecco dove sta l'anima, dove il volere, stordito, dorme. Malaguti aveva parlato di rinuncia al dominio: «Lei è uno che non si ubriaca, che ha paura di perdere il controllo». Ecco perché non ero ancora riuscito a scrivere di lui, se non in modo frammentario e in buona misura bugiardo.

Rilessi le ultime righe della poesia di Malaguti: "Io appartengo al silenzio del ragno / obliquo a mezz'aria, all'artiglio / minuto del passero dall'ombra veloce, / al ronzio che inquieta l'orecchio / del soldato smarrito in una contrada straniera".

Il silenzio, l'artiglio, il ronzio. Ecco Malaguti. Il ragno, il passero, il soldato. Ecco Malaguti. Obliquo, veloce, smarrito. Ecco Malaguti. L'aria, l'ombra, la contrada straniera. Centro.

Cominciai a scrivere. Ero felice. Scrissi per l'intera mattinata, senza interruzione. I tasti del laptop erano caldi. Ero inebriato, un senso di onnipotenza mi pervadeva. Non mi accorsi della fame e della sete. Quando m'interruppi e tornai in me ero vuoto. Uscii, inforcai la bici e feci il giro dell'isola spingendo forte sui pedali. Finché, sudato, stanco, non mi fermai alla casa dei gatti.

La vecchia mi accolse con un largo sorriso. Vestiva un abito di seta blu marezzata di bianco che le andava un po' stretto di vita. Non mi aveva mai sorriso prima. Credo portasse la dentiera perché esibiva una dentatura troppo bella, bianca, perfetta. Mi offrì ancora del prosecco di marca. «L'acqua marcisse i pali.»

Feci di sì con la testa.

I gatti questa volta non si scomposero. Restarono un po' qua un po' là, ciascuno acciambellato nel suo pertugio.

«Hai un'aria troppo contenta, giovanotto.» Avevo capito che quando quella donna evitava il dialetto voleva sottolineare una cosa importante. «Ti passerà quando rileggerai quel che hai scritto, anche al mio Carlo succedeva, lui scriveva molto.»

Non credo ci sia niente di più irritante di qualcuno che ti legge dentro, e legge giusto. È un po' come se ti rigettasse nell'infanzia, quando i grandi ridevano per l'ingenuità delle tue bugie e dicevi a te stesso "Accidenti, devo imparare a dirle meglio," ma non ci riuscivi, perché i grandi erano dei mentitori troppo esperti, e non c'è miglior poliziotto del delinquente che si mette a fare il poliziotto.

«Il suo prosecco è buonissimo.»

«Ti dico quel che so di quel Gian che faceva geloso il mio Carlo. Era un farabutto peggio di Napoleone, quello, non l'ho mai conosciuto, perché non mi piaceva uno che parlava coi tedeschi. L'ebrea era gentile e non è vero che faceva la smorfiosa con quel Gian, era il mio Carlo che era pazzo, geloso come un Otelo, fatto stupido e cieco dall'amòr... come un Otelo. Perché l'ebrea il diavolo ce l'aveva negli occhi.»

«Mi scusi, Mama, ma cosa vuol dire?»

«Che se uno la guarda negli occhi, basta un momento e xè già inamorà. Ecco cosa vuol dire. Il diavolo questo fa, ti prende il cuore e se lo mangia. E non xè beo questo, non xè ben che una dona gà oci così. Carlo era pazzo per quegli occhi, e non capiva più niente. Amar xè ben, amar troppo no. Io lo so, perché anch'io ho amato troppo. Gò amà troppo il mio Carlo.»

Mi versai un altro po' di prosecco. «E di quell'altra, la dattilografa, cosa sa?»

«Marta Vianello se ciamàva, era una bèa tosa, una di quelle che i giovanotti come te... be', si giravano per strada. Ma era cattiva, aveva il diavolo dentro. Non perché prendeva i schèi dei tedeschi, c'erano tante brave persone che ciapàva i schèi dai crucchi bastardi, ma quella donna si portava a letto quei che torturava i nostri tosi. Xè sta l'amante di tanti di quei porci. Vol dir che il diavolo te lo gà dentro se ti va con quei che spaccano le ossa ai nostri tosi. No, questo non se fa, il diavolo fa questo, solo il diavolo.»

I gatti si adunarono tra me e la vecchia. Occuparono tutta la chiazza di sole che la finestra proiettava sul solaio.

«Ti vol ancora del vin?»

«Grazie, è davvero buono.»

Mi guardò negli occhi abbassando le lenti sulla punta del naso: «Giovanotto» disse pronunciando bene la doppia *t*, «mi hai riportato la poesia del mio Carlo?»

«Sì, certo. L'ho trascritta. Eccola.»

Allungò la mano e infilò il foglio piegato in quattro in una tasca della gonna. «Ti xè un bon toso: te piaze i gati, te piaze il vin e scometo che non te piase i putèi.»

«I put... ah... i bambini, sì è vero non mi piacciono i putèi» dissi, sorpreso.

«Lo sapevo. C'è sempre qualcosa di buono in un giovanotto che non ghe piase i cani e i bambini.»

Ancora oggi mi domando come avesse intuito che nemmeno i cani mi piacciono.

Tra due sbuffi di pipa e una punta di malizia, Malaguti disse che era felice di rivedermi. Ci si era evitati per due mesi. Il viaggio, Itaca, la barca: era stato troppo anche per me.

«Avevo voglia anch'io della nostra chiacchiera. Finalmente ho buttato giù qualche pagina, lei ha avuto il privilegio di una vita vera, sono onorato di poterla raccontare.»

«Che bella parola *chiac-chie-ra*, la sente come suona? C'è dentro il chicchirichì del gallo che saluta l'aria chiara del giorno.» E così dicendo mi prese sottobraccio. «Camminiamo ancora un po'.»

Si passeggiava lungo la riva. Le pipe accese. Le luci riflesse nell'acqua appena increspata del porto. L'aria tiepida della sera cominciava a rivelare le prime stelle.

«Lo sa, Rainer, che lei ha un naso che vale la pena avere una faccia per portarlo?»

«Pinocchio si nasce. Più di così non si allunga, però.»

«Non è un difetto, anzi, in giro ci sono più maschere che facce e la sua, direi soprattutto grazie al naso, è una faccia.»

Indicai l'insegna della Donna mansueta. «Dobbiamo spegnere la pipa, non ci fanno fumare là dentro, qui non siamo a Kioni, purtroppo.»

«Eh, lei sì che se l'è spassata laggiù.»

La taverna era gremita. La Renna ci venne incontro e ci piazzò nel tavolino che avevo riservato, accanto alla finestra.

«Peccato che non piova. Mi piacevano i nostri incontri nella serra, con la pioggia che schizzava il vetro e il sole che poi inzaccherava le mie rose proiettando l'ombra delle gocce non ancora asciutte, mi piaceva il ticchettare di quei piccoli polpastrelli d'acqua sulla lamiera.» Malaguti si era tolto gli occhiali e parlava con lo sguardo fisso sul tavolo. «Quando ero ragazzo, ho amato una donna che viveva in una casa con il tetto di lamiera, non era bella come Anna, non era colei che abitava i miei sogni, ma il suo corpo scaldava il mio, la sua pelle metteva magia e sortilegio nella mia, e aveva un culo che ti rapiva solo a pensarci.»

Mi sforzai di fare la faccia indifferente.

«Non gliel'ho mai detto prima, ma lo sa che il suo naso, grande com'è, parla per lei qualche volta? È espressivo, sì, parla anche quando lei tace.»

«Non è male essere anticipati dal proprio naso.»

La battuta lo divertì. E l'arrivo della Renna mi tolse dall'imbarazzo, non volevo che Malaguti scoprisse che ero stato a Sant'Erasmo.

«Wiener Schnitzel per tutti?» La voce della Renna era impastata, credo avesse bevuto.

Io e Malaguti ci guardammo con un sorriso. «Va bene, Schnitzel» dicemmo con una voce sola.

«Insalata o patatine?» Senza attendere risposta aggiunse: «Patatine. E il vino lo scelgo io, a voi saputi piace più discorrere che decidere».

Assestando un colpo del suo temibile strofinaccio sul collo di un marinaio che aveva messo le mani sulle cosce della ragazza che gli sedeva accanto, la Renna raggiunse il banco e abbaiò: «Due Schnitzel al 12, patate, e una caraffa di rosso, di quello buono!».

«È proprio come me l'ha descritta, di mansueto quel donnone non ha nemmeno le scorregge. Avrei preferito l'insalata ma vada per le patate.»

Annuii.

«Allora, mi dica, Rainer» Malaguti mi fissò abbassando le lenti sulla punta del naso, «a che punto è della mia storia?»

«Qualche pagina l'ho scritta. Ma lei non mi è di grande aiuto. Tante sono le cose che mi nasconde.»

Malaguti si aggiustò gli occhiali e premette la schiena contro la sedia. «Di cose gliene ho dette fin troppe. Usi la sua immaginazione. È qui che l'aspetto.»

«Non mi dica che vorrebbe già leggere...»

«Non me lo sogno nemmeno, non leggerò mai quel che scrive, nemmeno un rigo, per carità, mica ci tengo a vedere la mia vita ruminata e vomitata sulla carta. No, non ci tengo. E poi come potrei pretendere che lei scriva il vero pensando che io sarei là a giudicare, soppesare... Ma andiamo, scriva e basta! Non ha gli occhi di nessuno addosso, e i miei sono i più assenti di tutti, nessuno si aspetta niente da lei, cosa vuole che gliene importi al mondo di Rainer e di Malaguti, un bel fico di niente gli importa. Il mondo è merda, caro ragazzo, e tutti si cerca di attraversarlo evitandone gli schizzi; cos'altro vuole fare? Scriva, e non cerchi scuse. La pagina bianca è una donna bella da morire, che attende e nell'attesa affascina. Questo deve suscitare: quell'attesa, che è anche pretesa. Ma una cosa gliela devo proprio dire. Io credo che lei possa farlo, che lei in qualche modo sappia di me alcune cose che io non so, non molte, badi, ma alcune sì, proprio come io so di lei cose che lei non ha mai immaginato, nemmeno nei migliori momenti di lucidità.»

«È bello che ci diamo ancora del lei, dopo quel che è successo sull'Alfeja.»

La Renna appoggiò due bicchieri di rosso sulla tovaglia. Non la sentimmo arrivare né svanire, si dileguò, immensa e leggera in quel rumore di ragazze, di marinai, di forchette, di vita ubriaca, che ci costringeva, per sentirci, ad alzare la voce.

Malaguti mi guardò come un gatto guarda un topo quando ha la sua coda sotto la zampa. «Oggi ci si dà del tu dopo cinque minuti, si scambia la confidenza con la conoscenza. Quando io non ci sarò più, quando sarò fuori dalle cose di natura, l'autorizzo a darmi del tu, e anch'io, allora, la ricambierò con il tu, e lei non potrà impedirmelo.»

C'era un bisbiglio di commozione nelle sue ultime parole.

Malaguti si tolse gli occhiali e sorseggiò il vino mentre due Schnitzel che debordavano dal piatto, sottili e grinzose come camicie stirate di fretta, atterrarono sul tavolo, seguite da due ciotole stracolme di patatine che un poco puzzavano di olio rifritto.

Malaguti si gettò sulla carne come se non mangiasse da una settimana. Rispettava le forme, la buona educazione era in lui connaturata, ma la fretta con cui portava la forchetta alla bocca tradiva un nervo scoperto.

«Niente male» dissi.

«Questa cotoletta è la prova che il paradiso esiste. Qui, perché in cielo non c'è niente, lo pensa anche lei, vero?»

Dissi che non sapevo cosa pensavo. Dissi che per me il confine tra religione e superstizione era tanto labile da non sapere proprio che pesci pigliare.

«La religione è superstizione organizzata e ben addobbata» disse Malaguti infilando la lama del coltello tra i rebbi della forchetta, badando che le posate appaiate attraversassero in diagonale il piatto ripulito con un boccone di pane. Mi guardò negli occhi: «Lei, Rainer, è uno che un po' anche ci crede, a certe cose. Non gliene faccio un torto, ciascuno crede in quel che ha bisogno di credere. Tirare avanti bisogna. Solo che a me non va di tirare avanti. Quel che conta, per me, è questa lava che brucia dentro, la scintillante bava dello spirito, che ti fa cercare e gridare di rabbia perché mai si trova. Ma cercare devi perché questo sei, perché nessuno decide quel che è, o diviene: un bandito sono e voglio essere, sì, un corsaro, un rapinatore di pietas, di grazia, di pathos, e non un accattone di misericordia che s'inginocchia».

Anche se non avevo finito la cotoletta accostai le posate

sul piatto. Ero ferito dalla ferocia che la voce di Malaguti sprigionava. Non stava parlando con me, o con se stesso, ma con quella dannata icona avvolta dalle fiamme, intravista nel tempio dei suoi diciott'anni, perché era lui, Malaguti, la preda di quel fuoco inestinguibile. Era il ricordo che gli baluginava davanti la creatura che voleva convincere, e non riusciva.

Portai il bicchiere alle labbra e bevvi il vino d'un fiato.

Quella sera decidemmo di tornare a casa facendo un lungo giro.

«Finalmente le mie gambe hanno smesso di fare giacomo giacomo.»

Gli dissi che io ci avrei messo non una, ma due firme, per camminare così alla sua età. Scosse la testa: «Ci credo, lei è un damerino, se la fa con le ninfette delle isole omeriche».

«Me l'ha proprio invidiata quella mia scorribanda.»

«Sì, proprio tanto! Cosa non darei per sentire ancora il profumo di una ragazza, e sentirla gemere con me, per me. Non c'è niente che valga la giovinezza, e lo si scopre sempre tardi, quando non c'è più.»

L'aria era fresca, il traffico spento. Era bello camminare, piano, tra l'acqua e la città. «Lo sa, Rainer, che aveva ragione lei su quella Miriam! Sì, aveva ragione, era una poco di buono!»

Mi raccontò che un giorno, si era appena coricato dopo aver riletto una pagina memorabile di Victor Hugo, si era ritrovato la badante nel letto, nuda.

«Avevo appena spento la luce e quella ci si è infilata che non me n'ero accorto. L'ho cacciata, ci ho provato, e quella prima è scoppiata in lacrime sul mio petto e poi quasi mi picchiava. La mattina seguente l'ho licenziata e lei mi ha scongiurato di non farlo. No, la prego, non so dove andare, il visto di soggiorno e tutte quelle cose là che quando fan comodo una donna le tira fuori meglio di un prestigiatore da un cappello. Insomma le ho dato un'altra possibilità e sa quella cosa m'ha combinato? Ha cercato di avvelenarmi! L'ho sorpresa che mi metteva una polvere di chissà di che genere nel caffè... infatti sapeva un po' di detersivo. Le dissi che a farmi fare testamento non c'era ancora riuscita e che se schiattavo non avrebbe ereditato nient'altro che i sospetti della polizia, e le ho anche detto» mi guardò con un ghigno «che il mio amico dal naso lungo ci avrebbe pensato lui a mettere gli sbirri sul chi va là.»

Malaguti, nella foga del dire, non si era accorto di avere un poco accelerato il passo.

«Mi sembra che si sia ben ripreso, comunque.»

«Era la polverina che mi faceva le gambe molli. Lei lo ha ben visto come me la cavo nella lotta con il coltello, una bella paura sono riuscito a farle, e ho il doppio dei suoi anni. Sono in gamba, cavolo, e quella pulzella slava voleva mettermi nel sacco.»

Gli dissi che avrei chiesto a Tania di andare ogni giorno a fargli le faccende: «Tra l'altro ha bisogno di soldi, in Moldavia ha la madre ammalata e ci deve pensare lei».

Con mia sorpresa mi ringraziò senza esitazione.

«Anche se la sua Tania è una spiona va bene lo stesso, tanto ora non ho più un granché da nascondere, sto spifferando tutto, e proprio a lei... uno che credeva nella Befana. Cosa le metteva nella calza? Scommetto più balocchi che carbone, di certo sono stati quelli, i balocchi, che l'hanno rammollita.»

17

L'invito della signora Basile era di per sé una cosa da non credere. Né io né Malaguti avevamo mai sospettato che la Vecchia blu potesse avere una vita fuori dalla Fortezza. Immaginarla fuori di lì era un po' come incontrare Gesù – il nostro o quello in croce – per strada, o vedere John Wayne che nel bel mezzo di un'avventura scambia un Winchester per un badile.

L'invito arrivò per mail: "Aspetto lei e il suo amico a cena da me". Seguivano data, ora, indirizzo. Discussi la cosa con Malaguti.

«Metterò il foulard che mi ha regalato la sua Tania.»

«La Tania le ha fatto un regalo?»

«Il piede nella fossa attizza la badante, mio caro Rainer.»

Al mattino del giorno deputato gli telefonai: «Passo col tassì alle otto e trenta».

«Io porto champagne, lei?»

«Rose, bianche.»

Rispolverai l'abito grigio del funerale e lucidai le Church's che, dopo il restauro postcongelatore della Tania, si erano impolverate nella scarpiera. Scelsi la cravatta rosso amaranto, non fu difficile, perché di cravatte ne avevo tre, e poi un tocco di colore ci voleva.

La sera accendeva di luce azzurra il mare viola. Malaguti mi aspettava davanti al cancello, ritto, con un bastone sulla sinistra e una bottiglia sulla destra. «Jacquesson del 2001, Extra Brut, degno di un sibarita» disse entrando in auto.

Mentre il tassì filava verso la collina gli chiesi il perché del bastone.

«Ho bisogno di darmi un tono, non entro in un salotto da un quarto di secolo e un bastone fa anziano di rango: guardi un po' che pomolo, una testa di toro. Alla sua età basta una spruzzata d'Eau de Cologne per fare figura, alla mia...»

«Il foulard le sta bene.»

«Nasconde un po' di rughe e pelle secca e il mio pomo d'Adamo che se ne va a zonzo... come il suo naso» aggiunse con una mezza risata.

La casa in cima alla collina aveva un aspetto semplice e solenne. Era bianca, due piani che emergevano da un giardino frusciante di platani e pini marittimi. Il cancello era spalancato. La ghiaia del vialetto gracchiò sotto le gomme.

La signora che ci accolse sulla porta non meritava il nomignolo di Vecchia blu; anche se il suo aspetto denunciava un lungo, macerante soffrire, in lei c'era qualcosa di portentoso, un moai dell'Isola di Pasqua che, muto, dice ai turisti: «Io sarò qui quando le vostre dimore non saranno che pastura di pecore».

Appoggiandosi sul bastone dal pomo d'argento, Malaguti portò alle labbra la mano che la signora gli porgeva, e la sfiorò con il suo respiro: «Signora, le sono davvero grato per l'invito».

Erano anni che non facevo un baciamano e la signora Basile mi risparmiò l'imbarazzo stringendomi la destra senza indugio. Mi guardò negli occhi: «Lieta che siate venuti» disse a bassa voce.

Se l'esterno della casa raccontava una vita accorta e agiata, l'interno parlava del desiderio dell'uomo probo di vivere in semplicità, nella luce della conoscenza. Lungo il perimetro di ogni stanza correva una libreria alta un metro e mezzo. Il metro e mezzo che restava era intonaco bianco, di rado interrotto da un quadro.

La pianta dell'edificio era rettangolare, con il lato lungo volto a mezzogiorno e affacciato, dall'alto, sul golfo. Il sole non era ancora sparito sotto l'orizzonte, ci voltammo prima di entrare e lo spettacolo del suo kimono cangiante disteso sull'acqua ci ammutolì.

«È bello» disse la signora, che vestiva un abito di seta azzurra. «Succede ogni giorno che il sole tramonti, ma non ci si abitua.»

La cameriera che ci venne incontro prese in consegna rose e champagne.

«L'orizzonte... il carcere me lo ha portato via per ventuno... anni.»

La signora guardò Malaguti negli occhi, poi chinò il capo e ci fece cenno di seguirla. Appendemmo gli spolverini, entrammo nel salotto, ampio; i libri dai dorsi consunti erano in perfetto ordine sulla scaffalatura. I pochi quadri parlavano tutti di vita sul mare. Pescherecci, velieri, battaglie d'antan. Uno in particolare mi colpì: un'esplosione d'acqua spezzata dalla prua di una barca che sbucava da sotto una vela rigonfia. Una tempera di un metro per due: un apologo sulla potenza del mare e il coraggio, che sconfina nell'arroganza, dello strumento umano che lo sfida. Non si vedevano i marinai, ma nel dipinto c'era il respiro delle loro ombre che riuscivano, pur non raffigurate, a calcare la scena.

Un vasto divano di velluto rosso faceva semicerchio in un angolo. La signora ci invitò a sedere. Mi accorsi allora che faticava a mettere un piede davanti all'altro, piccole ma continue contrazioni del viso denunciavano la sua resistenza alla morsa dell'artrite.

La cameriera, piuttosto attempata, aveva una faccia lunga una banana, non credo le piacessero l'abito nero e il grembiulino bianco che indossava. Ci porse un calice di vino freddo.

«Un bicchiere per rompere il ghiaccio» disse la signora.

Alzammo i calici senza dire parola.

L'atmosfera era un po' tesa. Dalla stanza accanto veniva, a basso volume, una musica che dopo un paio di minuti riconobbi, l'adagio della *Decima* di Mahler che contendeva all'immaginazione lo spazio che un invitante profumo di pasta e fagioli – la cameriera non aveva richiuso la porta che dava sulla cucina – a buon diritto voleva tutto per sé.

Dopo un paio di minuti di dabbenaggini meteorologico-politiche che avevo buttato là per scacciare il silenzio, la chiacchiera s'insabbiò.

«La cena è in tavola.»

La voce roca della cameriera ci fece rinunciare al soffice velluto per delle sedie dure e troppo basse per la tavola su cui luccicavano piatti di pregiata fattura viennese.

Mentre l'Anita – così la signora Basile aveva chiamato la cameriera – versava la pasta e fagioli nei piatti passando, con fare alquanto rumoroso, alle spalle di ciascuno, Malaguti prese la parola.

«La sua cortesia, signora, mi commuove, dopotutto io sono un avanzo di galera.»

«La Fortezza, fino alla scorsa settimana, è stata la mia casa. Sì, le mie dimissioni sono state accettate, finalmente. Lì ho conosciuto uomini indegni e uomini il cui senso dell'onore mi ha affascinato... ferito, e commosso. Lei è uno di questi ultimi, e la considero un amico a dispetto della distanza che i rispettivi ruoli ci hanno imposto, e delle poche ore che abbiamo trascorso insieme. E anche lei, professor Rainer, accettando la mia proposta, o meglio, la mia mediazione, si è mostrato degno di stima e, perdonate la mia mancanza di modestia, la stima è una cosa che concedo davvero con difficoltà.»

Ringraziammo con un cenno del capo.

«Ora mangiamo, vi prego. Parliamo più tardi. E apriamo quella bella bottiglia, lei se ne intende di champagne, credo.»

Malaguti rispose con un sorriso.

Il tappo rimbalzò sulla parete.

Alzammo i calici lasciando che la luce del vecchio lampadario accendesse il miele appena segnato dalla spirale delle bollicine.

«Direi di brindare all'amicizia» propose la signora.

«All'amicizia, l'unica forma d'amore praticabile alla mia età» fece Malaguti.

Scucchiaiammo insieme, piano, la minestra dai sapori equilibrati.

Nell'aria c'era un'attesa hitchcockiana, di tragedia annunciata, che lo sguardo torvo dell'Anita sottolineava a ogni portata. Branzino selvaggio al sale che spruzzava gli aromi dell'Adriatico anche sull'insalatina fresca e sul purè di patate.

«Spero vi piaccia la Sacher» disse la signora con l'arrivo del dolce.

«Metternich è uno dei miei eroi» commentò Malaguti.

La signora mi risparmiò la brutta figura anticipando la mia espressione attonita: «Già, questa leccornia fu inventata per il principe austriaco».

Io e la signora riconquistammo il divano reggendo la tazzina di caffè mentre Malaguti se la fece portare dall'Anita, non riuscì a rinunciare all'occasione di mostrarsi impacciato dal suo bastone con il pomolo scintillante.

«Un paio di settimane fa» raccontò la signora «è mancata la mia amica più cara. Infarto. Non ho molti amici, anzi non me ne sono rimasti altri, tranne la mia cara Anita, che anche se è più scorbutica di un pirata saraceno, ha un cuore buono, e grande. Ora, vi starete chiedendo cosa c'entri questo con voi.» S'interruppe per sorseggiare il caffè. «Il mio lavoro mi ha condannata a una solitudine che ho imparato, con gli anni e molta fatica, ad apprezzare. I detenuti, alcuni, intendo, pochi in verità, sono diventati a loro insaputa i miei amici. Per loro, con loro ho sofferto. Anche se credo nessuno, tranne lei, Malaguti, se ne sia mai accorto.» La signora portò alle labbra la tazzina per l'ultimo sorso. «E perché mai avrebbe dovuto farlo?»

Io e Malaguti non osavamo guardarci, ma il nostro mutismo faceva rumore.

«Due giorni dopo la morte di Marianna, la sola a cui potevo confidare gioie e dolori, mi è stato comunicato che la mia artrite-deformante si sta aggravando con una velocità non prevista, e che non c'è rimedio. E questo vuol dire una sola, semplice cosa: presto raggiungerò la mia amica. Non debbo far altro che questo piccolo passo, morire. Gli antidolorifici sono miracolosi, e così, spero, mi verrà risparmiata l'agonia.»

Nel silenzio che seguì mi parve di udire un singhiozzo lontano, trattenuto.

«Forse mi restano sei, sette mesi, forse un anno.»

Non scorgevo traccia di commozione né nella voce né nella faccia della signora.

«Non si può vivere senza onore. È una frase che ho sentito proprio da lei, Malaguti.»

Malaguti non disse niente. Stringeva il pomolo del bastone con tutte e due le mani, una sull'altra, e lo faceva un poco ondeggiare tra le ginocchia, nascondendo così, in parte, le espressioni del viso.

«C'è una cosa che dovete sapere. Il suo avvocato, Malaguti – sua madre, Rainer – venne a trovarmi poco dopo la sua incarcerazione. Era turbata, una donna che si portava dentro una disperazione palpabile. Mi confessò tutta la sua inquietudine, credeva che lei, Malaguti, fosse colpevole, ma solo di omicidio preterintenzionale, non certo premeditato. E si sentiva in colpa per la pena che non era riuscita a evitarle.»

«Sono io che le ho impedito di difendermi... Che bisogno c'era d'indagare? Attenuanti non ce n'erano.»

«Era una donna sensibile, mi colpì la sua pena, la sua pietas. Le chiesi cosa potessi fare... Perché era venuta da me? Mi disse una cosa strana, che non ho più dimenticato né mai rivelato ad anima viva. "Quell'uomo" mi disse "ha una bestia dentro che lo divora, non credo abbia molto a che fare con l'omicidio, la prego di tenerlo d'occhio, altrimenti non uscirà vivo dal suo carcere." Mi costrinse a giurare di aiutarla» la signora guardò in faccia Malaguti, «le dissi che tutto quel che potevo fare l'avrei fatto, ma che il mio potere non arrivava molto lontano, non quanto lei credesse. Volevo sapeste, entrambi, l'origine del mio interesse per... insomma, un giuramento è un giuramento.» La signora portò la tazzina vuota alle labbra e finse di bere prima di deporla. «Credo, spero, che l'amicizia che vedo tra voi vi renda grati uno all'altro.»

E all'improvviso, come se si fosse liberata di un peso, la

signora sorrise. «Altro caffè? O preferite un digestivo? Ho anche dell'Armagnac, se vi va.»

«Armagnac, grazie.»

Nella voce di Malaguti c'era un senso di sollievo, forse dovuto alla pausa, forse alla menzione di un liquore a lui caro.

«L'Armagnac va bene anche per me.»

L'Anita portò la bottiglia e tre bicchieri da cognac. Io versai il liquido ambrato mentre la signora, con voce più scura, riprendeva a parlare.

«Io temevo che lei, Malaguti, si sarebbe ucciso, temevo proprio che il suo avvocato avesse ragione. Perdoni se ora parlo così... brutalmente.»

Malaguti, imbozzolato nel suo silenzio, abbassò le palpebre dietro le lenti spesse.

«Temevo, perché l'ho visto succedere più di una volta, che non avrebbe accettato il ritorno alla vita civile. Sono felice di essermi sbagliata, e felice comunque di avervi fatto incontrare, felice se Rainer l'ha aiutata, e ancora più felice se lei può aiutare questo giovanotto con la sua amicizia.»

«Nessuno le è più grato di me, signora» dissi, e non mentivo.

«Ora, io non so cosa farò, forse andrò in Olanda, è un Paese molto civile, l'eutanasia è consentita laggiù, forse non riuscirò a farlo, forse permetterò a questo male che mi affligge da anni di disonorare, umiliare la mia identità, non lo so. Ma volevo che voi due sapeste... Siete le sole persone che stimo, le sole che mi sono rimaste.» Bevve in un sorso il liquore. «Se ne sono tutti andati, gli altri. Tutti. Oh, non voglio la vostra comprensione, e tantomeno la vostra pietà, no, ma vorrei che faceste una cosa per me.»

Si udì, sommesso, un singhiozzare mal trattenuto.

Ci girammo verso la cucina. La porta del salotto era aperta.

«Povera Anita... spero abbia coraggio. Ma veniamo a noi, vorrei nominarvi miei esecutori testamentari. Ecco, questa è la ragione del mio invito. Vi prego di accettare. Accettate?»

Ci guardò come si guarda il mare vuoto quando, schiacciati da un dolore indicibile, si sente di non aver più niente da perdere.

«Ne sono onorato» dissi.

Malaguti si tolse gli occhiali. «Così lei, signora Basile, si assicura che non mi toglierò la vita» si girò verso la donna, «non prima che sia finita per lei, almeno.»

«Si goda quel che le resta da godere. Se lo merita. Si goda quell'orizzonte che le è stato portato via. Che la Fortezza, il destino, il nostro sordo modo di vivere e giudicare le hanno portato via.»

Il campanello suonò.

La signora si alzò e andò alla porta insieme all'Anita.

«Davide, sei in ritardo, ti aspettavo per il caffè.»

«Problemi all'ufficio. Ma se è tardi per il caffè non lo è mai per un goccio di forte.»

La signora rientrò seguita dal nuovo arrivato.

Mi alzai, non credevo ai miei occhi. «Dottor Aldobrandi...»

«Non sono dottore.»

Malaguti guardò il nuovo venuto con aria beffarda. «Lei mi scusa se non mi alzo, la mia età esige qualche privilegio, dopotutto.»

«Si figuri, stia comodo, io sono...»

«Quello che paga le attenzioni che il mio amico mi rivolge.»

La faccia di Aldobrandi si scompose un poco. «Ah, un Bas-Armagnac, lo adoro. Posso?»

La padrona di casa disse all'Anita di portare un altro bicchiere.

Sorseggiammo il liquore, tutti, per tenere a bada i bisbigli del silenzio.

«Sono felice di conoscerla di persona, signor Malaguti, la nostra amica, qui, mi ha molto parlato di lei e io credo di averla già vista, quando frequentavo la Slataper, c'è stato un periodo che lei era al prestito, credo.»

«È vero, ma io, perlopiù, vivevo nel sottosuolo, nel labirinto dei manoscritti e degli incunaboli. No, non mi ricordo di lei.» Il bastone di Malaguti andava da un ginocchio all'altro, spinto dalle sue grandi mani nervose. «Non ho mai conosciuto un editore in carne e ossa, e sono sorpreso, lei sembra una persona normale.»

«Conosco questo signore da una quindicina d'anni e le posso assicurare» fece la Vecchia blu versandosi un dito di liquore «che di normale ha solo l'aspetto.»

Aldobrandi sorrise, compiaciuto.

«Le posso chiedere cosa ha mangiato per cena?».

«Non ceno, mai. Per pranzo due toast e una Leffe, ma lei questo lo sa.»

«Ecco, confermo» dissi «che questo signore di normale ha ben poco. A proposito, grazie dell'acconto, è arrivato.»

«Che bello, così io qui sono quello che fa girare il denaro.» C'era un brivido di compiaciuta scortesia nella voce di Carlo Malaguti. «Sono l'argomento, il soggetto, insomma la storia sono io.»

«Be'» rispose l'editore, «lei è un uomo di libri, e sa bene che il cuore di tutto è nella scrittura, è là che pulsa il mondo, si potrebbe anche dire che il soggetto è cosa marginale, un pretesto.»

M'intromisi gettando là un bel *rem tene, verba sequentur*.

«Ti ho messo al centro del mondo» intervenne la signora, «perché tu potessi meglio contemplare ciò che contiene. Certo l'uomo del Rinascimento peccava di presunzione immaginando quest'atto divino, ma io penso che Pico... Pico della Mirandola... un po' di ragione ce l'avesse.»

«Tullia, cara, gli hai già chiesto di...?» La voce di Aldobrandi mal celava una commossa confidenza. Il suo modo di muoversi – era così a suo agio in quel salotto – denunciava una familiarità non esibita, ma certa. Avevo notato come aveva anticipato la domestica guardando nella direzione del mobiletto dei bicchieri prima che lei andasse ad aprirlo.

«Sì, gliel'ho chiesto.»

«Abbiamo detto di sì» fece Malaguti, «saremo dei diligenti esecutori testamentari. Ma mi tolga una curiosità, signora

Basile: perché non l'ha chiesto al qui presente editore? Ha l'aspetto di un gentiluomo.»

«Semplicemente perché è uno dei beneficiari del mio testamento. Ce ne sono diversi, c'è anche la biblioteca per cui lei ha lavorato, e tanti altri... non vorrei si mettessero a litigare. Credo che lei e l'amico professore svolgerete bene il compito che vi assegno, c'è un piccolo lascito anche per voi due, come ricompensa, ma non chiedete di più, vi prego.»

Il tassì filava verso la costa. La baia luccicava di lampioni, finestre, auto, fari, pescherecci. C'erano stelle e non c'era la luna.

Malaguti staccò il naso dal finestrino e si girò verso di me: «C'è un altruismo vero in quella donna. L'altruismo mi sconcerta, mi offende anche, mi ferisce».

«Esecutori testamentari, non so nemmeno bene cosa significhi, ma non si poteva rifiutare, non mi sembrava giusto.»

«Quell'Aldobrandi, un signore così ammodo, che fa delle copertine color piscina, no, non lo avrei mai detto. Ha notato che si davano del tu, e lui... guardava la nostra signora con una certa tenerezza, l'ha notato?»

«Non si poteva non notarlo. Direi, anzi, che c'era della commozione in lui, e non solo tenerezza.» Fissai Carlo negli occhi.

Malaguti non disse altro, tornò a guardare fuori dal finestrino, a giocare con le luci della notte, sentivo che lottava con quel magma incandescente che, dentro, mai l'abbandonava.

Ci guardammo ancora un istante, quando il tassì si fermò davanti al cancelletto di casa sua, e vidi la tristezza che gli deformava la faccia. Si tolse gli occhiali per metterli nel taschino, scese, e prima di richiudere la portella disse, cercando d'incrociare il mio sguardo: «Perdersi, abbandonarsi nel dolore qualche volta aiuta, sì, serve, ma questo male che non se ne va, questa piaga che non si rimargina, la lama e il fuoco che devastano la memoria» si girò verso la siepe, «sono io che ho fatto le mie sbarre e le mura del mio carcere, non segua il mio esempio, Luca, sia farfalla, lupo, coccinella, e spii il mondo per conto di Dio».

Atto terzo

Il dettaglio che uccide

I

La notizia mi arrivò per telefono. Una stilettata. La voce della signora Basile era roca. «Carlo… Carlo Malaguti… è morto questa mattina, all'alba. Mi hanno avvertito un'ora fa, non ce l'ho fatta a chiamarla prima.» Seguì un silenzio lungo, duro. «Suicidio. Ha detto così il capitano dei carabinieri. Carlo… Si è fatto la barba, ha rotto lo specchio, e con un frammento si è reciso l'arteria del collo.» La signora si schiarì la voce, rotta da un singhiozzo. «L'ultima cosa che ha visto dev'essere stata la propria faccia… terrorizzata.»

«No» dissi, sorpreso di me stesso. «L'ultima cosa che ha visto è stata la faccia di una ragazza che si tagliò la gola sessant'anni fa.»

La signora riattaccò.

Sprofondai nella mia cuccia di lettura. La mattina era assolata. "Tutto è diverso ora, niente è più come prima." Questo pensavo. Il telefono squillò di nuovo.

«Ho dimenticato di dirle, professore, che i carabinieri» la voce della signora Basile era ancora turbata, ma più limpida «mi hanno appena recapitato una missiva del nostro amico. Mi hanno detto che ce n'è una anche per lei.»

Non feci in tempo a riporre il telefono che squillò ancora. Il capitano dei carabinieri mi convocò nel suo ufficio per mezzogiorno.

Avevo tre ore davanti a me: voglia di gridare, di uscire, di vedere Diana. La chiamai. M'investì con una sfilza d'improperi dedicati al marito, si era messa in testa che aveva un'amante a Lione: «Ecco perché si è fatto mandare là!».

Riuscii, non senza difficoltà, a interrompere il suo flusso di coscienza e a dirle di Carlo. Seguì un silenzio spugnoso. «Scusami, Luca, mi dispiace davvero tanto, sarai distrutto, e io ti parlo delle mie cazzate con Giovanni. Scusami! Dài, vediamoci al San Marco alle dodici così poi vado a prendere i bambini.»

«Alle dodici devo essere dai carabinieri.»

«In via dell'Istria?»

«Viale Miramare, a Barcola.»

«Allora alle undici! Affare fatto?»

«Affare fatto, sorellina.»

Il caffè era quasi vuoto. In un angolo due ragazzi si scambiavano smancerie. Dalla parte opposta della sala, lontano dall'ingresso, c'erano tre anziani signori dall'aria distinta, seduti allo stesso tavolino: ciascuno ciancicava il proprio giornale senza degnare gli altri di un'occhiata.

«Eccoti qua.» Diana aveva la voce franta dalla corsa.

«Sei più trafelata del solito, ricorda che l'equilibrata della famiglia sei tu, i ruoli sono ruoli, mi hai fatto da mamma, quando eri una ragazzetta... e ora... guardati un po' qua, nello specchio, non fai mai niente con calma?»

L'occhiata di Diana era un manrovescio: «Senti un po', viziato mio, prova tu a prendertela calma con due bambini, uno con la febbre che ha voluto andare a scuola lo stesso, l'altra che non vuole mangiare a scuola perché la pasta è troppo salata, e un marito che mi fa portare a casa dal fioraio più caro della città un mazzo di rose rosse, ordinato da Lione! Ma ti pare una cosa normale? Quello si sente in colpa perché mi mette le corna, voi uomini fate così. Mai visto un mazzo di rose a casa mia! Ti sembra normale, da Lione, cos'è... si mette a corteggiarmi, adesso? Mi ha preso per scema quello. Ah scusami scusami, Luca... è terribile, però non hai l'aria distrutta, stai meglio di me, mi pare»

Un cameriere che non avevo mai visto si accostò, timido, al nostro tavolino.

«Desiderate?»

«Whisky per me» disse Diana.

«Sorellina, sono le undici di mattina, non è un po' presto?»

«Rose da Lione... Whisky, *s'il vous plaît.*»

«Lo prendo anch'io allora, whisky.»

«Una marca in particolare?»

«Faccia lei» risposi.

Diana mi mise una mano sul ginocchio. «Allora... è dura, vero?» Mi guardò, e i suoi occhi erano dolci. «E i carabinieri che cazzo vogliono, non lo sanno che uno vuol starsene solo in certi momenti?»

«Fanno quello che devono. Routine, credo.»

«Hai poi guardato i faldoni che ha lasciato la mamma?»

«Sì, non c'era niente d'importante, anche sul processo, quasi niente, qualche appunto, un articolo di giornale, niente.»

«Scusate, signori, state parlando a voce un po' alta.»

Diana fissò il cameriere che poggiava i tumbler sul tavolino. «Hanno protestato?» E senza aspettare risposta si girò verso i vecchi che stropicciavano i giornali. «Ci credo... qui il più sveglio ha la faccia da polpo.»

I volti ritratti nei tondi, sotto il fregio, sembrarono annuire all'unisono alle parole di Diana. Il cameriere si allontanò, silenzioso e circospetto.

«Ok, Luca» bisbigliò Diana, «facciamo gli educati.»

«C'è un disegno della... mamma che mi ha colpito, una mano infantile ma non troppo, volevo parlartene, c'è una macchia di sangue su una rosa... Be', non so se sia sangue, è una macchia rossa, il solo colore in tutto il foglio.»

«Tu non lo hai mai saputo... la mamma... si era confidata con me... sai, tu sei un maschio... certe cose non puoi capirle... la mamma, a quattordici anni, no, a tredici, con un ferro da calza... capisci?»

«Cosa?» feci l'aria più sorpresa che potevo. Diana non aveva letto le carte e si credeva la sola custode del segreto.

«Sì, aborto. Non si poteva andare all'ospedale, allora. E ha pensato che suo padre l'avrebbe ammazzata di botte, se lo veniva a sapere. Una sua amica l'aiutò. Per fortuna quest'amica aveva la madre infermiera che è rientrata a casa dal lavoro appena in tempo... per dare una mano. Insomma, credo che avrebbe anche potuto morire. Mi parlò di un ferro da calza e di… un fiume di sangue, tanto sangue.»

«Risparmiami i dettagli. Grazie.»

«Voi maschi fate tutto facile, ma sono tragedie, queste.»

«Adesso le capisco certe sue malinconie, paure… tredici anni sono proprio pochi, una bambina… Lo sai, Diana, faccio fatica a immaginare la mamma bambina.»

«L'infanzia… gliel'ha rubata la sorte. Un aborto di quel genere è una cosa che ti rigira l'anima e te la sputa addosso. La mamma me lo disse qualche giorno prima di fuggire… L'uomo che ce l'ha portata via… io credo che nemmeno l'amasse… lei inseguiva il sogno della felicità, voleva strapparsi di dosso tutta la vita che aveva vissuto… Cosa c'è di meglio dell'illusione di amare senza riserve, perdutamente? Siamo tutti bravi a dirci le bugie, quando siamo disperati.»

«Già, il passato ci rimane appiccicato anche se ce la diamo a gambe.»

«È vero. Non me l'ha mai detto, sai, chi l'ha messa incinta.»

«Accidenti. Ora dovrò pensare a lei con più indulgenza.»

«Che scema, perdonami… sono proprio brava a scegliere il momento.»

«No, è che… be', io… accidenti.»

Diana alzò le spalle e bevve un sorso di whisky. «Buono. Di mattina l'alcol è più buono. Per questo fa male.»

Lo assaggiai anch'io. «Quel ferro da calza spiega tante cose, però… Da bambino credevo di avere il diritto…»

«Non hai nessun diritto, bello. Qui non ci sono diritti, non l'hai ancora capito? Cosa aspetti, di averne ottanta di anni, per capire che i soli diritti che hai sono quelli che ti prendi a forza di calci e di pugni? E quando i calci e i pugni non sai più darli, ualà che se ne vanno tutti all'inferno i tuoi benedetti diritti. Io ho fatto quel che mia madre mi ha chiesto di fare, e guarda che mi sarebbe piaciuto parlartene... non è né bello né facile tenersi le cose brutte dentro, perché poi il lavoro della mamma l'ho fatto io con te. Cerca di non dimenticartene, se ti riesce.»

«E che ne sai dell'uomo con cui scappò? Te ne ha parlato? Hai sempre detto di no, che non lo sai... ma ora...»

Diana alzò di nuovo le spalle. «È successo e basta, questo è quello che conta, mica tutto si sa. E poi ce la siamo cavata non male, mi pare.»

Bevvi il whisky in un sorso.

«Tu non sei mai cresciuto proprio del tutto, Luca, per questo una donna non fa fatica a perdonarti. E di pazienza guarda che ce ne vuole, con i tipi come te.»

2

Vista la bella giornata di sole, andai a piedi fino al Comando della Stazione Trieste Barcola. L'ufficio del capitano Giorgio Lombardo era al primo piano. Le scale erano state appena ridipinte e c'era un forte odore di pittura. Il piantone mi accompagnò e bussò alla porta. «Capitano, c'è il dottor Rainer, il signore che aspettava.»

L'uomo che mi venne incontro era alto, capelli e occhi chiari, una stretta di mano da far cadere le dita. Una voce calda, dal timbro baritonale. «Venga, professore, si segga, la prego. Condoglianze, intanto, so che lei e il signor Malaguti eravate buoni amici.»

L'ufficio era spoglio, solo la foto a colori del presidente Napolitano, tra le due finestre sbarrate, interrompeva il candore delle pareti. La scrivania di rovere sembrava risalire agli anni Dieci.

«Amici? Sì, buoni amici» dissi a voce bassa.

«Non c'è niente di cui preoccuparsi. Suicidio. È stata la badante, certa Tania…»

«Sì, viene da me a fare le pulizie, ecco...»

«Lo so, lo so bene. Non si preoccupi, nessun problema con il visto, con le tasse... La signora è a posto, è venuta qui e ha spiegato tutto. È stata lei a trovarlo, questa mattina, aveva suonato, niente, e così...» il capitano scosse la testa e si passò la mano tra i capelli «sono cose terribili, quando succedono, si è tagliato la gola. È stato un gesto molto pensato. C'era un biglietto per la signora Tania, uno per la direttrice, ex direttrice ormai, della Fortezza, credo che lei la conosca bene.»

Annuii.

«E poi c'era questa busta per lei.» Aprì il tiretto. «Eccola qui. Credo che la dottoressa Basile glielo abbia anticipato. Mi ha detto che le avrebbe telefonato.»

La busta era gialla, formato C4. La sollevai. «Ma è aperta!»

«Sì, l'ho aperta io. È un caso di suicidio, certe indagini sono d'obbligo. Nessun dubbio, non serve nemmeno il parere del medico legale per dirlo. Ho letto la missiva. È lunga, a tratti commovente. Credo che sarà dura, per lei. Non ne farò parola con nessuno, non è necessario riferire al giudice istruttore in questo caso, la magistratura ha altro da fare.» Mi guardò con occhi di ghiaccio. «A dirla tutta, motivo d'interesse per il magistrato ci sarebbe... ma a questo punto credo sia meglio se si fa conto che questa missiva non è mai esistita. Ci siamo capiti?» Tamburellò l'indice e il medio della destra sul ripiano di quercia. «Ora che ne conosco il contenuto... diciamo che resterà tra me e lei. Seppellito per sempre.»

«Mi fido, capitano, io non so cosa il mio amico riveli qui»

sollevai la busta di qualche centimetro, «ma so che lei sta agendo per il meglio.»

«Mi tolga una curiosità, professore: Malaguti era uno scrittore, un poeta?»

«No, o forse sì, forse... sì, era un poeta, ma non credo lo sapesse, o gli importasse, e poi il mondo di oggi non sa che farsene dei poeti, vero?»

Guardandosi le dieci dita aperte sulla scrivania vuota il capitano, a voce bassa, quasi sussurrata, disse: «C'è mai stato un tempo buono con i poeti?».

I nostri sguardi evitarono d'incontrarsi.

«Posso andare ora?»

«Certo e...» si alzò, mi guardò negli occhi, «noi due abbiamo la stessa età... ma lei è più fortunato... Da quel che ho letto... lei ha la testa piena di libri, come il suo amico... La invidio, è come se avesse vissuto dieci vite, e io solo una, questa, breve, solitaria... Senta, se poi la scriverà la storia di quest'uomo mi mandi una copia del libro, con l'autografo, ci tengo. Ma mi raccomando, cambi tutti i nomi, le date, i luoghi... non mi metta nei guai.»

Feci di sì con la testa. «Stia tranquillo» mormorai.

Il capitano mi accompagnò alla porta e, nel salutarmi, mi diede una piccola, gentile pacca sulla spalla. «Sia forte.»

«Farò del mio meglio. Grazie, capitano.»

Tornai verso casa carico di speranza. Le parole dell'ufficiale mi avevano toccato e non stavo più nella pelle, volevo leggere quel che il mio amico mi aveva lasciato. Palpeggiavo la busta e ne soppesavo la consistenza camminando. Passai davanti a piazza Unità, feci le rive e mi fermai al bar ristorante della Vela. Bruciavo dalla voglia di immergermi nelle pagine del mio amico, ma sentivo anche il bisogno di rimandarne il momento. Non è mai quello giusto per le cose che contano davvero. Avevo bisogno del brusio del mondo, ma anche di fare qualcosa che fosse un po' fuori dalle mie abitudini. Niente Donna mansueta, dunque.

Il ristorante non era affollato. Mentre il cameriere in guanti bianchi mi versava un bianco di Cormons, sbirciai le prime righe della lunga missiva: "Caro Luca, ora che ho liberato il mondo dal dettaglio della mia presenza possiamo permetterci il *tu*, e chiamarci per nome. Voglio dire le cose che non mi sono sentito di dirti a voce".
Rimisi i fogli – il plico era spesso un dito – nella busta. Qualcosa che somigliava all'euforia andava, piano, impadronendosi di me. Mangiai con gusto, una zuppa d'orzo e fagioli e un'orata pescata nella notte.
Quando rincasai avevo le gambe stanche. Ero stato fino al molo esterno di Muggia dove mi ero concesso un gelato grande un melone, e me l'ero fatta tutta a piedi, anche il ritorno.
Il sole tramontava quando mi risprofondai nella mia cuccia di lettura. Ero in preda a una felicità malinconica, un sentimento difficile da definire. C'era tristezza in me, una tristezza tetra, ma anche una sensazione di libertà che da un po' non frequentavo.
Finalmente posso darti del tu, amico mio.

3

Le righe di Carlo scorrevano in bella calligrafia: stilografica, pennino grosso, inchiostro nero. Aggiustai l'abat-jour e accesi la pipa.

"Credo, ho sempre creduto, che la parola vera sia quella ascoltata, quella pronunciata, perché il suono non è solo la pelle del senso, ne è la spina dorsale, e il cuore pulsante.

Allora ti chiedo di perdonare questa prima grande contraddizione: se mi rivolgo a te per iscritto è proprio perché un po' di verità voglio tenermela per me, non voglio che tu la senta attraverso l'orecchio fisico, ma con l'orecchio dell'immaginazione, di cui so che sei ben equipaggiato, perché so come traduci. E poi ho paura delle interruzioni, se ti avessi fatto venire da me, o fossi venuto io da te, ci sarebbe stata l'interruzione del telefono, o della nostra Tania, e poi chissà cos'altro il caso avrebbe saputo inventare.

Devi essere paziente, ora, ascolta la carta, immagina la mia voce nelle lettere, in ogni frase che leggi, ci sono io qui, in questi fogli, più fluido e più onesto che mai: usa le mie parole, trasformale, falle tue; scrivi il *tuo* libro.

Tutto cominciò, anzi, ricominciò, nel 1986. E in 21 anni molte sono le cose cambiate, anche perché due decenni di Fortezza ti cambiano l'anima: la prigione modifica l'ossatura del tempo. E il tempo è polvere accesa dal sole filtrato dal vetro, la materia di cui siamo fatti. In prigione è come vivere in una di quelle cariche di cavalleria girate al rallentatore. Il galoppo e la furia del cavallo li senti sotto la sella, ma gli occhi vedono il mondo girare piano, in modo innaturale, come se la voce di Dio dicesse alla Terra: 'Lascia che la notte duri dieci notti e il giorno dieci giorni'. Anche il corpo invecchia scabro quando l'anima è costretta all'essenziale. Tu non sai cosa sia non poter farsi una doccia quando ne hai voglia, mangiare cibo scelto da altri, cucinato senza passione, da mani svogliate di secondini mal pagati, anche loro costretti alla galera, anche loro con le sbarre negli occhi, anche se la sera tornano a casa. 'Oltre le sbarre più niente avviene' dice il tuo Rilke.

Ora, ripensando a quel 1986, ricordo come fosse ieri quel mattino terribile. Avevo sognato sogni violenti. Mi svegliai sporco di sangue, dalla testa alla cintola, e non era mio quel sangue che vedevo nello specchio del bagno, incrostato sulla mia faccia. E mentre mi facevo la doccia cercavo d'illudermi che l'acqua, lo shampo, il sapone sarebbero bastati a portarsi via tutto quel sangue raggrumato nei capelli, sotto le unghie, tra il collo e il petto. Ma due settimane prima avevo ucciso quella donna: se non mi fossi sentito assassino, quel risveglio con del sangue non mio sulla faccia non mi avrebbe così impressionato, certo un po' via con la testa ci sarei andato lo stesso; te lo immagini? Non ricordare niente delle ultime dieci ore, tranne un bicchiere di whisky in un bar non lontano da casa e, forse, l'ombra di un uomo con la faccia mangiata dal vaiolo e un cappello a tesa larga calcato sulla fronte. Gettai gli abiti in lavatrice, pulii le scarpe con un'attenzione maniacale, ricordo che usai lo spazzolino da denti, c'era del sangue anche negli interstizi delle suole, non solo sulla tomaia.

In biblioteca quel mattino nessuno fece caso a me. Non il portiere, che mi salutò con lo sbadiglio che di rado tralasciava di deformare le sue fattezze. Non era lontano dai cento chili. Si aggirava nei corridoi come un rinoceronte ferito che sta per crollare. Ma il suo sbadiglio, quel giorno, mi rincuorò. Bene, niente di nuovo, la colpa non mi si leggeva in faccia. Il sangue che la doccia aveva lavato non era della stessa materia della macchia indelebile che Lady Macbeth non riesce a cacciare dalla mano. Per esserne certo, però, serviva l'esame di uno sguardo più attento.

Con una scusa chiesi di essere ricevuto dal direttore, una donna soprannominata la Sferza: non te ne perdonava una; un ritardo di cinque minuti, eri convocato; ti attardavi nella pausa caffè, eri convocato; la forma dei suoi rimproveri era sempre gentile, ma la sostanza lasciava il segno. Riusciva a farti sentire una merda senza mai minacciare la più piccola ritorsione, anzi, forse proprio per questo.

La Sferza mi accolse nel suo ufficio, grigio come le occhiaie che le segnavano il viso, come il suo tailleur di brutta fattura. Il suo sguardo ringhioso mi esaminò. Non ricordo cosa le raccontai ma, prima di ricacciare il naso nelle scartoffie che minacciavano di seppellirne la minuta figura, disse: 'Malaguti, si dilegui!'.

Era andata bene. Il sangue non ce l'avevo più addosso – o almeno non si vedeva – però mi era sceso dentro, dove davvero succedono le cose. Lì l'immagine della dattilografa che avevo ucciso, del suo sangue rosso sulla camicetta bianca, si confondeva con quello che avevo visto, toccato, annusato sulla mia cravatta, la mia camicia, la mia faccia, prima che doccia e lavatrice ne cancellassero le tracce. Come mai ero andato a letto vestito?

È così labile il confine tra quel che la mente vede, il cuore sente, e la realtà? Forse a essere immaginaria è soltanto la linea di demarcazione tra le due cose: lo spettro di Banquo s'invita a cena da sé.

Trascorsi tutta la giornata rintanato nell'ufficio, che non era molto più grande della mia cella futura, alla Fortezza. Avevo corrispondenza da sbrigare, e registri, firme, timbri: così la bava delle mansioni quotidiane impedì il pensiero, e mi consolò.

Rincasando mi parve di essere seguito. Mi fermavo a ogni angolo di strada, a ogni incrocio, camminando sul marciapiede mi specchiavo nelle vetrine, quelle a cui passavo vicino e quelle sul lato opposto della strada: avevo letto in un thriller che le spie fanno così per sorprendere un pedinatore. Niente. Non venni a capo di niente. Mi convinsi che la mia sensazione era figlia dello sgomento del mattino. Decisi di scacciare ogni cosa che avesse a che fare con l'episodio sciagurato. È come mettersi a dieta, le immagini ti sorprendono e tu giri l'occhio del pensiero altrove, è la rinuncia a una dipendenza. Pensare fa troppo male, qualche volta."

Appoggiai il plico sul tavolino. Chiusi la portafinestra che dava sulla terrazza: l'aria si era fatta fredda all'improvviso. Riaccesi la pipa e guardai le volute del fumo arricciarsi contro il soffitto. Mi sentivo preda della sensazione che tutto fosse in ascolto, anche la mosca che ora si posava sull'abat-jour. E la presenza muta delle cose mi faceva male.

"Il ricatto di quella donna era insopportabile. Fin da quel primo incontro, al Lancaster, avevo desiderato ucciderla, però era uno di quei desideri che si hanno ben sapendo che mai si sarebbe capaci di tradurli in azione. Ma se la probabilità governa l'essere, l'imprevisto ne determina il divenire. E l'imprevisto s'incarnò in una Luger.

La Vianello mi aveva dato l'indirizzo di casa sua. Uno chalet che aveva preso in affitto e in cui abitava da qualche mese, da quando era in pensione. Non so perché nel fissare data e luogo dell'appuntamento si fosse dilungata nel cantare le lodi di quella casa: 'L'ho messa a posto che ora mi sta come una scarpa con il tacco alto'. Se tu, Luca, avessi visto quel che gli anni avevano fatto dei suoi polpacci, be', credo proprio che il paragone ti avrebbe fatto sorridere.

Lo chalet si trovava nel Trentino, in val di Sole, non lontano da Malè. Mi disse che per non suscitare pettegolezzi sarebbe venuta a prendermi con la sua Ritmo alla stazione. 'Malè e Trento sono ben collegate. Dovrebbe esserci un treno che arriva in paese alle 18.00 e uno che riparte per il capoluogo verso le 21.30.'

Procurarmi il denaro era stato non dico uno scherzo, ma quasi. Di soldi da parte ne avevo. Fu laborioso, invece, organizzare il viaggio. Comprai il biglietto del treno in contanti, dopo aver fatto la coda alla stazione, mentre di solito andavo all'agenzia sotto casa. La mia prudenza era dovuta al fastidio di essere ricattato per qualcosa che, a ben guardare, non era nemmeno un crimine. Nessuno resiste alla tortura. Però nessun atto è più atroce del tradimento. E so bene, lo so adesso come lo sapevo allora, che la tortura non scusa un bel niente. La giustizia un uomo se la porta dentro, quella che la legge incarna è una caricatura impregnata del puzzo del comune sentire. È la legge che il dio del tuono, del fuoco e del fiume ci ha conficcato nel petto quando il nostro linguaggio andava poco oltre il vagito, quella che brucia e devasta l'anima, la sola a cui si deve rispondere, sempre. Tutti. Ciascuno. Anche quando non vorremmo. Io ho ucciso la donna che quel dio remoto, ora incapace di ascolto, aveva creato per me, solo per me, per la mia felicità: io avevo ucciso Anna. Io. Ero stato io. Solo io. Pagando le quattro lire che quella Vianello mi chiedeva avrei rimosso la colpa? No. Certo che no. Ma almeno avrei scongiurato l'onta del pubblico disonore, che sarebbe stato nuovo sale sulla ferita che non si rimarginava.

Non avevo scelta, dovevo allontanare quella megera, estrometterla dal mio destino. Avrebbe potuto ricattarmi ancora dopo aver ricevuto il denaro? Sì, certo. Ma l'idea di uccidere quella miserabile dattilografa, in quel momento, non mi sfiorò nemmeno. Sarebbe stato un atto sproporzionato alla piccola infamia di quell'essere infingardo.

La Vianello, comunque, aveva organizzato le cose perbene. Non era una sciocca. Era una persona dappoco, ma non una sciocca. La scelta delle 18.00 era astuta: nell'ora di punta, quando anche le piccole stazioni si affollano di pendolari che rincasano, nessuno guarda in faccia nessuno, la voglia di riposo o di svago prende tutto l'orizzonte.

Scesi dal treno. Il cappello abbassato sulla fronte. E andai al parcheggio che mi era stato indicato. Di Ritmo ce n'erano molte, credo fosse il modello della Fiat più diffuso in quegli anni, così mi misi a camminare sperando di non essere visto. Ora Luca, ti starai chiedendo perché, se non avevo intenzioni criminose, sentissi il bisogno del segreto, e perché la mia ricattatrice sembrasse condividerlo. Non tutto si sa, non tutto si spiega: un presentimento? Qualcosa del genere. A un tratto i fari di un'auto si accesero e spensero due volte.

La Vianello aveva un copricapo à la page – chissà perché ho sempre diffidato di chi guida con il cappello in testa – e mi aprì la portella senza lasciare il volante.

«Buonasera» dissi.

«Buonasera, traditore merda» rispose.

La Vianello aveva la voce che gracchiava come una radio mal sintonizzata. E mentre mi gettava in faccia quella frase beffarda rise una risata corta e triste. Non risposi. Girò la chiavetta. Il motore partì all'istante.

Guidava senza mai distogliere lo sguardo dalla strada ma, non so come, riusciva a farmi sentire addosso i suoi occhi, avidi, sinistri.

«Forse di soldi gliene ho chiesti pochi» se ne uscì a un tratto, «ma non deve aver paura, non sentirà mai più parlare di me, fra poco la riaccompagno in stazione e così sarà tutto finito.»

«Perché non ha portato la prova che deve consegnarmi? I soldi potevo darglieli anche qui, subito, al parcheggio magari. Ci saremmo risparmiati il tragitto. Non mi pare che si goda della reciproca compagnia.»

Non rispose. Continuava a fissare la strada che si avvitava nel bosco. Cominciava a farsi buio. Accese i fari.

Tirai giù il finestrino. L'umidità accendeva gli odori del muschio, dell'erba, del selciato, della corteccia e degli animali nascosti. Avevo voglia di fermarmi, di scendere, avevo voglia di ascoltare il bosco con i suoi sussurri variegati, perpetui. Ma non potevo. Quanto spesso permettiamo alla prosa del mondo di scacciarne la poesia, quante volte, nel corso di un giorno qualsiasi, preferiamo andare da qui a lì, anziché danzare. Forse ci dà sicurezza fare quel che si crede sia un dovere fare."

Mi stropicciai gli occhi. Ero stanco. Spensi l'abat-jour. Per qualche momento ascoltai il buio. Una porta del pianerottolo sbatté, il cane di quello del piano di sopra abbaiò, un bambino, nella casa accanto, gridava alla mamma. Distante, passava una moto dalla marmitta rotta. Pensai a quel che Carlo mi aveva detto: la cella è un luogo rumoroso, ferro che sbatte, spioncini porte cancelli. Pensai anche che un carcerato come lui, uno che scriveva con la sua precisione, doveva essere una creatura in perenne ascolto del mondo, e che quell'universo di rumori, privo di suoni, lo offendesse in ogni istante.

Mi svegliai dopo un paio d'ore.

"Io credo nel fuoco, il fuoco tra le parole. Una pagina è una foresta che brucia. In fiamme gli arbusti, la corteccia, i tronchi, i rami, le foglie: anche il più avventato e minuscolo degli aggettivi deve bruciare. Non m'interessa che tu ora, Luca, mi capisca, ma voglio, pretendo, esigo che tu senta questo fuoco che mi giustifica. Perché quel giorno del 1944 io accesi il fuoco. Sì, io, con il mio tradimento.

Mi avevano dato da mangiare e da bere, un infermiere mi aveva medicato. Uscii dalla casa della tortura all'alba. Camminavo piano, uno di loro, uno che non avevo mai visto prima, mi sorreggeva, sentivo la sua stretta sotto l'ascella. Salimmo su una barca di ferro, una chiatta con la punta arrotondata. Tra i nazisti e la bruttezza c'era un'intimità assoluta. Fino ad allora non ero mai montato su una barca brutta. Anzi credevo che non potesse nemmeno esistere una cosa come una barca brutta. Una barca è bella perché è una barca.

Attraccammo al pontile grande. Davanti alla chiesa di Sant'Erasmo. Camminavo piano. Più piano possibile, trascinavo i piedi. Un po' lo facevo perché mi pesavano, i piedi come la testa, e un po' perché cercavo di allontanare il momento. Speravo che qualcuno, vedendoci, corresse avanti, avvertisse Anna. Corri, amore mio, mettiti in salvo, fatti cerbiatto, fatti ghepardo, fatti conchiglia, arbusto, vento nel vento, svanisci. Questo sentivo, speravo, forse persino dicevo. Non so. Ma dentro di me qualcosa urlava. Un mostro dalla testa di cosacco e di ramarro, che forse da sempre era stato promesso alla mia anima, ora andava prendendo forma e, incarnatosi, non si sarebbe più assopito. È lui, ora, che racconta per me, quella creatura di fango fasciata di fiamme che ho sempre cercato di addormentare e che adesso, come in ogni mio giorno da allora, è vivo e veglia e chiede il suo barbaglio di fuoco.

Tra questi piccoli spazi bianchi, questi piccoli silenzi che tengono una parola distante dall'altra, soffia l'aria che alimenta il fuoco. La senti, Luca? Forse no, e poi sto divagando, pensi questo, vero, amico mio? Un po' di pazienza, questa mia missiva è una scatola di Cornell, nel caos degli oggetti che raccoglie – trattiene, incornicia – un qualche ordine emerge: un po' di pazienza e un po' d'immaginazione, questo ti chiedo, Luca.

Quel qualcosa che mi gridava dentro era la fiamma del mio tradimento. Ma c'era dell'altro. Ora che il dolore delle stanze maledette se n'era andato, ora che la pinza del meccanico aveva smesso di battere sul mento, emergeva dentro di me un ricordo nitido e atroce: Anna, due giorni prima, aveva respinto le mie labbra, il mio abbraccio, la mia voglia fremente che la timidezza e la paura invischiavano. Avevamo camminato uno accanto all'altra tutto il pomeriggio. Lei era così bella che non si può dire. Bruna, fatta di pathos e di eros, lasciava che il dorso della sua mano sfiorasse quello della mia. Parlava piano, dei *Miserabili*, del *Macbeth*, di Lear e di Raskolnikov. Citava a memoria i brani a lei cari. Ogni tanto si fermava, la laguna era uno scudo acceso dal sole, e io mi fermavo accanto a lei, i nostri occhi indugiavano in una muta, reciproca contemplazione. 'Prenderemo su di noi il mistero delle cose' disse a un tratto, 'come se fossimo spie di Dio.' Le nostre labbra si sfiorarono, s'intrecciarono, sentii l'umida sveltezza della sua lingua sulla mia. La strinsi forte a me. Mi respinse, con violenza improvvisa, come se un serpente l'avesse morsa. E mi guardò, così, senza motivo, come se fossi un estraneo che stava abusando di lei. 'Paura' bisbigliò. Non sapevo che dire, non capivo. Anna scappò. Correva. Allora il silenzio duro del cielo cadde su di me. Mi sedetti sull'erba, senza sognare, sperare, pensare. Avevo assaggiato il paradiso e sulla soglia ne ero stato respinto."

Chiusi gli occhi per qualche istante. Appoggiai i fogli accanto all'abat-jour. Vuotai la pipa nel portacenere, la pulii, con cura, usando lo scovolino. Mi alzai. Uscii sul terrazzino e feci dieci flessioni. "Cavolo" pensai, "le braccia già non mi reggono." Ricordai che ne facevo il doppio, e senza fatica. Ma quando? Già, quanto tempo prima? Anni, anni che non avevo contato. È così che s'incomincia a invecchiare?

Quando ti accorgi che tra quello che senti di poter fare e quello che riesci a fare c'è una distanza che non sospettavi?

"Quando arrivammo nei pressi del capanno di Anna, mi accasciai. Non era un finto svenimento. Non stavo cercando di prendere tempo. Sentivo il cuore battermi nelle tempie. Sentivo l'aria sfuggirmi dai polmoni, sentivo le gambe spezzate al ginocchio. Mi tirarono su in due. E l'ufficiale che mi schiaffeggiò mi schiacciò i sopraccigli con il frontino del berretto e mi sparò in faccia una frase in tedesco, non ne intesi il senso ma il tono non lasciava posto a interpretazioni fallaci. Trascinando i piedi guidai quel manipolo maledetto oltre la curva della strada bianca di polvere e di sassi.

I vetri delle finestre del capanno di Anna erano chiusi, e il camino fumava. Mi fermai. I piedi si rifiutavano di andare avanti. Uno degli scagnozzi che mi sosteneva mi sussurrò nell'orecchio: 'Vuoi pinza tutti denti?'. Ma i miei piedi si erano fusi con la terra e la ghiaia del sentiero.

E poi lei! Vidi, la vidi bene, la sagoma di Anna. Non feci in tempo a vederle la faccia perché corse dentro. Braccata, pensai, cerca la fuga sul retro, ma sapevo che non c'era modo di fuggire, la laguna era a poco più di dieci metri di sterpaglia, dall'altro lato del rifugio.

Le SS corsero tutte insieme verso il capanno. Ero solo. I piedi imbullonati al suolo, le caviglie imbullonate ai piedi. Ma all'improvviso riuscii a muovermi. Corsi anch'io verso il capanno. Volevo afferrare almeno uno di quei bastardi, ucciderlo magari. Di me nessuno si curava. E allora, mentre correvo, vidi quello che non avrei voluto vedere. Vidi il mostro con la testa di cosacco e di ramarro. Vidi il suo volto abbacinante, fasciato dal fuoco, urlare urla di schianto.

Il fumo usciva nero dalle finestre. Il fuoco era dappertutto. Era stato un lampo. Era partito dall'interno. Da quella distesa di libri in cui Anna viveva. Era il fuoco delle piazze naziste, il fuoco che bruciava le pagine sacre delle antiche testimonianze, era il fuoco del medioevo, di Place de Grève, di Colonia, era il rogo immenso che brucia da sempre e che noi non vogliamo vedere perché nel vedere c'è troppo soffrire.

Mi avvicinai. I tedeschi correvano intorno. Confusi, anche loro atterriti. Vidi, o mi sembrò di vedere tra il fuoco e il fumo, Anna in piedi sul ripiano che usava per scrivania, aveva in mano qualcosa. Qualcosa che luccicò. Il fumo la faceva apparire e scomparire e a tratti rivelava un lembo delle sue vesti che già bruciavano. Vidi la lama, no, era un pezzo di vetro lucente quello che s'impiantò nella gola. Poi sparì tutto nel gorgo del fumo che faceva rumore di vento uscendo dalle finestre, mentre il fuoco, qua e là, già ghermiva il tetto. Mi girai e cominciai a correre e corsi dentro il buio, era un buio così nero che un nero così non c'era sulla terra.

E allora udii una voce di donna. Era una voce dolce. Non vidi la donna. Ma mi parve, per un istante, un solo istante, di riconoscere quella voce... 'Ciàmame Mama', una voce amica. Non sentivo i piedi. Correvo e non sentivo i piedi, non sentivo le mani, non c'era più il mio corpo. Non sentivo più il mio respiro. Poi la tenebra si richiuse, era il gorgo del mare su una nave condannata.

Non c'era più niente, solo la tenebra."

La pipa continuava a spegnersi. Rovesciai il fornello nel portacenere. Chiusi gli occhi e appoggiai la testa allo schienale della mia cuccia avvolgente. Cercavo di affiancare alle immagini dell'orrore appena evocato dallo scritto di Carlo quelle di certi momenti di delizia che avevo passato con lui. Mi venne in mente il giorno in cui comprò un gelato a un bambino che stava piangendo perché il suo cono gli era appena caduto, e proprio su una cacca di cane. Eravamo a Muggia. Quando il bambino, avrà avuto sei, sette anni, si vide portare un nuovo cono da quel vecchio gigante dal fare gentile smise di piangere all'istante, come se a soccorrerlo fosse stato un angelo modellato dal vento. «La mamma mi ha detto che non devo prendere niente da un estraneo.»

«La tua mamma ha ragione, ma io non sono un estraneo.»

«Bene» il bambino afferrò il cono, e scappò via.

Carlo mi guardò, ricordo ancora il suo sorriso che gli allontanava un orecchio dall'altro: «È questo loro egoismo assoluto che mi piace. Sono dei mostri i bambini, sa, tutti. Però vivono nel presente, questo li riscatta, non c'è ieri e domani, per loro, ma solo e sempre adesso e adesso e adesso, e solo io e io e io. La loro prigione ha qualcosa di splendente».

Ripresi a leggere con un sorriso stampato in faccia.

"Era un bosco di conifere. La Ritmo faticava a salire, la Vianello scalava le marce e più di qualche volta i tornanti la costringevano a ingranare la prima.

Quella donna guidava con il naso appiccicato al parabrezza. Era tesa, un violoncello scordato. Osservai la sua borsetta di pelle nera, era gonfia; la teneva sulle ginocchia, e la stringeva al ventre con la destra, la lasciava solo per scalare le marce, e ogni volta che lo faceva notavo, con una punta di disgusto, che le sue unghie di smalto scarlatto smangiucchiato finivano, tutte, in una mezzaluna nera di sporco.

Di tanto in tanto guardavo la sua nuca. Era la sola cosa che potesse ancora far pensare alla ragazza bella e sensuale che stava alla macchina da scrivere nella stanza della tortura. Il tempo si era portato via anche quel soffio di dolcezza che avevo, per un istante, sentito nella sua voce di allora: l'erpice degli anni mal vissuti l'aveva triturata.

Ricordai le sue parole, nel giorno del mio tradimento: 'Li faccia smettere', parole che scivolarono come un unguento fresco sulla mia pelle escoriata, sul mio animo dilaniato, nella mia gola riarsa.

'Non siamo più ragazzi' dissi, senza sapere perché.

Mi guardò. 'Non guido molto bene, vero? Pigio troppo sul freno e maltratto la frizione. Lei guida?'

'Certo, ma non molto meglio di lei. Mi tolga una curiosità. Che cosa è questa prova che deve consegnarmi, la delazione dattiloscritta che ho firmato quando la tortura mi aveva spezzato?'

'Fra poco arriviamo, quando vedo i soldi lei vede la prova di quel che ha fatto.'

Pensai allora che la Vianello avesse messo a punto un piano inutilmente complicato, forse per depistare eventuali indagini future.

'Qualcuno potrebbe averci visto, al parcheggio magari… se fosse così… potrebbero crederci amanti e niente più.'

Trattenni a stento uno sbotto di risa. 'Lo sa che le dico? Lei, signora Vianello, mi lusinga, sono troppo vecchio per una fuga d'amore; a voi signore non piace la carne giovane?'

'Non credo che a voi maschi vi fanno schifo le ragazze.'

'Ma chi vuole che ci abbia visto, in un parcheggio tra la stazione e il cimitero di Malè, un paese che ci vogliono occhi buoni anche per trovarlo sulla mappa.'

Ci guardammo. Una cunetta fece sobbalzare l'auto. Strinsi la destra alla maniglia della porta. 'Rallenti, per piacere.'

La Vianello frenò. 'Lei si ricorda… quel giorno, il giorno che ha tradito?'

'Sì, un particolare mi viene in mente ora: mentre quelli picchiavano, a un certo momento io e lei ci guardammo negli occhi… Be' io, con quel che restava dei miei occhi gonfi, vidi, o mi parve di vedere, che lei si portava alle labbra un boccale di birra e faceva una smorfia di disgusto che le deformava la faccia.'

'Me lo ricordo bene' la raucedine, all'improvviso, aveva lasciato la voce di quella poveretta, 'faceva schifo quella birra, era calda. Ma non ce la facevo più, quelli picchiavano, e non smettevano. La birra non mi piaceva, non mi è mai piaciuta, ma la bevevo con i tedeschi, ne bevevo tanta, troppa. Mi ubriacavo, e me li portavo a letto, ci mangiavano anche mia madre e mio fratello con quello che rimediavo, e mi avevano giurato che a loro non sarebbe mai successo niente di male.'

Tossì.

Guardai le unghie sporche di quella donna sul pomolo del cambio. Odio, disprezzo e pietà si annodavano dentro di me, contendendosi lo spazio. Ero ormai abbastanza certo che dietro quel che stava succedendo c'era qualcun altro, e dovevo scoprire chi era, quella Vianello era davvero una poveretta, non poteva aver concepito e messo in atto tutto questo, dicevo fra me.

'Sta dicendomi che si sentiva costretta a lavorare per loro? Che stava salvando sua madre... e suo fratello? Può anche darsi. Voglio crederle, però tutti avevano madre e fratelli, cara signora, ma non molti hanno accettato un lavoro da quelle belve assassine, e proprio nella casa della tortura...'

La Vianello non rispose, strinse il volante, si girò verso il finestrino, e non disse più niente. Raggiungemmo una radura che finiva contro una staccionata: recingeva il giardino di uno chalet.

Era una costruzione su due piani, brutta. Tutto quello che riguardava quella donna era brutto. Tetto di zinco verniciato. Intonaco grezzo, grigio. Finestre chiuse da tapparelle marroni. La porta era sormontata da una nicchia abitata da una madonna, un Andrea della Robbia di plastica bianca e azzurra reggeva un bambino che aveva una palla di vetro al posto della testa, e nella palla c'era una lampadina rotta.

Incominciava a nevicare. Un freddo nevischio polveroso. La chiave faticava a infilarsi nella toppa. La Vianello me la passò. Dovetti farle fare tre giri e poi spingere con la spalla perché la porta si aprisse.

La luce veniva da un finto lampadario di Murano con tre lampadine dalla luce stantia, la quarta era rotta. L'entrata era una sola cosa col soggiorno, dove campeggiavano due divani rosa con il cellophane ancora appiccicato al tessuto.

'Il bosco qui intorno è bello' disse la donna. Mi stava dritta davanti, e stringeva la borsetta rigonfia all'altezza del petto, come per difendere le grosse tette dall'attacco di un mostro in agguato. Ma là c'ero solo io, o così, almeno, credevo.

'Allora, vediamo questa prova che m'inchioderebbe?'

'I soldi prima.'

Anche se l'idea di sedermi sul cellophane scricchiolante di uno di quei divani dal colore disgustoso ripugnava al mio senso estetico prima che a quello morale, dissi: 'Va bene. Possiamo sederci un istante?'.

'Sì... certo... vuole un caffè?' La voce della Vianello era cambiata, il tono era più dolce, ne dedussi che a casa propria si sentisse più al sicuro.

'Grazie' risposi sprofondando negli scricchiolii del cellophane.

La cucina era separata dal soggiorno da un pannello di cartongesso. Sentivo la fiammella accesa sotto la moka, sentivo il respiro ansioso di quella donna. La sua paura era nell'aria, e la paura è contagiosa: ero sulle spine, non per il ricatto, o l'imbarazzo di sentirmi trascinato in una situazione lercia, ignobile, ma perché avevo la sensazione di essere spiato. Esaminai ogni angolo della stanza semivuota. Il solo elemento decorativo era un quadro stampato nella plastica, quadro e cornice tinto oro fusi insieme; raffigurava una caccia alla volpe, cavalli bianchi, giacche scarlatte, volpe fulva, erba smeraldo, tube nere. Tesi le orecchie quando sentii uno scricchiolio sospetto al piano di sopra. Il caffè già sobbolliva.

Mi alzai e chiesi se potevo andare in bagno.

'Sì, quella porta là' disse la donna indicandomelo, mentre girava la manopola per chiudere il gas.

'C'è qualcuno al primo piano?'

'Mio Dio no, se non è entrato un ladro' la Vianello rise nervosa, 'ma da rubare qui, finché lei non tira fuori il malloppo, non c'è un bel niente, quel quadro là, forse.'

'Quella masnada di giubbe rosse non farebbe gola nemmeno a un rigattiere ubriaco' dissi infilando la porta del bagno.

Mentre vuotavo la vescica pensavo che il ruolo di quella donna nella mia vita era di umiliarmi, ogni cosa che facevo dicevo vivevo nei suoi paraggi era smerdata dalla sua ottusa presenza. La Vianello era la comparsa perfetta in un film tratto da un romanzo d'appendice: aveva l'incarico di mettere alla berlina, con il suo semplice incedere, il sussiego involontariamente eroico dei protagonisti.

Lo scricchiolio che mi pareva di aver sentito era scomparso. Feci un respiro profondo e tornai in scena.

La donna mi aspettava in soggiorno, sorseggiava il caffè con la borsetta rigonfia sulle ginocchia.

'Eccomi qua' dissi, lasciandomi risucchiare dal cellophane cigolante.

Presi la tazzina che mi aspettava sul tavolino. Notai che il lampadario dondolava un poco. Sorseggiai il caffè. 'Buono' dissi, guardando il lampadario.

'Allora, questi soldi, me li fa vedere?'

Finii il caffè. 'Con piacere.'

Mi alzai, tolsi il cappotto e lo riposi sul bracciolo del divano. E nel risedermi estrassi dalla tasca interna della giacca una busta gialla, spessa tre dita. 'Taglio grande' dissi gettandole la busta in grembo.

L'afferrò senza mollare la borsetta.

'Mi aspetti un momento, non si muova, vado a prendere quel che le ho promesso e ripongo la busta.'

'Non li conta?'

'Dovrei?' Fece una faccia da scrofa soffiante. 'No, lei non è un imbroglione da quattro soldi, lei è uno di quelli che se ruba... ruba un miliardo, mica centomila lire. Lei, Malaguti, è un bambino che mente al mondo e mente anche a se stesso e poi gli dispiace perché le bugie nemmeno sa dirle bene, ecco chi è lei.'

'La ringrazio per la stima, signora Vianello.'

La strega scomparve, busta e borsetta stritolate dalla piovra delle mani. L'involontaria comicità del tic-toc dei suoi tacchi che sgangheratamente salivano le scale mi donò uno sbuffo di buonumore, come se la situazione fosse opera di un maldestro autore teatrale, divertente a propria insaputa.

Rumore di passi e di un cassetto che si apre e richiude. Poi di nuovo il tic-toc dei tacchi che scendono le scale, lento, questa volta, e greve.

'Eccoci qua' gracchiò la donna, che stringeva ancora al petto la borsetta rigonfia. Sedette. Mi guardò e un sorriso di scherno le disegnò una mezzaluna tra un orecchino e l'altro.

'I soldi li ha avuti…' mormorai.

E quella sfilò dalla tasca del cappotto – non se l'era tolto – una busta piegata in due. La gettò sul tavolino senza staccarmi gli occhi di dosso.

Vidi che mentre la prendevo lei apriva la borsetta, che ora teneva con tutte e due le mani. Come se un topo minacciasse di schizzare fuori.

Non appena aprii la busta riconobbi subito i timbri e l'intestazione della carta. La croce uncinata nella ghirlanda d'alloro era dappertutto, persino nella filigrana, che vidi alzando i tre fogli verso le pallide lampadine del lampadario.

'Là c'è la sua confessione, il tradimento di un traditore merda. Se lo ricorda, vero, di essere un traditore merda, come diceva quel giovine tedesco?'

'Sì, me lo ricordo, me le ricordo molto bene quelle due parolette che non smetteva di ripetere' mormorai mentre leggevo le parole stampigliate da una macchina da scrivere a cui mancava la V maiuscola e la gambetta di mezzo della M minuscola. Non credevo che le SS avessero materiale tanto scadente.

'Lei è bravo a fare lo spiritoso ma io me lo ricordo bene quando ha spifferato tutto, non faceva lo spiritoso quel giorno.

Piangeva come un vitello mentre dettava quel che io battevo a macchina. Piangeva come un poppante che ha perso la mamma.'

'Già, quel giorno non mi andava proprio di fare dello spirito.'

'Lei è un traditore merda non perché ha detto dove stava l'ebrea, nessuno ce la fa quando lo pestano tutto.'

'Qualcuno che resiste invece c'è' protestai. 'C'è chi si è fatto ammazzare e nemmeno una sillaba gli è uscita di bocca, grida, urla, ma nemmeno una sillaba, io invece...'

'Lei è un traditore merda perché aveva il cuore marcio e fatto cattivo dalla gelosia, perché quella c'era stata a letto con quel suo amico, vero?'

'No, Anna la lasci stare!' Scattai in piedi, avevo il sangue agli occhi, volevo stringere il collo di quella donna fino a farle sputare la vita.

Mi trovai la strada sbarrata da una pistola.

'Questa Luger l'ha già vista, il giorno che si è pisciato addosso quando il tedesco le ha fatto toc-toc sul mento con la pinza del meccanico. Te lo ricordi, Malaguti, che ti sei pisciato addosso? Te lo ricordi? Stronzo!'

Borbottai qualcosa. Mi sentivo rimestare dentro una rabbia buia.

'Tu hai ucciso l'ebrea con le tue mani, caro signor Malaguti. Non giriamoci attorno, sei stato tu, sì, tu, che hai acceso quel fuoco.'

'Ma cosa dice?' La voce mi tremava.

'Dico quello che sai.' La Vianello si era fatta, all'improvviso, più calma. 'Hai fatto quel che hai fatto per paura delle botte, e poi scommetto che quella nemmeno ci è venuta a letto con te!' E in quel momento quella donnetta mi trafisse con lo sguardo.

Una lama d'acciaio mi avrebbe fatto meno male nell'aprirmi le carni.

'Lei è un essere spregevole!' È la sola frase che riuscii a dire, ma la rivolgevo anche a me stesso, non mi sentivo migliore di quella ricattatrice, non in quel momento.

'Ma cosa vuoi che me ne freghi, stronzo. Quelli come te hanno tante parole, ma quando c'è da essere uomini, si pisciano nelle braghe.'

'Metta via quell'arnese, la prego, non ha niente da temere.'

'E tu, Malaguti, chiami arnese questa cosa qui? Sai di chi era? Sai chi me l'ha data?'

Sedetti. Speravo di far calare la tensione. L'arma, ora, me la puntava in faccia.

'Credo che lei muoia dalla voglia di dirmelo… signora Vianello.'

'Era di quello che ti ha mostrato la pinza.'

'I simili si prendono' bisbigliai. 'Mi dica, ora, perché ha detto che… l'ebrea mi aveva respinto? Lei come fa a dire una cosa del genere? Se l'è inventata per ferirmi?'

Arrossì. E agitò l'arma.

'Stia attenta, quella cosa non è un ventaglio. La metta via, mi rende nervoso. Io ho la sua prova, lei i miei soldi. Mi riporti alla stazione, ora.'

'Lo decido io quel che si fa.'

Il rumore di una macchina che passava, della ghiaia stritolata dalle gomme, ci distrasse.

'C'è un maso più a monte' disse la donna.

Si alzò, forse per accostarsi alla finestra. Allora scattai in piedi. Riuscii ad afferrarle il braccio che reggeva l'arma.

Si girò. Era forte. La tenevo stretta. Si dimenò e mi sputò in faccia. 'Schifoso!' gridò conficcandomi il ginocchio nelle palle. Credo che lanciai un urlo, non ricordo. Le diedi un pugno sulla faccia, o una gomitata. E poi partì quel maledetto colpo, proprio mentre le strappavo l'arma.

La donna si accasciò tra le mie braccia. La Luger batté sul pavimento. Partì un altro colpo. Il proiettile si conficcò nel battiscopa e in seguito diede del filo da torcere agli investigatori della polizia giudiziaria, che non riuscirono a spiegarne la traiettoria.

Avevo un dolore sordo ai testicoli. Senso di nausea. Sedetti per terra, accanto alla donna. Non era morta. Respirava. Ma aveva uno sbuffo di sangue che le usciva dalla bocca, e la macchia rossa si allargava sul maglione, sul colletto della camicia, mentre una sottile riga di sangue – usciva dal polso in piccole, lente gocce – si allungava sul pavimento.

'Signora' dissi, mentre il dolore ai testicoli andava scemando. Lasciai andare la schiena all'indietro. Cercai di rilassare ogni muscolo, di dimenticarmi del mondo, di cos'era successo. Restai in quella posizione, supino, a guardare il soffitto bianco dove, negli angoli, lunghe ragnatele grigie avevano messo casa.

Non saprei dire quanto tempo trascorse prima che mi rimettessi in piedi. Dieci, forse quindici minuti. La Vianello, quando mi ripresi, aveva gli occhi aperti. Mi guardava come gli uccisi nei film guardano il loro assassino. Occhi sbarrati. Fermi come biglie di ferro.

Mi accasciai sul divano e ricominciai a pensare. Ora pensavo svelto, lucido, dritto. Andai sul retro della casa, nel capanno degli attrezzi. C'era di tutto. Uscii con un badile e cominciai a saggiare la terra dove finiva il bosco, tra il bosco e la staccionata che recingeva il cortile. Accesi la torcia elettrica che avevo trovato su uno scaffale stracolmo di cianfrusaglie. Ci misi una buona mezz'ora a scegliere il luogo adatto. Appoggiai la torcia su una radice sporgente dell'abete più vicino, in modo che il breve fascio di luce mostrasse la terra appena impolverata di neve. Cominciai a scavare. La neve iniziava a cadere in fiocchi grandi come mani di bambini. Ogni tanto il badile deviava a causa di una radice, ma la terra era abbastanza soffice e umida. Scavai per due ore, forse più.

Rientrai. Presi il cadavere in braccio. Pesava. Ero stremato. Lo feci scivolare nella fossa. Vi gettai sopra la Luger dopo averla pulita con uno straccio dal calcio alla canna. Poi, per qualche minuto, restai in muta contemplazione di quel corpo senza vita. Con la luce gialla della torcia ne illuminavo ora il viso bianco e il mento scuro di sangue, ora i piedi chiusi nelle scarpe nere. Cos'era rimasto in quel corpo a cui avevo strappato l'anima, della sensuale dattilografa della casa della tortura? Nella Marta Vianello che avevo, per disgrazia, e credo, in una certa misura, senza volerlo, ucciso, c'era ancora una traccia della ragazza che era stata? Cosa restava, in quella donna, delle convulsioni di piacere che il suo giovane corpo aveva conosciuto, della felicità, delle malinconie, della paura che avevo sentito nella voce che quarant'anni prima mi aveva sussurrato 'Li faccia smettere'? Chi avevo davvero ucciso? Quale Marta Vianello? La ricattatrice? Solo lei? O avevo, forse, ucciso una moltitudine di creature, di cui non sapevo niente? Non sapevo, in verità, nemmeno la ragione del ricatto. I soldi? No, erano troppo pochi, doveva esserci dell'altro. Non sapevo come facesse a conoscere la più vera origine dello strazio di cui non ero mai riuscito a liberarmi: quella donna sapeva che Anna mi aveva respinto. E fu allora, proprio in quel momento, che Anna mi comparve davanti agli occhi. La rividi nel fumo, rividi la lama di vetro conficcarsi nel suo collo, rividi il fuoco che usciva urlando dalle finestre. Perché mi aveva respinto? Lo aveva fatto per inesperienza? Forse sì, eravamo due ragazzi ingenui, non sapevamo niente dell'amore. Ricordai che Anna, dopo quel bacio, aveva pronunziato la parola *paura*. Eppure io l'amavo, e sentivo che anche lei mi amava, in quel lungo pomeriggio di sole lei mi aveva amato, lo sentivo con tutte le cellule del mio corpo, con tutto ciò che in me respirava e che ancora respira mentre scrivo queste righe, Luca.

Il cadavere su cui gettavo badilate di terra si portava via una parte di me che non ero mai riuscito ad affrontare. Quella Marta aveva prima stanato e poi aizzato qualcosa che abitava in me da sempre, una violenza che non conoscevo, di cui non mi credevo capace. E ora la terra l'inghiottiva.

Non avevo premuto io il grilletto. Di questo ne ero sicuro

allora come lo sono oggi. Quando la Vianello era caduta sul pavimento, le gambe divaricate, la faccia contorta, mi era sembrato di percepire qualcosa alle mie spalle, mi era sembrato di sentire la porta di casa aprirsi e richiudersi, ma non ero sicuro di quel che avevo davvero udito.

Cominciai a riflettere. Riposi il badile. Rientrai in casa. Andai di sopra, c'erano due stanze da letto. In una, sulla branda, c'era solo un materasso, né lenzuola né coperte, nell'altra un letto sfatto, come se due amanti si fossero appena scambiati effusioni piuttosto violente. Aprii il cassetto del comò, perché ricordavo di aver sentito il rumore di un cassetto che si apriva e chiudeva. La busta con i miei soldi era là, aperta. La presi. Sarebbe stata una traccia, pensavo.

La neve ora cominciava ad attecchire.

Non ero certo di aver fatto bene a gettare la Luger sul petto di quella donna, prima di richiudere la fossa. Ero sorpreso dalla mia freddezza: mi sentivo stanco, molto stanco, ma non provavo niente per la persona che avevo ucciso, niente, né sollievo né rimorso, o pietà, e non avevo la minima paura di essere arrestato, non ci pensavo nemmeno. Tutto qui.

Era tardi. Non c'erano più treni per rientrare e decisi di fermarmi là per la notte. Mi chiusi dentro casa a doppia mandata. Dormii sul letto che aveva solo il materasso, le lenzuola dell'altro erano lerce. Mi coricai col cappotto perché faceva freddo. Tutto sapeva di muffa, le pareti, l'aria, anche il vetro della finestra chiusa. Spensi l'abat-jour che traballava sul comodino. Dovevo averla urtata nel mettermi disteso. Cercai di riordinare le idee, guardando il soffitto buio. Come faceva quella a sapere cos'era successo tra me e Anna? Non c'era nessuno che potesse saperlo. Nessuno. Davanti agli occhi avevo il fumo e il fuoco che dilagavano. Vedevo la sagoma di Anna, la scheggia di vetro conficcata in gola. Immaginai la sua lampada ad alcol che spargeva le fiamme sui libri accatastati. Strinsi forte le palpebre. Poi mi lasciai andare. Stremato. Il sonno mi trascinò in un crepaccio dalle pareti di roccia bagnate d'acqua piovana, di neve che si scioglie. Persi l'appiglio.

L'indomani andai in macchina giù a Malè, ma parcheggiai la Ritmo a un paio di chilometri dal paese, nel bosco. E raggiunsi la stazione a piedi.

Ecco, Luca, volevo che tu conoscessi i fatti così come io li ho vissuti. L'omicidio non era premeditato, io ero stato soltanto un comprimario del caso, ma non nascondo una certa soddisfazione nell'aver contribuito alla morte di Marta Vianello. Non posso negarlo questo, no, nemmeno ora che sto per andarmene."

Il cielo cominciava a schiarire. E i rumori del traffico a riaccendersi. Appoggiai i fogli sul tavolino e mi alzai. Feci un paio di flessioni. Andai in bagno. Avevo persino dimenticato di pisciare. Bevvi un lungo bicchiere. Sentivo le palpebre pesanti. Forse a finire non ce la faccio ma ci provo, dissi fra me, e ripresi a leggere.

"Qualcuno mi seguiva. Dopo quel mio risveglio nel sangue qualcuno, un uomo in carne e ossa, alto, dal passo leggero e svelto, il Borsalino sulla testa, mi seguiva. Cercai più volte di sorprenderlo. Mi appostavo appena girato un angolo, all'uscita e all'entrata dei locali che frequentavo, ma niente, era più scaltro, sgusciante e imprevedibile di una faina. E con il passare dei giorni e delle settimane finii col non farci più caso e cominciai a considerare l'ipotesi che l'ombra con il cappello – la vedevo dappertutto – fosse solo una materializzazione del mio senso di colpa, uno scherzo sarcastico dell'inconscio. Però, fin da ragazzo, avevo sempre pensato che l'inconscio non esistesse o, se mai fosse esistito, di esserne privo. Vero è che la contraddizione sta al centro del gorgo che chiamiamo identità. L'identità è un mistero inespugnabile, di questo credo che ogni essere umano possa dirsi convinto: non si giunge a capo di se stessi, nemmeno se, invece di ottanta, di anni potessimo viverne mille. No, agiamo nell'incoscienza del non sapere. E, credimi, è una fortuna, perché altrimenti vivremmo nel pianto.

Ecco, Luca, io mi sentivo così, braccato. Seguito da quell'ombra anche al lavoro, in biblioteca, dove la vedevo ora tra i lettori, china su un libro, il cappello dalla tesa larga abbassato a nascondere la faccia, ora dietro le quinte, nei sotterranei, dove a tratti appariva e scompariva in questo e in quell'angolo, tra le scaffalature.

Come arrivavo in ufficio sentivo il suo respiro. Allora mi alzavo e mi accostavo alla vetrata che dà sul chiostro di cinquanta metri per trenta – la biblioteca intitolata a Scipio Slataper, dove lavoravo, era stata un convento – e lì studiavo le file dei lettori. Immaginavo i loro differenti silenzi, e percepivo, dall'alto – stavo al secondo piano – anche da dietro il vetro, il frusciare della carta, mi sembrava persino di sentire le loro pupille scorrere le pagine. I lunghi tavoli di quercia mi parevano le righe di un manoscritto gigantesco, e ogni lettore – dall'alto ciascuno era solo una chiazza di capelli – una parola mai pronunciata, dal suono e dal senso ancora sconosciuti.

Il silenzio della sala di lettura, illuminata dalla luce del giorno grazie al tetto di vetro ideato da Nervi, che faceva da coperchio al chiostro antico, si scomponeva allora in un centinaio di muti esseri umani, ognuno con il suo carico di tensione, di voglia di capire, di ascolto della pagina che gli occhi ostinati decifravano. E allora tutti quei silenzi, sconosciuti uno all'altro, si fondevano in una sinfonia, un turbine di fiamma e di vento.

Era allora che cercavo rifugio nella metà invisibile del tempio. Sì, ogni biblioteca, come ogni teatro e, perdonami la metafora, ogni uomo, ha una metà aperta al mondo e un'altra invisibile. Dietro le quinte del teatro ci sono le macchine e i manovratori, il regista, gli spogliatoi di attori e truccatori, e tutto il loro trambusto genera la scena che si rappresenta sul palcoscenico, semplice e facile da leggere per chi siede sui palchi e in platea. Così per ogni libro che arriva al tavolo del lettore c'è il lavoro di uomini e donne che percorrono chilometri di scaffalature e cercano e trovano e riempiono carrelli che vengono e vanno, come idee alla rinfusa che un dio capriccioso frastorna e organizza in pensieri.

L'odore di quel labirinto di scaffali, da solo, è un poema inespugnabile. La carta, la pergamena, gli inchiostri di secoli differenti, la polvere che le pagine trattengono, il cuoio dei dorsi, l'oro degli orli, il ronzare degli insetti che vanno a morire dove i topi accartocciano gli escrementi, la polvere dei tarli, l'aria che impasta muffe e sudore, prigioniera della trama delle colonne e dell'ordito degli scaffali. E poi ci sono gli scricchiolii del legno che si adatta di continuo al peso dei volumi che vanno e tornano al loro posto, e c'è lo strascicarsi delle suole, delle ruote consunte dei carrelli dai perni stridenti. E c'è la luce tremante del neon che costringe gli occhi a una fatica continua. Tutto, laggiù, è sortilegio. E ogni volume sembra dire una cosa sola, ma lo dice con una sua propria, unica voce: fermati, aprimi, leggi. Qui, dove le pagine chiuse restano mute, l'uomo che mi pedinava si divertiva a sorprendermi alla fine di una scaffalatura. Gli correvo incontro: 'Si fermi, aspetti... si fermi!'.

L'uomo fuggiva e con due salti era in un cunicolo differente, allora mi fermavo in ascolto dei suoi passi. Credo calzasse babbucce dalle suole di vento, come il viandante di Rimbaud, e mai sono riuscito ad afferrarlo, tranne una volta: l'avevo preso per il bavero del cappotto, ma si divincolò con uno scatto impetuoso. Era forte. Mi sgusciò fra le mani e mi lasciò una sciarpa impigliata alle dita, una sciarpa di cachemire, roba da soldi. Mi era sembrato che avesse dei segni neri sulla faccia, forse una guancia mangiata dal vaiolo. Ricordai l'ombra, che dovevo aver visto con la coda dell'occhio, in quel bar nei pressi di casa, la sera prima di risvegliarmi coperto di sangue rappreso. Una faccia deturpata, un vasto cappello. Mi era di nuovo sfuggito. Anche oggi non so dire come facesse. Era qui era là era su e giù, inafferrabile.

C'erano giorni in cui, affranto, ritornavo in ufficio, e allora ecco che vedevo il Borsalino grigio sulla testa di quel lettore qualsiasi che sembrava incollato al suo volume da ore, mentre solo pochi minuti prima l'avevo visto nei sotterranei. Insomma, ero precipitato all'inferno e non riuscivo a trovare la via per uscirne.

Una volta, una sola, sorpresi quel lettore con il cappello sospetto al centro della sala di lettura. Lo raggiunsi alle spalle, era mezzogiorno e il sole illuminava il chiostro con violenza, tanto da sbiancare persino la scura quercia dei tavoli. Gli misi le mani sulle spalle larghe e forti, si girò di scatto e si tolse il Borsalino, mi guardò con aria smarrita. Non era lui, capii subito il mio errore, e balbettai delle scuse che lo fecero alzare. Il malcapitato lasciò la sala con il volume interrotto sotto il braccio. Vidi che imboccava la scala che porta agli uffici e temetti il peggio.

Poco prima dell'ora di chiusura fui convocato dalla direttrice che mi disse del reclamo ricevuto e io non seppi che balbettare una scusa che non stava in piedi. Ma ero sempre stato un buon impiegato e la cosa finì lì.

Quando uscii, quel giorno, andai al bar di fronte, dove si affollano gli studenti che in biblioteca ci vanno più per rimorchiare che per perdersi nelle vie del sapere, e là mi feci tanti di quei whisky da dimenticare che ci facevo al mondo.

Da quel giorno cominciai a rifugiarmi nella metà invisibile della biblioteca. Scendevo di sotto di primo mattino, raggiungevo la cripta dove si conservano i manoscritti, gli incunaboli, le cinquecentine, e mi sedevo su uno sgabello, sempre lo stesso, ad ascoltare i silenzi di quelle pagine."

Gli occhi mi bruciavano. Appoggiai il plico sul tavolo. Spensi l'abat-jour. La luce dell'alba ormai rischiarava la stanza. Mi alzai. «Finisco domani» dissi a voce alta, come se qualcuno, mi correggo, come se lui, Carlo, mi sentisse.

E se davvero quelli che non ci sono più fossero in ascolto? Quando muore Bergotte, Proust – in un istante a cui la sua penna dona una eco senza fine – si chiede "Per sempre?". *"Mort à jamais? Qui peut le dire?"* Nessuno. Niente. Noi chiediamo, ma là, al centro della tenebra, nel respiro della pantera prigioniera, non ci sono risposte, là c'è solo la nebbia del nostro terrore, che chiede, e chiede, e chiede.

4

Una bella giornata. Di quelle che fanno dimenticare che le nuvole esistono. Avevo dormito per un paio d'ore, mi feci un caffè e scaldai nel tostapane due fette di pancarré invecchiate nel frigorifero.

Telefonai a Diana, ma Giulia aveva la tonsillite e Francesco glielo avevano rimandato a casa con una nota e due giorni di sospensione perché aveva detto «Negro di merda» al compagno di banco che gli aveva rubato la Pelican.

«Così adesso me li ritrovo tutti e due a casa» sbraitò nel cellulare, «e mi toccherà anche scusarmi con la madre del piccolo negro, che per fortuna ha restituito la stilo dopo aver confessato che non era vero che l'aveva presa per sbaglio. "Era tanto bella e volevo tenermela" ha detto.» Poi aggiunse, abbassando un poco la voce: «Mi sa che hai ragione tu quando dici che sono tutti dei mostri i piccoletti». Sospirò. «Ma dài, sì, va bene, fra una mezz'ora esco. Mi viene la donna, lei ci sa fare con Giulia e Francesco, faccio due passi che ne ho proprio bisogno. Lo sai,

Giovanni mi ha detto che ritorna dopodomani, eh sì non me la fa quello, però cosa vuoi con due bambini mi tocca perdonarlo, tanto poi fa quello che gli dico se no gliele taglio le sue ciliegine... Dài, fratellino, ti raggiungo fra tre quarti d'ora alla tua taverna. E non bere troppo, lo sai che di mattina fa male.»

M'incamminai con la testa vuota verso la taverna della Renna, accolto da un grande sorriso che si spense subito. «Si accomodi, professore» disse, e distolse lo sguardo, approfittando degli schiamazzi di quattro marinai che sventolavano coppe di prosecco e sorrisi da rotocalco.

Capii allora di avere una faccia triste e distante. E sentii anche che usavo il mondo come uno specchio: senza gli altri non riuscivo a vedermi. Avevo tanto in comune con Carlo, forse troppo, ma questo no, lui non usava lo sguardo degli altri per capirsi, non ne aveva il minimo bisogno. Lui era solo. Solo per davvero. Per questo era libero, e per questo era spezzato. Non poteva perdonarsi, nemmeno in mille anni ci sarebbe riuscito: «Sono l'oblio e la distrazione del nostro prossimo le sole cose che davvero ci perdonano. E questa è forse la vera forza della vita: dimentica. E dimenticando perdona.»

Il locale era quasi vuoto e sedetti al solito tavolo vicino alla finestra.

Con delicatezza, le dita della Renna appoggiarono un tumbler sul tavolino.

«Oggi al professore serve qualcosa di forte, rum, roba di qualità che si fatica anche a sognare. Offre la Rosa.»

«Grazie... ma fra un po' mi raggiunge mia sorella e... me le canterà perché non devo bere di buonora.»

«Quella non sa. È la Rosa che le sa certe cose.» Allontanandosi fece schioccare lo strofinaccio a mezz'aria, non c'era nessuno da mettere al suo posto, e allora se l'era presa con una mosca.

Mentre portavo il bicchiere alle labbra, Diana entrò.

«Ciao, ubriacone.»

«Non sembri di cattivo umore.»

Diana sedette rumorosamente, riuscì a spostare sedia e tavolino e a farmi spandere mezzo liquore. «Giovanni mi ha appena chiamato al cell e insomma, sembra che ora sia tutto a posto. Dice che mi ama come non mi ha mai amato e altre imbecillaggini che poteva anche tenersele per sé che era molto meglio. Adesso lo so di sicuro che mi ha messo le corna, però sono anche sicura che ora fa quel che gli dico se no addio ciliegine. Sì sì, è l'incertezza che mi fa star male, ora so e va bene così, perché so bene io come rimetterlo dritto, e guarda che sono capace di mettergliene anch'io, le corna, se mi gira...»

«Ma via, Diana, non è roba per te, non dirlo nemmeno per scherzo.»

«No certo, mica mi abbasso al suo livello, che ti credi... Allora... Ah bene, vedo che bevi di primo mattino. Che ti avevo detto? Dopo non lamentarti se hai la diarrea e ti viene il mal di testa.»

La Renna si avvicinò.

«Un analcolico, grazie.»

«Gingerino?»

«Sì ok, gingerino» disse Diana, e a voce bassa, mentre la Renna si allontanava, aggiunse: «Il puttanone se li porta ancora sul retro i marinai? Scommetto che ci ha provato anche con te».

Feci di no con la testa. «Mai!»

«Se alzi la voce vuol dire che l'ha fatto.»

«Certo che tu, sorellina, sei proprio sospettosa.»

«Conosco i miei polli.» Fece una smorfia. «Oggi mio figlio lo strozzerei, sai.»

«Eh... mio nipote ha una bella linguaccia, però il suo compagno è ladro per davvero, e pure nero.»

«Sì, mettitici anche tu adesso a fare lo spiritoso, il figlio razzista, anche questa mi tocca, e poi la colpa è dei genitori, anche il preside mi ha telefonato. Se dice quelle cose vuol dire che le sente in casa. Figuriamoci... i bambini hanno le orecchie più grandi di quelle di Dumbo, le cose che non devono sentire le sentono anche a dieci isolati e soprattutto le ripetono nel momento meno giusto.»

«Altrimenti che mostri sarebbero?»

Diana sorrise. «Sì, dài, tiriamoci su. Dimmi come stai, Luca» fece la faccia dolce, che le riusciva piuttosto male, «giù da morire, immagino.»

Bevvi un sorso di rum. «Viene a ondate, la tristezza. Se n'è andato senza avvertire. Senza un ciao, e non me l'aspettavo, temevo che prima o poi l'avrebbe fatto, ma non me lo aspettavo proprio adesso.»

«È sempre il momento sbagliato, quando succede.»

La Renna appoggiò il gingerino sul tavolo e si allontanò quasi in punta di piedi.

«Già, lo credo anch'io. Sai cosa mi offende? Credo lo abbia fatto per delicatezza, per risparmiarmi l'imbarazzo. E ora devo terminare di leggere la sua lettera che, accidenti a lui, mi ferisce da ogni parte. Perché mette a nudo tutta la mia mediocrità. Lo so cosa sta cercando di fare, sai Diana, lui vuole stanarmi, gettarmi in faccia la mia non-vita.»

Diana vuotò nel bicchiere il gingerino e si mise a giocherellarci senza portarlo alla bocca. Alzò gli occhi. «Ehi Luca, la vuoi smettere di fare il poeta? Voi due vi eravate pigliati, certo, però adesso dammi un po' di prosa per piacere, o qui ci rimango secca.»

Incrociammo lo sguardo.

«Va bene, fratellino, vai, datti alla poesia, sono tutta orecchi, non t'interrompo, parola di scout.»

«Nella sua vita io non sono stato che un dettaglio, e così lui nella mia. Il dettaglio che uccide, però. Forse ci siamo uccisi a vicenda.»

«Che cavolo vuol dire? Non è che la stai facendo troppo complicata?»

«Io mi guardo allo specchio e quel che lo specchio riflette non mi piace. Carlo... Io lo sapevo che l'avrebbe fatto, anche la signora Basile lo sapeva, forse persino Gesù lo sapeva, ma perché ora? E con un frammento di specchio, come per rimettere in scena quel giorno che ha segnato tutta la sua vita...»

«Guarda che io sono qua, fratellino, ehi...!» Diana sventolò le mani con il palmo aperto, e le dieci dita divaricate. «Sono io, tua sorella, la rompicazzo cornuta, Diana... ma ti accorgi quando parli per conto tuo? Parla con me. Guardami.»

«Hai ragione, scusami.»

Gli occhi di Diana, all'improvviso, si erano fatti umidi, mi fissava con una tenerezza che non conoscevo e di cui, forse, non la credevo capace.

«No, fratellino» disse a voce bassa, «sei tu che hai ragione. Stai parlando con un'ombra, l'ombra di un amico, del tuo grande amico. Continua. È bello ascoltarti, e non ci badare se la tua sorellina non capisce tutto quel che dici, sono fiera, sai, che sei mio fratello.»

«Quando fai così mi fai paura, preferisco la mia Diana incazzata con il mondo e col marito che le manda le rose da Lione. Questa qui che fa la tenerona mi spaventa un po'.»

«Ma dài, scemo, continua.»

La sua mano si appoggiò sul dorso della mia, e la strinse. Forte. «Continua, per piacere.»

«Sì, ecco, vedi... Carlo era uno che non sapeva dimenticare, non sapeva difendersi, non sapeva evitare il dolore, anzi, lui lo corteggiava, è stato sempre questo, forse, il suo solo modo di difendersi, perché era soltanto lì, nel soffrire, che si sentiva a casa, anche se sapeva che quel dolore, prima o poi, lo avrebbe ucciso.»

«Forse sapeva che alla sua età... be', la vita eterna non ce l'ha nessuno, e lui la sua vita... l'ha fatta. Ottantuno sono un bel po' di anni anche oggi.»

«No, a lui la morte proprio non faceva paura. La vita gli faceva paura. Ma a chi non la fa? La paura Carlo aveva imparato a fronteggiarla, non provava a sbarazzarsene, la voleva sempre lì, la corteggiava, la teneva stretta a sé. Lui è stato uno che il senso di colpa lo innaffiava ogni giorno, perché non appassisse. Era questo che lo teneva in vita, teso come le corde di un violino ben accordato, sì, era un uomo vivo.» Presi fiato e bevvi un sorso. «Carlo amava la vita, fino in fondo, sì, e forse ha deciso di lasciarla proprio perché sentiva di non avere più l'energia che gli serviva a tenere viva la sua colpa, e vivo il ricordo del suo grande amore.»

«Certo uno così doveva capitare proprio a te. Voi che vivete di libri siete tutti un po' tocchi, lo so, però magari è bello anche farsi una scorpacciata di meringhe e pisciare controvento ogni tanto. Lo sai che io e due mie amiche lo abbiamo fatto in faccia alla bora come maschiacci e ci siamo bagnate tutte? Sceme da protocollo, lo so, e allora? Meglio che starsene a corteggiare la morte, come te e il tuo Carlo. Datti una mossa, Luca, ritorna in te ora, il tuo amico è stato un uomo speciale, d'accordo, ha molto sofferto, non ne dubito... Però adesso basta, scrivi il tuo libro e falla finita. E vieni a trovare i tuoi nipoti, ogni tanto, passa una domenica con la famiglia che ti è rimasta, con tua sorella che ha messo un po' di ciccia nelle chiappe, che ha un bel paio di corna timbrate Lione e adesso pure un figlio razzista, che vuoi di più?»

«Ok, domenica prossima m'inviti a pranzo e io porto una Sacher e una bottiglia di Picolit.»

«Affare fatto. Qua la mano.»

Ce la stringemmo sopra il tavolino incrociando i sorrisi.

«Carlo non ha voluto imparare a dimenticare... io invece ho sempre lasciato andare quel che mi faceva soffrire.»

«Ben per te, fratellino. Mi ricordo una cosa che mi hai detto una volta... forse era una frase del tuo Carlo: non c'è mai stato un tempo adatto a un'anima ardente. Il tuo amico ha voluto ardere, ma tu, Luca, e te lo dico seria col botto questa volta, tu non scottarti. Lascia stare, torna a casa... vieni a trovarci, e stappiamo champagne.»

La voce della Renna ci strappò al gorgo del dire: «Prendete altro?».

«No, grazie. Ho problemi con quei due disgraziati che ho per figli, uno adesso a momenti me lo mettono in croce per apologia del Ku Klux Klan.»

«Klux cosa?»

«Niente, Rosa, mia sorella ha la luna di traverso, oggi.»

«Anche lei però, professore, fino a qualche momento fa aveva una faccia lunga da qui a Duino.»

Misi i soldi sul tavolo e mi alzai, imitando mia sorella che si era già avviata.

«Arrivederci» dissi.

La Renna ci salutò con un grugnito piuttosto rumoroso.

Diana si voltò prima di arrivare alla porta e salutò: «A presto, Rosa».

La Renna guardò mia sorella come un uomo guarda un cane pulcioso che minaccia di strusciarsi il muso sui suoi pantaloni appena usciti dalla lavanderia.

«A quella non vado a genio» bisbigliò Diana.

«Quasi nessuno le va a genio, sorellina.»

«Tu sì, anzi, direi che ti guarda con una certa tenerezza.»
«Ma cosa dici?»
Uscimmo.
«Sei un maschio, e certe cose non le capisci. Il mondo va annusato, ogni tanto, Luca, lasciati andare, e annusa l'aria, se scavi e analizzi tutto non ti resta niente di quel che succede qui. Mi accompagni? Vado in via della Madonna del Mare... Così mi racconti di nostra madre... Il faldone: ci hai trovato qualcosa?»
«Eh sì, lei lo aveva capito che Carlo non era uno qualsiasi.» Accelerai il passo, Diana aveva ingranato la quarta. «Lei, sai, ha fatto per lui quel che era giusto fare, niente di più, niente di meno.»
«In fondo una donna, qualsiasi donna, non può che ammirare un uomo che vive nel ricordo di una ragazza amata in modo struggente.»
«Già, quella Anna avrebbe potuto diventare la donna della sua vita, ma niente di più di questo, se fosse vissuta... invece il destino, le fiamme, l'hanno trasformata in tutto. Tutto, capisci?»
«No, non sono intelligente come te, ma capisco che ci sono uomini fatti di una pasta diversa, e il tuo amico, e anche nostra madre, credo, erano di quella pasta.» Tossicchiò. E aggiunse: «Forse».
Parlammo ancora di diverse cose, camminando l'uno accanto all'altra, parlammo di nostra madre, di nostro padre di cui non avevamo mai saputo niente tranne quella vaga storiella su un bordello di Singapore. Voglia di tornare a casa non ne

avevo, anzi, cercavo di rimandare l'ultima sorsata di quell'amaro calice che era la missiva di Carlo. La sapevo là, sulla mia scrivania, che mi chiamava, e cercavo di ritardare l'incontro.

«Allora, quanto ci ricavi da questa cosa che stai scrivendo?»

«Non molto.»

«Io credo di sì, invece, molto. Non parlo di soldi, tu credi che io sia più terra terra di quel che sono, lo so. Ci ricavi tanto perché forse quel vecchio pazzo è stato il solo vero amore della tua vita. Dài Luca, ammettilo.»

«*Amore* è una parola difficile, e grande.»

Diana mi prese la mano, come una donna fa con un amante, e la lasciò dondolare avanti e indietro.

«Se tu non fossi mio fratello un giretto con te me lo farei.»

«Questa poi...»

«Sì. Ti sei sempre messo con ragazze da poco. Per questo ti stufi in due e due quattro. Avresti bisogno di una tosta, di una che ti fa vedere i sorci verdi, che ti fa stare male fino a farti sputare l'anima. Capisci adesso perché dico che quel vecchio ha fatto tanto per te?»

«Non sono sicuro di seguirti» dissi, e cercai di sottrarre la mano alla sua presa.

«Ti ha fatto innamorare, ti ha stanato, ti ha mostrato una cosa di te che non sapevi. Ti ha detto: traduci questo, traduci me. Sì, traduci me, se ne sei capace! Io non sono un libro, o meglio io sono un libro che vive, che respira, che ha occhi gambe e fiato e piedi e mani e paura e gioia. E fuoco.»

Riuscii, con uno sforzo, a riprendermi la mano. «Ehi, non ti fa bene frequentarmi, ti ci metti anche tu adesso a parlare come un poeta!»

Allora Diana mi sbarrò il passo. Allargò i piedi come un soldato, mi afferrò la faccia e mi piantò, rapida e scaltra, un bacio sulle labbra, senza dischiudere le sue. «Hai ancora un po' di strada da fare, fratellino, ma sei su quella giusta» disse, prima di girarsi per svanire a passo di marcia.

Presi un tassì. Di camminare non avevo più voglia. Il tassista, un uomo grasso e alto – guidava con un berretto da Capitaine Haddock che toccava il tettuccio della sua Citroën ondeggiante – mi raccontò che aveva giocato a Tric-Trac con un amico che gli aveva fregato una settimana di paga: «E lo sa perché mi ha fottuto quello? Perché al giorno d'oggi» disse con una voce così squillante che mi fece pensare fosse gay «quasi tutti chiamano il Tric-Trac Backgammon.»

Lungi dall'idea di contestare quella logica di galileiana solidità, dissi che l'avevo anche sentito chiamare Tavola Reale, ma non ne sapevo il motivo.

«I re a tavola non giocano, e lo sa perché?» chiese fissando lo specchietto retrovisore, mentre pigiava sul freno.

Stavo per dire di no, incuriosito. Ma ero arrivato a casa e, anziché rispondermi, quel grasso e saputo Capitaine intascò i miei dieci euro senza nemmeno fare il gesto di restituire i tre che mi doveva. «La saluto, mi stia bene, e non giochi mai a Tric-Trac, e nemmeno a Backgammon, se le riesce. E soprattutto mai con gli amici!»

5

"Lo sai, Luca, i segni c'erano tutti. Niente vento, niente stelle, niente luna. Solo la luce dei lampioni, ferma nella pioggia. Pioggia leggera sulla polvere leggera. Camminavo per una strada scura. Poche auto. Le gomme schizzavano l'acqua delle pozze sui marciapiedi. Ero sicuro che lui, l'ombra che non mi abbandonava, fosse lì. La sentivo respirare. Ogni tanto mi giravo, ma, come al solito, niente. Guardavo nelle vetrine, studiavo le immagini lì riflesse. Niente. Niente. Niente.

Ma lui, quell'uomo, era lì. Ne ero certo. Finché, a un tratto, sentii qualcuno che accelerava il passo, dietro di me. Mi girai di scatto. L'uomo che mi vidi di fronte era più basso di quello che mi aspettavo e aveva l'ombrello, e non aveva il Borsalino calato sulla fronte, ma l'aria incerta di un giovane turista smarrito.

'Mi sta seguendo, scusi?'

'Sì. Ma è lei che ora deve seguire me.'

Il giovane estrasse dal taschino una tessera. 'Polizia giudiziaria, squadra Omicidi' disse, 'avrei bisogno di parlarle, al commissariato.'

'Ora? Ma lo sa che ore sono?'

'Visto che ci siamo incontrati… perché no? Ma se preferisce venire al commissariato domani di buonora possiamo aspettare, il tempo non ci manca.'

'No no, vengo subito. Credo che non riuscirei a dormire, adesso.'

'Bene, la ringrazio, mi risparmia una notte di posta. Detesto la pioggia. Vuole una sigaretta?'

'Fumo la pipa.'

Il commissariato, vent'anni fa, almeno, era uno stanzone dall'intonaco a brandelli. Si sentiva l'acqua fare glo-glo nei tubi che connettevano un termosifone all'altro. Sulla parete di fronte ai tre finestroni, da cui filtrava la puzza di fritto di un ristorante cinese, c'erano solo un crocifisso, grigio di polvere, e la faccia di topo con gli occhiali del presidente Cossiga, che faceva rimpiangere la pipa esagerata di Pertini.

'La prego, dottor Malaguti, si segga qui. Vengo a chiamarla fra poco.'

L'agente che mi aveva accompagnato sparì dietro una porticina. Il cartello diceva COMISSARIO PINZAVALLE. Tra la M e la I c'era uno spazio vuoto, mi sentii sollevato: la M mancante non era un parto dell'ingegno umano come, sulle prime, avevo sospettato, ma del lavorio del tempo.

L'agente tornò. Mi accompagnò dal suo superiore. Un uomo così piccolo che la seggiola dietro la scrivania se l'era inghiottito. Aveva i capelli candidi e la testa rotonda, un bocconcino di mozzarella dimenticato su due spallucce strette in una giacca nera e ben stirata.

'Non c'era bisogno che venisse ora, in piena notte... ma si segga, la prego.'

Sedetti. 'Il suo poliziotto... dottor Pinzavalle... ci siamo incontrati per caso, forse, non so... mi seguiva... credo.'

'Be' ora, dottore, ce la sbrighiamo in un momento, tutto si vuole tranne che rovinarle il sonno.' Ecco, il commissario ricacciò indietro il ciuffo bianco che gli aveva, in un istante di disubbidienza, coperto gli occhi scuri e fermi, 'una certa signora...' Strinse le palpebre, cercai di non distogliere lo sguardo che avevo fissato sul papillon verde che sembrava stringergli il collo. 'Marta... sì, Marta Vianello... le dice niente questo nome?'

'No.'

'Ah. Una dattilografa... lavora alla Telve, lavorava... una pensionata... sicuro? Mai sentita nominare? Non conosce nessuna donna che faccia... abbia fatto... quel mestiere? Non sono poi molte, oggi, le dattilografe.'

'Non mi sembra di conoscerne nessuna, non ho una grande frequentazione del genere femminile.'

'Sì, questo lo sappiamo.' Il commissario tossì – segno, dedussi, di un immediato pentimento per la battuta infelice – e abbassò lo sguardo sulle scartoffie che ingombravano la sua smisurata scrivania.

'Commissario, la polizia sta facendo delle indagini di qualche genere su di me? Io le tasse le pago tutte, lo stipendio me lo passa la Slataper, la biblioteca, e le conferenze di storia...

forse lo sa già, sono un dilettante, e ormai ne faccio con il contagocce.'

'No, non si dia pena per le tasse, sono cose per i caini quelle, noi siamo la polizia di Stato, il fisco non è affare nostro, per fortuna. Ma vede, c'è una certa Marta Vianello che è sparita dalla circolazione da qualche tempo. E...' La faccia piatta e rotonda dell'uomo andò da una parte e dall'altra come per allentare la morsa del colletto vessato dal papillon. 'Una lettera anonima, ecco, tanto vale che lo sappia. C'è una lettera che collega questa scomparsa a lei.'

'A... me? Non so che dirle, commissario. Non credevo che le lettere anonime avessero molto peso.'

'Infatti, non ne hanno. Però quella donna è scomparsa per davvero. Nessuno l'ha più vista. I pompieri sono stati chiamati dal vicino del piano di sotto, un tubo che perde e... nessuno. L'appartamento è in perfetto ordine, come se fosse stato lasciato da una persona che contava di tornarci dopo qualche ora, o un giorno o due, capisce? I panni sporchi nella cesta, la lavastoviglie carica a metà, il frigo mezzo pieno di cibo puzzolente. Insomma, diciamo che qualcosa di strano c'è. E così l'ho fatta seguire. Ora sa tutto.'

Il commissario si appoggiò allo schienale mettendo in mostra la rotondità del ventre che premeva sui bottoni della giacca e contrastava con la magrezza delle spalle. I suoi occhi pungevano i miei.

Mi alzai in piedi con uno scatto che avrei voluto evitare. 'Posso andare?'

'Ma certo, e grazie di essere venuto. Farò togliere la sorveglianza, non se ne dia pena, e ci scusi... sa, la curiosità è il cuore del nostro mestiere.'

'È anche il cuore del mio, ma nessuno se ne accorge.'

L'agente che mi aveva prelevato mi riaccompagnò a casa con l'auto della polizia. Mi fece sedere davanti, accanto a lui. 'Sa, non vorrei la scambiassero per uno che è nei guai con la legge, i vicini fanno presto a chiacchierare e le chiacchiere possono fare del male, molto male.'

Lo ringraziai per la premura e la sensibilità. Ci salutammo con cortesia, ma senza un sorriso.

Una lettera anonima. Allora qualcuno sapeva!

Quella notte, Luca, non riuscivo a spegnere la luce. Non volevo chiudere gli occhi. Fissavo il soffitto sopra il letto. Sentivo la pioggia sui vetri. Che relazione c'era fra l'uomo del Borsalino e la lettera anonima? E tra le due cose e il sangue in cui mi ero svegliato? E tra questo e l'omicidio... quasi involontario che avevo commesso?

Mi addormentai poco prima dell'alba, credo."

Mi alzai e uscii sul terrazzino. Mi stiracchiai un poco. I conti cominciavano a tornare, ora. Rientrai, mi feci un caffè. Guardai il plico dei fogli, quelli che dovevo ancora leggere erano pochi, ormai.

Era come se non volessi finire la tua lettera, Carlo, volevo rimandare il momento, volevo continuare a cercarti, a provare a capire chi eri, chi sei. Perché tu, per me, non sei morto. Credevi bastasse tagliarsi la gola? No, e tu lo sai, lo hai sempre saputo. Tutto passa, e tutto resta, e io non ti lascio andare, non ora, non ancora.

"Il mattino seguente bruciai i fogli della mia delazione, ricordo che accesi il fiammifero proprio sotto la svastica del timbro. Ora, Luca, io non so proprio dirti perché avevo atteso tanto a farlo. Forse nutrivo per quella prova così tangibile della mia codardia una forma di affetto inconfessabile. Qualcosa nella vita avevo fatto, qualcosa di orribile, ma quel qualcosa diceva che ero vivo, e mi dava un motivo di vita, una direzione: il riscatto di sé non è una meta priva di senso. Accesi il caminetto per bruciare la delazione, potevo farlo – erano tre fogli in tutto – nel lavello o in bagno, nel water, ma scelsi quel modo altisonante, rituale quasi. Per estinguere il brandello cartaceo del mio passato non ci vollero più di dieci secondi, ma la legna bruciò per tre ore.

Sentivo, quel mattino, che i nodi stavano per venire al pettine. Non potevo farla franca. Chiunque avesse scritto quella lettera anonima aveva messo sulla pista giusta la polizia e il colloquio in piena notte con il commissario Pinzavalle aveva tutta l'aria di una trappola: era evidente che volevano mettermi paura per spingermi ad agire irrazionalmente, in preda al panico. Forse speravano che sarei tornato sul luogo del delitto, chissà.

Prima di uscire di casa spiai ogni angolo delle strade sottostanti scostando questa e quella tenda, c'erano almeno tre poliziotti. Non si mette un cittadino sotto una sorveglianza così stretta per una lettera anonima. Quelli avevano dell'altro.

Però qualcosa di buono c'era: la presenza della polizia mi avrebbe sbarazzato dell'uomo col Borsalino.

Andai al lavoro a piedi. Volevo sventolare un po' di spensieratezza davanti al muso dei segugi. Comprai 'Il Piccolo' e feci due chiacchiere con il giornalaio, un tipo allampanato, con le tasche della giacca di velluto sfondate dai libri, dall'aria più grulla che dritta, discendente *soi-disant* niente popò di meno che di Enea Silvio Piccolomini. 'Di cognome faccio Piccolomo, l'errore di un amanuense al soldo del papa senese' diceva.

In biblioteca non c'era molto da fare: cielo di smalto, giornata di sole, i libri piacciono di più quando piove. Dopo un rapido giro d'ispezione in cui cercai, senza riuscirvi, di scorgere il Borsalino, scesi nella cripta.

Il locale, di quasi duecento metri quadrati, era illuminato da una distesa di tubi al neon, ciascuno lungo due metri, che pendevano dal soffitto grazie a una maglia di fili d'acciaio che mi facevano pensare alla griglia dei cavi elettrici sopra gli incroci stradali, nel centro di tante città che ancora impiegavano i filobus. Le luci erano sospese, a un metro dalla cima delle scaffalature di ferro smaltato.

Mi misi a passeggiare in quella catacomba di manoscritti, incunaboli e cinquecentine, una miniera infestata da odori caldi: cuoio, carta, ferro, muffa, legno, cenere, aria secca e panni sporchi, lo stesso odore della guerra, e della paura. A un tratto mi fermai, in ascolto. Uno scalpiccio che poteva essere di un topo, ma poteva anche essere quello dell'uomo che da troppo infestava i miei giorni. Raggiunsi la parete più vicina e spensi l'interruttore. Buio.

Conoscevo ogni palmo di quel luogo, e volevo sfruttare il vantaggio. Mi accovacciai alla fine della corsia in cui mi trovavo, proprio dove finiva lo scaffale degli incunaboli. Mi avvitai su me stesso, come il delfino all'ancora del Manuzio. E attesi. Immobile.

Erano passi lenti, vicini, quelli che sentivo. E sentivo il suo respiro. Il respiro di un uomo. Era lui, ne ero certo.

Mi sollevai. Piano. Le pupille dilatate cominciavano a distinguere le ombre delle scaffalature. Le pareti bianche riverberavano la pochissima luce che filtrava da una travatura alla Sansovino piena di fessure. L'uomo era lì, e si avvicinava. Ancora un passo, vieni, questa volta non mi scappi.

Feci uno scatto. Gli afferrai il collo. Da dietro. Era alto. Spalle larghe. Il cappello gli cadde. Puzzava di alcol, e di paura. La sua pelle sapeva un poco di aglio, di spezie forti, di zafferano, di curry, forse. Mi colpì con il gomito nello stomaco. Sputai saliva, e in bocca sentii il sapore, dolce, del sangue. Il mio sangue. Non mollai la presa, strinsi più forte, mi colpì ancora. Mi sfuggì un grido, e lasciai la presa. Ma gli diedi un pugno sul fianco mentre si girava. Mi colpì all'orecchio, caddi. Poi un calcio allo stomaco mi tolse la forza di muovermi. Una lama di luce che scendeva dalla travatura del soffitto gli illuminò il naso e un lato della faccia. Era un volto attraversato da squame, forse indossava una maschera, pensai. Un secondo calcio, al centro del petto, mi strappò il respiro dal ventre. Lo sentii scappare. Sentii i passi che salivano la scala. Non riuscivo a muovermi. Restai lì, senza fiato, al buio, immobilizzato dal dolore, per una decina di minuti. Poi, piano, ripresi a vivere. Non era un incubo, non era figliato dal rimorso, dalla mia immaginazione, era un uomo in carne e ossa, ed era forte, almeno quanto me.

Dovevo sorprenderlo con l'astuzia, tendergli una trappola. La guerra era stata dichiarata, e andava condotta fino in fondo. Lo sapeva lui, lo sapevo io."

Chiusi gli occhi un istante. Volevo riprendere fiato. Cavolo, Carlo, dissi fra me, dovevi scrivertela da te la tua biografia.

"Quella sera, prima di rientrare, mi fermai al bar dove ero stato il giorno prima di risvegliarmi tutto sporco di sangue. Mi venne in mente che poteva anche non essere sangue umano. Per quel che ne sapevo, chi mi aveva avvelenato, drogato, riportato a casa e messo a letto, poteva anche aver usato il sangue di un pollo, o di qualsiasi altro animale per imbrattarmi. Avevo pensato al sangue della Vianello, perché sapevo quel che era successo. La cosa brutta è che lo sapeva anche l'autore della messinscena. E ormai avevo pochi dubbi: l'uomo che ero riuscito a sorprendere nella cripta della biblioteca era proprio lui, quello che mi aveva drogato.

Il bar era un bar come tanti, non credo avesse un nome; ora, dopo venti, anzi ventun anni, quel luogo è stato trasformato in un deposito di biciclette. Ci sono passato davanti, spinto da semplice curiosità, un paio di giorni fa, è proprio vero, *la forme d'une ville change plus vite, hélas!*

que le coeur d'un mortel. Non è solo *le vieux Paris* a non esserci più.

Entrai, andai al banco, ordinai un whisky. Mi appoggiai allo sgabello, afferrai la barra di ottone che correva sotto il ripiano. Cercai di ripetere i gesti che avevo fatto quella sera, e all'improvviso la memoria resuscitò la sagoma dell'uomo che mi perseguitava. Rividi, in un istante di magia, il Borsalino. Stava dietro una donna pingue, con un cappellino ridicolo, una specie di caraffa rovesciata, lo rividi nello specchio dietro il barista. Mi girai. Non ero certo che fosse la memoria a vedere. Sì, era la mente che finalmente riusciva a ricostruire la scena. Quel giorno avevo bevuto, ero stanco, con il peso di quell'evento tragico che rallentava, inquinava i miei rapporti con il mondo reale. Ora il bar era vuoto, c'era solo un ragazzo sui vent'anni che giocava con il flipper vicino alla porta d'entrata.

Rividi l'uomo scivolarmi accanto, doveva essere riuscito a versare qualcosa nel mio bicchiere. Ma come aveva fatto a portarmi fuori, e fino a casa? Il barista non era lo stesso, perché in quel posto li cambiavano di continuo, ed erano sempre ragazzi giovani; di sicuro l'uomo aveva atteso la chiusura, aveva corrotto il barista, chiamato un tassì, oppure aveva usato la sua auto, magari presa a nolo. Mi aveva condotto a casa, certo sapeva dove abitavo, avevo le chiavi nella tasca del soprabito, mi aveva messo a letto e spruzzato il sangue addosso. La droga doveva essere forte, non ricordavo davvero niente.

Quando uscii di lì mi sentii sollevato, ero riuscito a ricostruire, sia pure a grandi linee, quel che era accaduto, o perlomeno vi avevo dato una forma che la ragione poteva ritenere credibile, e a questo seguì un senso di quiete, di sollievo. Stavo lottando per ridurre lo spazio che le ombre si erano prese, e avevo cominciato a mettere chiazze di luce almeno nel passato più prossimo, quello che in quei giorni non smetteva di tormentarmi.

Rincasai e, finalmente, riuscii a dormire fino alla sveglia del mattino. Un sonno, per quanto ricordo, senza incubi.

Per qualche giorno l'uomo col Borsalino non si mostrò. I poliziotti avevano preso il suo posto. Erano sempre diversi, ma facili a distinguersi. Non era solo il loro abito, era il modo di camminare. Avevano tutti un modo di mettere un piede davanti all'altro che ormai avevo imparato a riconoscere. Grassi o magri, alti giovani bassi o vecchi, tutti i miei pedinatori sembravano timorosi di far rumore. C'era una sorta di accortezza nel loro muoversi che ne tradiva la presenza. E, a differenza dell'uomo del Borsalino, riuscivo sempre a vederli nelle vetrine che mi fermavo a guardare. Magari dietro un'auto parcheggiata sul marciapiede opposto, oppure più vicino, sulle strisce bianche in attesa di attraversare. Avevano, spesso, un giornale sotto il braccio, il cappello calcato sulla testa, sembrava che cercassero di assomigliare a quel che vediamo al cinema. Constatavo così di persona la veridicità di quello che presumono – credevo solo per convenienza narrativa – quasi tutti i thriller: da che mondo è mondo ogni corpo di polizia manca d'immaginazione; questa facoltà razionale della mente è appannaggio solo degli investigatori di rango, i benedetti dal ruolo di protagonista,

Holmes, Miss Marple, Maigret e i loro innumerevoli, odierni figlioletti scandinavo-mediterranei.

Who did it? È questa la domanda. Chi ha commesso l'omicidio? Chi ha fatto questo cavolo di mondo con le sue leggi pazze, le sue ingiustizie ricorrenti e indecifrabili? Il bambino che ha rubato le caramelle alzi la mano.

Nessuna mano si alza. Il colpevole è un'invenzione strategica per assolversi. A Norimberga tutti dissero 'Ho obbedito agli ordini.' Anche Hitler obbediva al ramarro fasciato di pece, d'iprite e di scirocco che in lui aveva la tana? Quel che so è che il rogo di Place de Grève brucia ancora. Abele viene ucciso ogni giorno.

Per qualche tempo riuscii a tornare al mio quotidiano di sempre. Leggevo, leggevo tutto quel che potevo, con ordine a volte, altre volte abbandonandomi ai venti capricciosi della curiosità. Così l'unguento del pensare mi soccorse: rilessi *La Prisonnière* e *La mandragola*, rilessi il *Purgatorio* e tutto Sofocle, per rituffarmi, infine, nel *Tractatus* di Spinoza, un vecchio amore.

L'uomo col Borsalino era svanito. Dei poliziotti che si alternavano nel pedinarmi non mi curavo. Erano là, sempre, sotto casa e davanti alla biblioteca, in questo e in quel bar dove mi fermavo anche per una breve sosta, ma avevo deciso d'ignorarli, e presto finii col non vederli nemmeno più.

E venne il martedì che cambiò la mia vita. Non avevo voglia di uscire di casa, pioveva a dirotto. Andai al lavoro di malavoglia. Sbrigai le cose che lo stipendio mi obbligava a sbrigare. Scesi nella cripta per respirare l'aria della scrittura più preziosa: l'inchiostro degli amanuensi emana ancora effluvi magici, per chi si mette in ascolto. Presi una sedia e la misi al centro del labirinto. Ascoltai la grande piovra in cui si trasforma il silenzio di un luogo affollato da anime morte e pure vive nelle loro parole. Ogni scricchiolio, ogni sussurro, una pergamena mossa da un alito d'aria, un topo che si apre una tana, i tarli instancabili, cercavo di assorbire quell'immensità. Non pensavo più all'uomo col Borsalino. Me ne ero come liberato, in fondo credo di poter dire che avevo preso una vacanza dal mio passato, persino il rogo del capanno di Anna, da qualche giorno, aveva smesso di fare capolino negli anfratti della mia memoria ferita, che si accendevano quando desideravo stare male, e lo stare male era il territorio che conoscevo, frequentavo, amavo. Sapevo di non potere starci lontano a lungo, mi sarei sentito in esilio, scacciato da me stesso. Ero una chiocciola che si portava sulla groppa quel rogo antico, e intorno a quella ferita che non rimarginava avevo costruito l'edificio della mia identità. Ero disposto a vederlo crollare? Ero disposto a sbarazzarmi di ogni ricordo e incominciare la vita di un altro, di un Carlo Malaguti rinato? No, non potevo, e non volevo. Il mio no all'oblio era stato, e doveva continuare a essere, il no di Don Giovanni pronunciato sulla bocca degli inferi, dovevo salvare la mia vita perseverando nel ricordo della mia infamia. È questo il mio solo onore: io ricordo e ricordando non mi perdono, ma espio, e vivo. La chiocciola non può rinunciare al suo guscio.

 Non feci la pausa pranzo, quel giorno. Nessuno mi cercò.

Lasciai la cripta all'ora di chiusura. Erano quasi le otto, i lampioni erano accesi, e pioveva ancora. Pioveva come se il cielo ce l'avesse con la terra.

Non presi subito la via di casa. Avevo voglia di vedere gente. Andai a piedi verso il centro, dove i negozi pullulano di cianfrusaglie di lusso. Il luccichio della frivolezza sarebbe stato – credevo – il balsamo per arrivare a fine giornata. E decisi, così, per gioco, di farla in barba ai poliziotti che mi stavano alle calcagna: 'Vediamo chi è il più bravo, l'uomo che legge o l'uomo pratico?' Ci misi una buona mezz'ora, sfruttai ogni trucco, mi sentivo il protagonista de *I tre giorni del Condor*, e la cosa mi eccitava come non mai. Insomma, Luca, l'uomo che legge vinse quattro a zero.

In meno di mezz'ora i miei pedinatori, tutti e tre, erano stati seminati, la mossa del cavallo fu quella di uscire dal finestrino del pisciatoio di un bar. Mi strappai il soprabito in più punti, ma alla fine la spuntai: 'Cavolo, Carlo, sei un sessantenne ancora in gamba, gliel'hai fatta a quelli della Omicidi!'.

Ma il destino aveva in serbo dell'altro. Mentre camminavo per via dell'Eremo – mi pare fosse quella la via, ma potrei sbagliarmi, ne è passato di tempo – qualcosa mi chiamò verso un vicolo che non avevo mai percorso, non ne ricordo il nome, era una di quelle viuzze senza vetrine che non si fanno se non ci abiti, e forse non la faceva volentieri nemmeno chi ci abitava. C'erano resti d'immondizia sparsi sul selciato: alcuni sacchetti abbandonati, probabilmente deposti dopo il passaggio della nettezza urbana, erano stati predati dai ratti e dai gabbiani, anche se il porto non era tanto vicino. Decisi di percorrere il vicolo fino in fondo. Qualcosa mi chiamava.

Rallentai il passo. La luce dei lampioni era poca, una lampada su tre era rotta, e gli intonaci delle case erano così scrostati da far pensare che le intemperie avessero impugnato il martello pneumatico. Man mano che camminavo, un odore di piscio di gatto, di acido fenico e di frittura di pesce si faceva più forte, e più vischioso. Volevo girarmi e tornare sui miei passi ma sentivo di non poterlo fare. C'era quel qualcosa che non so dire che mi costringeva a mettere un piede davanti all'altro. Il vicolo faceva una svolta a sinistra che subito si mutava in una curva a gomito verso destra. La strada era stretta, tanto che le auto erano parcheggiate su un solo lato, con una ruota sul marciapiede, che non era più largo di sessanta centimetri. Dopo la curva a gomito il vicolo finiva sul retro di una trattoria di terz'ordine che non so nemmeno se esista più. C'era una mezza dozzina di bidoni accatastati, stracolmi d'immondizia: origine, credo, di quel puzzo nauseabondo e della lordura. Rumore di passi. Mi girai. La polizia? No. Era lui. Sentii il sangue gelare.

Questa volta, però, potevo guardarlo in faccia, c'erano dieci passi tra noi, dieci passi lunghi una vita. Come aveva fatto a chiamarmi? Aveva poteri soprannaturali? Scacciai quel rigurgito di pensiero: nel soprannaturale non ci avevo mai creduto, nemmeno da bambino, e non era quello il momento di cominciare. La luce del lampione si fermava sulle sue scarpe. Tutta la sua persona restava nell'ombra. Tra quest'uomo e l'ombra c'è un'amicizia inconsueta, pensai, la stessa che legava i nazisti alla bruttezza. È strano come nei momenti più sorprendenti della vita l'immaginazione sappia fare associazioni bizzarre, ma giuste.

Feci un paio di passi per avvicinarmi, e mi fermai. Lui restava immobile. Portava il suo cappello a tesa larga calato, come al solito, sulla fronte. Vestiva un soprabito scuro. Era alto, la corporatura massiccia che ben conoscevo. Ci mancavano soltanto i cinturoni con Colt e cartucce, e saremmo stati in un western di Leone. Feci un altro passo verso di lui, e mi fermai. Questa volta anche l'uomo fece un passo verso di me, uno solo, e si fermò. Ora la luce del lampione lo illuminava, ma la faccia rimaneva in ombra per via del cappello.

'Chi è lei?'

La mia domanda era stupida, ma era anche la sola possibile.

'Ci conosciamo' rispose.

Per qualche motivo che non sapevo spiegare quella voce non mi era sconosciuta.

'Davvero?' dissi, e mi mossi verso di lui. 'Vorrei vederla in faccia.'

'Non è gran cosa la mia faccia.'

'Ma chi è lei, come si chiama?' Mi avvicinai ancora, e poi ancora, mentre l'uomo non si mosse, nemmeno una mano o una spalla. Era di pietra.

Gli andai vicino, tanto vicino da poterlo toccare, bastava che allungassi il braccio e potevo togliergli il cappello. Ero tentato di farlo. Ma non lo feci.

'Perché mi segue? Cosa vuole da me?'

'La sua vita' disse a bassa voce, e anche questa volta la sua voce non mi parve quella di un estraneo.

'Cosa ha detto, scusi?'

'Ha capito bene.'

'Ma cosa c'entra lei con… la mia vita?'

'Mi spetta. Mi appartiene. Me la deve.'

Con un manrovescio gli feci volar via il cappello.

Indietreggiai di un passo. Lui restò immobile, ora gli vedevo gli occhi. No, vedevo solo il suo occhio destro, azzurro, che mi fissava. L'altro era di vetro, galleggiava in un grumo di pelle striata di bubboni, come se la cute fosse stata mangiata dall'acido. Niente sopracciglio, e quasi metà della bocca era senza labbra. Al posto dei capelli, sul lato sinistro, c'erano chiazze di pelle nere orlate da bordi rossastri, rialzati come plastica bruciata.

'Che le è successo?' balbettai facendo un altro passo indietro.

'Non te lo ricordi?'

'Ma… cosa…' Mi prese un senso di terrore, volevo girarmi e scappare, ma non potevo. La stessa forza che mi aveva condotto in quel vicolo ora m'intimava di restare.

'Sì, tu c'eri, eri là, e hai visto tutto.'

'Non so di cosa stia parlando. Ho visto cosa? Chi è lei?'

'Che non riconosci la mia faccia non mi stupisce, nessuno potrebbe, ma la voce non credo sia molto cambiata, anche se sono passati più di quarant'anni.'

Ero impietrito.

'Il fuoco. La ragazza che avresti voluto portarti a letto, l'ebrea dell'isola di Sant'Erasmo.'

'Gian... Gianfranco' mormorai.

'Se in questo istante ti guardassi allo specchio te la daresti a gambe. Eri geloso, Carlo, eri un ragazzetto viziato e geloso, e mi odiavi, sì mi odiavi perché lo sapevi che la tua Anna era mia, e così hai chiamato quei fetenti.'

Sferrai un pugno. Ma l'uomo lo scansò e mi colpì alle costole col sinistro. Sbandai, la fitta di dolore era terribile. Presi fiato. L'uomo non si mosse. Non aveva intenzione di avvantaggiarsi del mio dolore; ero piegato su un fianco. Avanzò verso di me. Mi feci forza e lo colpii al petto e subito dopo sul mento, barcollò per qualche lungo istante ma poi, non so come, mi fu sopra. Riuscii a evitare i pugni che mi tirava, finché non lo sorpresi con una testata proprio al centro della faccia. Lo vidi sanguinare. Allora ne approfittai, e lo investii con tutta la forza e tutti i pugni che riuscivo a tirare, finché il dolore alle mani non mi costrinse a desistere. Misi le dita sotto le ascelle, un male cane.

Lui era là, disteso, tra l'immondizia che usciva dai bidoni. Uno si era rovesciato tra noi, e faceva barriera. Lo rimossi con due calci. Afferrai Gian per il bavero. Lo sollevai e gli sputai in faccia. Come aveva osato dire che Anna era la *sua* Anna? Le mie nocche sanguinavano, e avevo male al fianco, alle costole dove quello stronzo mi aveva colpito, un dolore che si faceva più forte. Allora mi lanciai in avanti e gli diedi un'altra testata che gli spaccò il sopracciglio sopra l'occhio finto. Adesso mi faceva male anche la testa. Ma lui era messo peggio, molto peggio. Aveva il sangue che gli colava sul bavero e sul colletto della camicia. Mollai la presa e cadde all'indietro, strisciando contro il muro, fino a ritrovarsi seduto per terra, tra il lerciume dei bidoni rovesciati. Anch'io sentivo le gambe molli, strinsi i denti, non puoi cedere ora, dissi, duro, resta saldo, cazzo. Avevo la vista annebbiata, premetti il palmo delle mani sugli occhi e tornai in me dopo pochi istanti. Gli tirai un calcio al centro del petto: 'Questo per ricambiare quello che mi hai tirato in biblioteca, nel sotterraneo'.

'Basta' bofonchiò, sputando sui miei pantaloni un bolo di saliva sanguinolenta.

Indietreggiai e appoggiai la schiena al muro, dovevo avere un paio di costole incrinate, perché il fianco mi faceva un male del diavolo. Respirai a fondo. Tornai sopra Gian. Mi feci forza e l'aiutai a rimettersi in piedi. Gli abbottonai il solo bottone che era rimasto al suo soprabito e gli diedi il mio fazzoletto perché si pulisse la faccia.

'Dobbiamo fare due chiacchiere' dissi. 'Entriamo qui, dev'essere una trattoria dove anche le cose che costano sanno di schifo, a giudicare dalle loro immondizie. Ma per parlare un posto vale l'altro, e qui la polizia certo non c'interrompe.'

Gian aprì la porta scorrevole che stava oltre i bidoni di latta. Stava riprendendo fiato. Si passò il fazzoletto sulla faccia per pulire il sangue. Lo premette sul sopracciglio rotto, sul naso e sul labbro ferito. Davanti a noi c'era un corridoio illuminato a giorno dal neon. Le pareti erano foderate da scaffali ricolmi di scatolette di cibo, c'era ancora quell'odore intenso e nauseabondo di piscio di gatto, di tonno, di legno marcio, di sigaretta, di sangue cotto. Ma forse è il puzzo del mio e del suo sangue quello che sento, pensai. Ci appoggiammo uno all'altro. E ci guardammo. Gian si rimise il cappello che aveva raccolto mentre lo sollevavo, e siccome ero dalla parte non sfigurata della sua faccia, mi parve provato, ma quasi bello.

'Dove stiamo andando?'

'A prenderci un caffè, ne abbiamo bisogno tutti e due, credo.'

Un ragazzo asiatico, con un coltello da cucina in mano, ci passò accanto senza nemmeno guardarci. Gian spinse una porta da saloon che cigolò dopo il nostro passare.

'Ci sediamo, qui ci lasciano in pace' dissi. E mi buttai sulla panca. Gian mi imitò. Credo che anche lui, come me, facesse una certa fatica a capire quale parte del corpo non dolorava. Mi guardai le mani, erano insanguinate, e le dita un poco tremavano. Le pulii alla meglio mentre Gian, col cappello, nascondeva al mondo le sue fattezze.

Un cameriere, o almeno credo fosse un cameriere, si avvicinò.

'Cos'ha quello? Sta male?'

'Una discussione un po' ruvida tra vecchi amici, ora si riprende' dissi, 'vorremmo due caffè, per piacere.'

'Lisci?'

'Nel mio ci metta cognac' rispose Gian.

'Niente cognac, solo grappa.'

'Va bene' disse Gian, 'la grappa va bene.'

'Anche per me' dissi a mia volta, anche se la grappa non mi è mai piaciuta.

La mia vista cominciava a ritornare chiara e anche le costole, ora che mi ero seduto, mi facevano meno male. Mi drizzai sulla panca. Misi a fuoco l'uomo che mi stava davanti.

'Ora capisco perché non ti togli mai quel cappello.'

'Fai lo spiritoso?'

Lo fissai, e non scorsi nessuna espressione. 'Cos'è questa storia? È da un pezzo che mi segui, vero?'

Gian fece di sì con la testa. 'Questa trattoria puzza di piscio'.

'Puzzi di piscio anche tu, pezzo di merda. Cos'è... ti sei pisciato nelle brache?'

'Vuoi sapere perché non mi sono fatto vivo prima? Perché non ne avevo voglia, ecco perché. Mi andava di fare così, di tenerti sulla graticola, sapevo che ti eri accorto di me. Ci ho messo degli anni, sai, per ritrovarti. Ti avevo perso di vista.'

'Non avevi niente di meglio da fare?'

'No, proprio niente. Sei una merda, Carlo, e volevo, voglio fotterti la vita.'

'La galanteria è il tuo forte, vedo.'

'Siamo in vena di umorismo, adesso?'

Il cameriere mise tra noi due caffè fumanti. Non era quello che aveva preso l'ordinazione, era uno alto e magro, i capelli rossi e la pelle bianchissima. Fece un passo indietro con una smorfia evidente, e se ne andò.

'Anche in questa mezza luce la mia faccia fa ribrezzo, lo vedi come mi hai ridotto?'

'Ma dài... per due testate.'

'No, non ora, quarant'anni fa, è stato il fuoco a farmi così, vivo senza una faccia da quarant'anni, sei tu che hai appiccato quel fuoco, perché eri geloso.'

'Io?'

'Sì, tu. Mi sono salvato nel buco del contrabbandiere, credevo che il tavolato del pavimento non prendesse fuoco, ci speravo almeno. Invece il fuoco si è preso la mia faccia, e anche il mio corpo non è messo molto meglio. Grazie a te, che hai portato i tedeschi da Anna. Conosco bene tutta la storia. La donna che hai ucciso, in montagna, nello chalet, era amica mia. Io c'ero, tutto il tempo, sono io che ho organizzato tutto, e ne sono fiero. Perché ora la tua vita è mia.'

'Io non volevo uccidere quella Vianello, è stato un caso. Il colpo è partito...'

'No, non volevi, tu sei di quelli che le cose le fanno senza volere. Sei di quella razza lì, tu, la più schifosa della Terra. Scommetto che non volevi nemmeno portare i tedeschi dalla mia Anna, figlio d'un cane.'

'La *tua* Anna? Anna non era tua!'

'Ti rode ancora, vero? Eri geloso come una scimmia, stronzo maiale, mi fai schifo ancora più ora perché non vuoi ammetterlo. Cosa credevi... che fosse tua? Tu no che non ci sei riuscito a portartela a letto. Me lo ha detto lei, cosa credi, ti ha detto di no sul muso e così hai pensato bene di correre da quei maiali delle ss.'

'Ero sulla secca, davanti a Treporti, dove si pesca... e quelli...'

'Quelli ti hanno chiesto dove stava l'ebrea e tu glielo hai detto perché non dici le bugie... agli amici, vero?'

'Nelle loro mani... sì, ho ceduto, è vero. Ma tu... dov'eri, come sai...? È questa la tua vendetta? Dirmi che ti sei portato a letto Anna? Ma guarda un po', be' Gian, non ci credo' abbassai a bella posta il tono di voce, 'non ci credo nemmeno se me lo giuri su tutto quel che vuoi. Anna non era una ragazza così, era timida, dolce, i momenti che ho passato con lei tu ora vuoi portarmeli via, ma io non te lo lascio fare, stronzo! No! Anna non è mai stata tua, e certo non lascerò che lo diventi ora facendoti il regalo di credere alle tue fandonie. Ora sei un mostro, ma anche allora lo eri, solo che allora non si vedeva, perché la bruttezza ce l'avevi tutta dentro, come ora ce l'hai sulla faccia sfigurata che ti ritrovi.'

'Un vigliacco eri e un vigliacco sei. Io ti ho visto arrivare con i tedeschi, sono corso dentro, ho avvertito Anna, le ho detto di scappare, e lei ha guardato fuori. Vi ha visto, tu e i tuoi fottuti amici, ha scagliato la lampada ad alcol contro la tenda e poi ha rotto lo specchio che stava sopra la tavola dove studiava. E si è ficcata quella maledetta scheggia in gola. Io ho visto lo spruzzo di sangue sullo specchio rotto. E l'ho vista, nel fumo, cadere in mezzo al fuoco che già aveva preso i libri.' Gian fece un respiro profondo e tossì. Si tolse il cappello, che appoggiò accanto alla tazzina che ancora fumava. Gli avevo ridotto il naso mica male! Alzò un poco la voce: 'C'erano solo libri e legno in quella stanza. Ho cercato di trascinarla fuori, ma era già morta, credo, avevo il fuoco sulle brache, sulla camicia. Mollai la presa, stavo per uscire ma l'architrave della porta cadde e mi sbarrò la strada. Mi guardai intorno. C'era fumo ovunque, avevo il fumo nella gola. Mi sono ricordato del cunicolo del contrabbandiere, sotto il tavolato del pian terreno, dove si nascondevano il vino e la grappa e le altre cose che cercano i dazieri. Conoscevo bene quel capanno, ci ero già stato, io' abbassò le mani e mi guardò, con un ghigno, 'c'ero stato a trovare la ragazza che tu sognavi e che io mi godevo.'

'No!' gridai. Non c'erano più di quattro o cinque persone nel locale ma si voltarono tutte. Gian si coprì la faccia col cappello.

'Non è vero, tu Anna non te la sei mai portata a letto!'

'Allora ascoltami bene, signor io non volevo... non volevo tradire, non volevo sparare... sono stato torturato, il colpo è partito da solo... io me la sono fatta e rifatta la tua Anna, la facevo godere la tua bella ebrea, hai capito?!'

'Sei una carogna!'

Portai la tazzina alle labbra e bevvi il caffè in una sorsata. Gian mi sbirciava da sotto la tesa del cappello.

'Raggiunsi il cunicolo, avevo il fuoco addosso. Mi distesi sul fondo sabbioso e mi rotolai fino a spegnere le fiamme, ma il fumo mi faceva pazzo, non riuscivo a respirare. C'era una damigiana di vino annacquato, la rovesciai sulla botola che avevo aperto per calarmi nel pertugio, e la richiusi per difendermi dal fuoco. Poi svenni, nel fumo nero svenni. Mi tirò fuori la mia amica Marta non so dopo quanto tempo, qualche ora dopo credo, era una donna buona, mi aveva procurato dei documenti falsi. Mi disse di aver aspettato il buio. Era piovuto e la pioggia aveva raffreddato il tavolato risparmiato dal fuoco. La casa non c'era più. Anna non c'era più. I tedeschi non c'erano più. Con l'occhio che mi era rimasto vidi che il mondo era vuoto. Sentivo la pioggia lavarmi e raffreddarmi la pelle. Bruciavo. Urlavo, credo. Mi distesero su un carretto, la mia amica e un altro, un uomo giovane. E mi portarono via. Ho saputo dopo diversi giorni di delirio che il fuoco si era preso la mia faccia, quest'occhio, e la mia voglia di stare al mondo. E tu invece, tu che avevi guidato la canaglia nazista, da qualche parte ti sei vissuto la tua bella vita in santa pace.'

'Sono passati quarant'anni.'

'Tutto qui quello che il signor io non volevo sa dire? Sono passati quarant'anni. Certo che sono passati quarant'anni, e allora? Chi cazzo se ne frega di quanti anni sono passati! La vita passa, certo, e io l'ho passata così, senza la faccia per colpa di uno stronzo signor io non volevo. Non volevo ma l'ho fatto, vero? Razza di porco.'

'Senti, non voglio discolparmi. Sì, sono stato io a portare là i nazisti, ma non per le ragioni che tu credi.'

'Chi se ne frega delle tue cazzo di ragioni, la vedi questa mezza faccia? Lo sai come si vive con una faccia così? Con le puttane sono stato, tutta la vita, e anche quelle qualche volta… più di qualcuna si rifiutava per lo schifo. Uno che fa schifo, così ho vissuto, come uno che fa schifo! Ecco. Ora lo sai. Questa è la mia vita, un bel regalo mi hai fatto! Nemmeno un lavoro decente ho rimediato. Ho fatto lo scaricatore a Tripoli dopo la guerra, e poi ho messo su un'impresetta che lavorava sulle navi recuperate, insieme a quei porci degli arabi. E anche loro mi guardavano come se il diavolo ce l'avessi addosso, dentro l'anima, visto che mi aveva marchiato la faccia.'

Gian bevve il caffè. 'Sa di scamorza.'

'Il padrone ha detto se potete parlare più piano' la voce del lungo cameriere dai capelli rossi era educata e molto gentile.

'Non si disturba una gran folla, qui, mi pare' ribatté Gian.

'Stia tranquillo' m'intromisi, annuendo in direzione del giovane. 'Dica al titolare che ora parliamo più piano.'

'Grazie, signori' disse il cameriere, con voce imbarazzata.

'Ci porta altri due caffè e lo scontrino, per piacere?'

'Subito.'

'Il signor io non volevo deve tirarsi su? Troppi caffè non fanno bene.'

La lampadina che penzolava sopra le nostre teste oscillò un poco.

'Tu, Gian, sei un uomo malvagio, malato e malvagio.'

Appoggiai la schiena allo schienale di legno. Il mio corpo ricominciava a funzionare a pieno regime, anche se il dolore al fianco non se ne andava, e anche la fronte mi doleva un poco.

Mentre il cameriere lasciava altre due tazzine con lo scontrino sul tavolo, Gian fece un sorriso con il lato destro della bocca. 'Anche l'idea del ricatto è stata mia.'

Non era una sorpresa: avevo sempre sospettato, anzi, saputo, che quella Vianello non era all'altezza di concepire un bel niente.

'Non ti devi preoccupare della prova della tua delazione. Non c'è nessuna fotocopia. Se hai bruciato quei fogli, come credo, sei al sicuro. Ma alla tua coscienza quei fogli non puoi nasconderli, e tanto mi basta.'

'Una cosa non capisco: tutto questo... trambusto del ricatto, e nemmeno ti sei preso i soldi? Io li...' Mi fermai, quell'uomo sapeva già troppo, altre armi non era bene dargliele.

'I soldi non mi servono.'

'Non capisco.'

'Io ti ho visto uccidere la donna che mi aveva salvato e curato dopo il rogo che uccise l'ebrea. Veniva la sera, dopo il lavoro. Mi portava da mangiare, cucinava, m'imboccava, mi cambiava le bende, mi cospargeva di unguento. Le dovevo la vita. Abbiamo passato due anni assieme, dopo la guerra, perché Marta doveva nascondersi... e mi ha portato con sé, nella casa dei suoi nonni, nel Trentino, non lontano da quella dove tu... assassino... l'hai uccisa.'

Distolsi lo sguardo e restai in silenzio.

'Adesso stai zitto come una lepre che scappa ma lo so io cosa vorresti dire... vorresti dire che non volevi. Il nostro signor io non volevo è sempre arzillo e pronto. Tu non volevi ma intanto sei qui e lei è un metro sotto terra, dove ce l'hai cacciata tu, quella notte, schifoso.'

Se l'unico occhio di quell'uomo avesse avuto i denti, io sarei rimasto senza la faccia.

C'era un ronzio di fondo nel locale: era il rumore del frigorifero amplificato dal silenzio.

'Ma io ero lì, al piano di sopra. Vi spiavo da una fessura del pavimento, tra le tavole, mi ero disteso per terra. Marta, forse, credeva che sarei intervenuto.'

'Perché non l'hai fatto?'

'Perché non volevo.'

Ci guardammo. Muti.

'Non volevi?'

'Già, non volevo... poco dopo lo sparo, mentre tu ti davi da fare, sono scivolato fuori passando dietro le tue spalle. Feci attenzione, tu eri così concentrato, terrorizzato, forse, e non te ne sei accorto.'

'Sì... avevo sentito qualcosa. E dopo cosa hai fatto?'

'Dopo ho fatto quello che avevo fatto prima, sono rimasto a guardare quel che combinavi tu, signor io non volevo. Ecco cosa ho fatto.'

'Tu... hai davvero visto tutto, fino alla fine? Ci ho messo due, forse tre ore a seppellirla.'

'Ho visto anche che hai gettato la Luger nella fossa. Sei sicuro di aver tolto le impronte? Un colpo di straccio non basta, e certe dimenticanze piacciono agli investigatori. Ho visto tutto, e ho scritto tutto. Due lettere, una solo con qualche accenno e il tuo nome, che la polizia ha già ricevuto, sai, volevo che quella gente in divisa t'innervosisse, ecco. L'altra, molto più dettagliata... presto arriverà alla Procura della Repubblica. Cominci a capire adesso?'

'No.'

'Non stiamo molto bene a immaginazione, vero? Eh già. Se no non lo facevi un mestiere stupido come il bibliotecario. Sono stato meglio io a sfacchinare sulle navi, almeno mi hanno pagato di più, anche se mi sono rotto la schiena e infettato il cazzo con le puttane di quel porto di merda.'

'Va bene, non ho immaginazione.'

'Non fare il furbo con me, coglione.'

Gian spinse la schiena indietro e appoggiò il Borsalino sul tavolo. Il naso gli sanguinava ancora.

Oltre all'oste e ai due camerieri, non c'era più nessuno. E nessuno di loro guardava verso di noi.

'Ti tengo in pugno, e se lo stringo finisci dentro fino alla fine dei tuoi giorni. Devo solo imbucare una lettera.'

'Sei un relitto umano... eri un collaborazionista, una spia, ora lo so, come quella dattilografa, la tua cara amica Marta. Così è lei che ti ha dato i documenti... tu non hai in pugno un bel niente. E non credere di essere riuscito a sporcare l'immagine della mia Anna. Lei vive ancora in me, ogni giorno. E io non la lascio al fango delle parole e dei pensieri sozzi di quelli della tua specie.'

'Senti senti... Il signor io non volevo è incazzato duro. Ma io sono incazzato più duro di te, perché sono quarant'anni che sto all'inferno. È da un pezzo... ti ho gettato io quel sangue di porco addosso dopo averti drogato. Sì, era di porco. Un bello scherzo, vero? Scommetto che qualche notte di sonno sono riuscito a rovinartela. Ti ho seguito dovunque, ero sempre là. Quando mi vedevi e quando non mi vedevi. Marta ha fatto quel che le ho detto di fare, non era una donna molto intelligente ma era buona e aveva fiducia in me. Sono quarant'anni che penso al momento in cui ti vedrò precipitare! Sei tu che mi hai ridotto così, mi hai gettato nell'inferno e ora all'inferno ti ci porto io. Perché, caro signor io non volevo, sei tu che l'hai sparata quella pallottola!'

'Ma tu hai creato le condizioni! Ah ho capito... tu ci speravi...'

'*Tu, tu, tu!* Faresti meglio a dire *io, io, io.* Sei tu che hai premuto quel grilletto. Te ne sei già scordato? Tu sei stato, solo tu!'

'Sì. L'ho uccisa io. Il colpo è partito...'

'Le armi non sparano da sole.'

'Già. Così si dice.'

'Avrei potuto, caro il mio signor Malaguti, ero stato tentato... di anticipare la nostra resa dei conti in biblioteca, quel giorno, quando sei riuscito, quasi, a sorprendermi, ma non era il posto e non era il momento giusto. No. Questo è il posto e il momento, una trattoria di merda con qualche testimone intorno, magari. Perché tu non sei solo un traditore merda, come ti chiamò quel tedesco... Marta me lo ha detto... tu, ascoltami bene, Malaguti, sei un vigliacco!' disse queste ultime parole a voce bassa, e le parole fanno più male dette a mezza voce.

Sentivo il brusio del frigorifero. 'No! Tu sei una merda. Tu! Non sei nemmeno degno del mio disprezzo, vivi troppo in basso per meritare una qualsiasi considerazione.'

Una smorfia di rabbia gli sfigurò il volto lebbroso.

Gli sputai in faccia.

Sfilò dalla tasca un fazzoletto grigio sporco di grasso, se

lo passò sul mento e sul naso martoriati dai miei pugni e dal fuoco di quel giorno lontano.

Mi sollevai e gli scaraventai un pugno su quella faccia rapita dall'odio. Il colpo lo rovesciò su un lato con un tonfo.

Un dolore forte, una vampata, mi prese le nocche, le dita, risaliva lungo l'avambraccio.

Colpi di clacson in strada. Di freni che stridono. Pensai che potesse essere la polizia. Vidi l'oste che accorreva, no, andava verso la finestra, attirato dal trambusto della strada.

Ero sconvolto. Guardai Gian riverso. Era svenuto.

Uscii dal retro, da dove ero entrato. Il dolore alla mano si faceva più intenso. Scappai.

E ora imbucala pure la tua lettera, bastardo schifoso!

Dopo qualche giorno, alle cinque del mattino, la polizia mi tirò giù dal letto. La lettera che quel figlio d'un cane teneva in serbo era andata a segno.

Ti lascio, Luca, perché il resto lo sai. So che quando penserai a me, lo farai con affetto: non scordare che per orientarsi nel labirinto del passato servono compassione e bontà. Ora vado, non sento più, in me, il soffio del futuro che solo giustifica gli sforzi del presente: c'è sempre bisogno di sentirsi in cammino, in cammino su una strada, non a zonzo nel deserto, o nella boscaglia."

6

Carlo aveva voluto chiudere il cerchio così. Per iscritto. Non ero sicuro di essere arrabbiato, ma un po' lo ero. Uccidendosi mi aveva privato della facoltà di replica, mi aveva sbattuto la porta della sua decisione in faccia, lasciandomi uno sciame di punti di domanda sulle labbra. Ora, a rispondermi, c'erano solo i ricordi dei giorni passati assieme, e questa sua lunga lettera che sentivo, in qualche modo, sospesa, inconclusa. Ero rimasto solo.

Pensai che le lacune presenti nella sua missiva fossero dovute non alle possibili falle della memoria di un vecchio, ma alla sua vorace immaginazione, che metteva vita in tutto quel che ricordava. Mi chiusi in casa per raccogliere gli appunti, le pagine e le idee che avevo messo assieme nei mesi trascorsi. Una cosa mi sconcertava: non provavo alcun senso di colpa, nemmeno minimo, per non aver cercato di dissuadere Carlo dall'uccidersi. Credo mi avesse apprezzato per questo, e tuttavia avrei voluto essere capace di un dolore più grande, perché grande era la mia perdita.

Non mi ero mai sentito così solo.

Dopo due settimane di lavoro serrato decisi di prendermi una vacanza per mettere aria e miglia fra me e l'accaduto. Chiamai Aldobrandi. «Voglio andarmene per un po', debbo riordinare le idee.»

Dopo qualche lungo secondo di silenzio il mio editore sputò tre parole: «Se obbiettassi servirebbe?».

Dissi di no, e comprai un biglietto aereo per Parigi.

Avrei voluto prenotare al Lancaster, il vecchio hotel in rue de Berri dove Carlo aveva incontrato Marta Vianello, ma costava troppo, e ripiegai su un b&b non lontano, di cui ora ricordo solo la puzza di calzini non lavati e di brodo freddo, che impestava ogni angolo della casa.

La mia vera intenzione era di perdere tempo. «Tra una scena e l'altra, quando si deciderà a raccontare la mia storia, Rainer, ricordi di perdere un po' di tempo.» Ricordavo bene queste parole. Misi in fila tre delle sue massime: non tutto viene scritto; anche gli uomini del passato vivevano senza conoscere il futuro; è sempre poco quel che si riesce a sapere del proprio tempo.

In effetti c'erano cose inspiegabili nel passato suo e di quel Gian. Come mai la polizia non era venuta a capo della loro liaison? E come mai gli investigatori non erano riusciti a risalire all'autore della lettera che aveva rivelato il luogo della sepoltura della Vianello, e tutto il resto? Conclusi che l'improbabile non è impossibile. Una cosa, però, era chiara: Malaguti si sentiva offeso dal concetto di *attenuante*. Era un uomo retto, raro, quasi inverosimile nella penisola dei "tengo famiglia" e del "qui lo dico e qui lo nego".

Carlo non sapeva, ma forse l'aveva intuito, che avevo conosciuto la sua salvatrice, la sua "Ciàmame Mama" di Sant'Erasmo, che mi aveva rivelato la relazione tra la dattilografa delle SS e quel Gian, la donna che mi aveva consegnato la poesia scritta sulla lapide di Anna, quella poesia che tanto diceva di lui. Ora dovevo liberarmi dell'ingombro del mio ego e dare forma a quell'impasto intraducibile di vite vissute: Anna, Carlo, Marta e Gianfranco, la signora dei gatti, mia madre. Una matassa da dipanare.

Camminavo per Parigi per ore e ore. Ogni giorno. Senza una meta. Ogni tanto buttavo giù qualche idea nel quaderno che mi portavo appresso e dedicavo del tempo alla correzione delle pagine già scritte, ma facevo pochi progressi. Carlo mi sfuggiva ancora. Finché un giorno, mentre rimiravo il gigantesco platano orientale di Parc Monceau, quello piantato nel 1814, mi sorprese un'idea semplice e terribile: il personaggio che conoscevo meno, fra tutti quelli che dovevo mettere in scena, ero io. Che relazione c'era tra me e le paure di Anna e di Carlo, di Marta e di Gian, tra le mie e le loro incertezze, rabbie, dolcezze, violenze, passioni? Forse una parte di ciascuno di loro stava prendendo forma mentre io, senza accorgermene, cedevo una parte di me a ciascuno di loro.

Il sorriso di una ragazza mi strappò alla riflessione.

«*La solitude est un bonheur, la compagnie en est un autre. On va prendre un café?*»

«*Pourquoi pas?*»

Tutto fu facile. Lei aveva occhi di smalto e labbra rapaci,

e aveva voglia di allegria, e io più di lei. Dopo una cena mediocre e qualche buon bicchiere finimmo nel suo appartamento, che sembrava essere stato da poco bombardato. Vestiti abbandonati sulle sedie, in un angolo del soggiorno un mucchio di lenzuola, un odore di chiuso che dava alla testa, e libri impilati alla rinfusa, riviste, giornali aperti che facevano da tappeto e su cui scivolavo. Ma lei, Dominique, si aperse la camicetta prima ancora di chiudere la porta di casa dietro di sé, e il suo seno era uno schiaffo del vento d'aprile, e il suo corpo, sul divano che puzzava di caffè, si muoveva con una sciolta allegria che mi fece ingranare la quarta.

Ci salutammo a notte fonda. Mi sentivo bene, vuoto e felice.

Il cellulare squillò quando i primi rumori di stoviglie e di ciabatte e l'odore del caffè cominciavano a svegliare gli ospiti del b&b. Era la signora Basile, la Vecchia blu della Fortezza. «Ho una cosa da consegnarle, da parte di Carlo.»

Presi l'aereo il giorno seguente.

Mentre il tassì risaliva la collina, mentre guardavo le luci di Trieste confondersi con la bruma della prima sera, pensai che l'ultima volta che ero andato al villino della Vecchia blu ci ero andato con lui, con Carlo. Mi parve di sentire l'odore della sua Cologne, di sentirlo respirare sul sedile posteriore, accanto a me, e rividi il suo profilo duro, i suoi occhi grigi, freddi e bambini, dietro le lenti spesse. Il tassista frenò, lo stridere della ghiaia mi riconsegnò al presente.

La signora Basile mi attendeva sulla soglia. L'artrite deformante, in quel breve periodo, si era scatenata. Quasi non la riconoscevo. Il volto no, era ancora fiero e dolce e affamato di senso, ma il corpo era posseduto da una contorsione che faceva spavento. Era un tronco d'ulivo appoggiato su una canna dal pomolo d'argento.

«Grazie per essere venuto, professore.»

«Sono io che la ringrazio» risposi consegnandole un mazzo di rose. Non riuscì ad afferrarlo con la mano libera, che troppo tremava. Abbassò gli occhi. E in quegli occhi sofferenti vidi terrore e pietà fondersi in una nube.

«Entriamo» disse.

Il clima mite mi aveva permesso d'indossare una giacca di lino e una cravatta di cotone.

L'Anita ci venne incontro con tutta la sua lunga faccia a banana che si sforzava, con dubbio successo, di sorridere. «Buonasera, professore.»

«Buonasera.» Le consegnai le rose.

Ci sedemmo subito a tavola.

«Avevo invitato anche Aldobrandi, il suo editore. Ma ha detto che preferiva lasciarci soli... E questo libro, allora, lo sta scrivendo?»

«Sono a buon punto, ma c'è ancora molto da fare.»

«Un bel soggetto il nostro amico Carlo. Curioso, mi accorgo solo ora di non averlo mai chiamato con il nome di battesimo.»

«E io non sono mai riuscito a dargli del tu» dissi, e subito aggiunsi, «quando era in vita.»

«Ah sì, certo. Impossibile. Quell'uomo era allergico al *tu*.»

Bevemmo del buon vino e mangiammo del filetto cotto alla brace. Cercavo di non guardarle le mani. Il suo coltello si agitava come la bacchetta di un direttore d'orchestra quando mima il passaggio dall'adagio all'allegro. Mi sforzavo, senza riuscirci, di non provare pena.

«Debbo darle una lettera, è arrivata l'altro ieri, per posta. È di Carlo, prima di farla finita ha scritto qualche riga per me, parole affettuose e strazianti, e ha accluso nella busta una lettera per lei. Si vede che quella che le hanno consegnato i carabinieri non gli bastava. Sono certa, qualsiasi cosa le abbia scritto, che lei saprà farne buon uso.» Mi guardò con una voglia di vivere che faceva spavento. «Non me ne resta un granché di tempo, considerato come sono ridotta, questa degenerazione è rapida, molto.»

La signora aveva pronunciato le ultime parole con voce ferma, e ogni sillaba scintillava, quieta nella mezza luce della sala.

Passammo insieme ancora un'ora, sul semicerchio di velluto rosso del suo divano, davanti prima a un caffè e poi a un Armagnac. Si parlò di cose di poca o di nessuna importanza, come si fa tra due vecchi amici che troppo avrebbero da dirsi per parlare davvero. Poi, quando mi accompagnò alla porta, con l'Anita che era venuta in suo soccorso per sostenerla, mi consegnò la busta sigillata con il mio nome scritto a stilo.

Il tassì aspettava sullo spiazzo con il motore acceso. Ci baciammo sulla guancia; nel farlo sentii un brivido, e sentii che era condiviso. Avevamo, tutti e due, gli occhi umidi.

Entrai nel tassì trattenendo un singhiozzo. La guardai attraverso il finestrino, mentre l'autista già ingranava la seconda.

Le luci dei pescherecci, al largo, inventavano l'orizzonte.

Nella busta Carlo mi aveva lasciato le chiavi di casa sua. Entrando, non accesi la luce. Andai alla finestra e l'aprii. C'era odore di chiuso. Volevo leggere quelle sue ultime parole proprio lì, dove lui aveva trascorso le ultime ore della sua vita. Uscii in terrazza. C'era una luna lontana e la notte restava buia. Mi assestai sulla sua poltrona, tra le rose. Per finire il libro avevo bisogno di tutte le emozioni che riuscivo ad accendere. Caricai la pipa. Esitavo ad aprire la busta. Non riuscivo a togliermi dalla testa lo stato terribile in cui avevo trovato la signora Basile, ora ero rimasto il solo curatore del suo testamento. Portai il fuoco alla pipa. Cercai di distinguere l'odore del mare che arrivava col vento da quello delle rose prima di assaporare il tabacco.

Aprii la busta, pochi fogli, scrittura chiara. Era la sua. «Ciao, Carlo» bisbigliai.

"Caro Luca, volevo aggiungere alcune parole a quelle che ti ho inviato e che, certo, hai già letto, così ho fatto in modo che questa seconda, breve lettera, ti fosse consegnata dalla nostra cara Vecchia blu un mese dopo la mia morte. È questo il vantaggio di togliere alla morte la scelta del momento: resti, per un poco, padrone del tuo tempo, o perlomeno puoi illuderti di esserlo.

La notte del giorno in cui ci siamo conosciuti, nella serra della Fortezza, feci un sogno molto singolare. Lo trascrissi subito. Ora ho il piacere di lasciartelo; sì, mi piace che queste siano le mie ultime parole, dette per te, a te, solo per te. E mi piace sapere che il tuo ultimo ricordo di me sarà quello di un sogno.

Non so perché mi trovo qui, dove solo una riga di luce fra le sbarre della finestra distingue l'alba dalla notte. Non c'è niente altro qui. Solo un secchio per gli escrementi, un pagliericcio pungente, un cucchiaio e una scodella di latta. Il secondino non dice mai niente. Eccolo che viene per riempirmi la scodella con una broda che sa di canapa e di terra. Se ne va, e subito ritorna per vuotare il secchio fetido. In questa semioscurità non riesco a vederlo, per me lui è solo una sagoma che si muove a fatica, strascicando i piedi, con un respiro affannoso. Credo sia un vecchio. Cerco di parlargli, gli dico buongiorno ma lui non mi guarda nemmeno, fa quel che deve fare ed esce, come se io non fossi qui. E forse non ci sono. Mi pizzico la faccia. Sì, ci sono!

Ma perché sono un prigioniero? Questa domanda mi martella nella testa... Sento che qui il tempo non c'è, tranne per quella riga di luce che ritorna fra le sbarre. Eppure ho la sensazione di essere qui da anni, forse io sono nato qui.

Ecco, ora sul davanzale si posa un piccolo uccello, stringo le palpebre, lo metto a fuoco, è un passerotto. Allungo le dita, come per offrirgli un trespolo. E quello si posa sulle mie mani, come se fossero colme di miglio, ma sono vuote, come me, che ho solo voglia di luce, di vento, di sole e di pioggia. Il piccolo uccello mi guarda. E io lo guardo. E il passero comincia a parlare e dice cose che non capisco, in una lingua che non ho mai sentito, e che pure mi suona familiare, come se ci fossi vissuto in mezzo da sempre, da prima, forse, di essere stato portato qui. Ma io non so, non ricordo se c'è mai davvero stato un prima. Ecco. Sì, ora capisco una frase, la sua pronuncia è chiara, dice: 'Tu sei libero'. Rispondo: 'Ma come? Questa cella misura quattro passi per tre, c'è solo una piccola finestra con le sbarre da cui vedo la cima degli alberi e le nuvole, ogni tanto, e il buio nero della notte, e quella riga di luce che mi avverte del ritorno del giorno'.

Il passero spicca il volo e attraversa il muro della cella. Rimango di stucco. Perché non è uscito attraverso le sbarre della finestra? Un passerotto ci passa di lì. E poi proprio da lì era venuto. Mi corico sul pagliericcio. Il buon vecchio pagliericcio pungente. Chiudo gli occhi. Ma il sonno non viene. E, all'improvviso, capisco tutto. Ma certo... come ho potuto non pensarci subito? Mi alzo e mi massaggio le cosce che sento indolenzite, mi gratto le tempie, mi stropiccio gli occhi, e cammino tranquillo, verso il muro. Lo attraverso, sembra fatto di aria umida, densa come il fiato di un animale. Ecco, ora sono dall'altra parte, questo è il cortile della Fortezza, lo riconosco dal frassino che sta nel mezzo. Qui non ho mai visto succedere niente, ma ora un pensiero mi sorprende e sento che invece, proprio qui, qualche secolo fa, forse, dev'essere successo qualcosa d'importante: qui un re ha giurato di legare i boiardi alle ruote di tortura; qui un manipolo di valorosi si è opposto a un esercito; un bambino, qui, ha preso a sassate i manigoldi che violentavano sua madre.

È sera. Piove. Alzo la faccia verso il cielo, apro le braccia. Da quanto tempo non uscivo all'aperto? Ho mai visto il cielo prima d'ora? Non so rispondere. Che meraviglia, il cielo scuro. E la pioggia che ora batte fitta, forte, sulla mia faccia dalla pelle secca. Apro la bocca e bevo quel che riesco a bere. E cammino verso il muro di cinta del cortile. Il piccolo cortile della prigione che ora si è fatto immenso. Chissà, forse posso attraversare anche questa barriera, come ho fatto con il muro della cella. L'attraverso. La stessa sensazione di aria densa e umida. Sono fuori. Guardo in alto, verso le torrette delle guardie. Le sagome frastagliate delle mitragliatrici sembrano scheletri d'impiccati con cui il vento si balocca. Nessuno mi vede. Forse le guardie giocano a carte, forse, a bassa voce, si stanno scambiando dei segreti. Respiro la pioggia: una sensazione di felicità che non so dire. Corro per il viale dei tigli, verso la città di cui scorgo, appannate dalla foschia e dalla distanza, le luci innumerevoli.

Accidenti, indosso la divisa del carcerato: allora mi acciufferanno presto, quando il secondino passerà per il suo giro, darà l'allarme. Questo penso, ma continuo a correre, e sono felice: tanto se mi riprendono io posso attraversare i muri. Ora so come si fa. Ora rallento, sì, rallento e cammino piano, le mie gambe non sono abituate alla corsa, e quelle luci distanti… mi ci vorranno un paio d'ore a raggiungerle, credo, debbo risparmiare il fiato.

Il passero si posa sulla mia spalla. E io gli dico: 'Grazie'. E lui se ne vola via. Ma per un istante, quando è a tre metri da me, si gira e si ferma in mezzo all'aria, senza muovere le ali, e in una lingua altra dalla mia, che ora però capisco, dice: 'Per anni, all'alba, sono venuto a trovarti nella cella, tu guardavi quello spicchio di luce riflesso nelle sbarre e non mi hai mai visto, né seguito… Ancora non sapevi che il segreto della felicità è la libertà, e quello della libertà il coraggio'."

Indice

Atto primo   7

Atto secondo   127

Atto terzo   269

Finito di stampare nel mese di agosto 2016
presso Grafica Veneta – via Malcanton, 2 – Trebaseleghe (PD)
Printed in Italy